BERND FRANZINGER

Sinnenrausch

TÖTE, WEN DU LIEBST Beim Besuch seines Elternhauses macht Jonas Wildberger eine grauenvolle Entdeckung: Seine leblose Mutter liegt in der Küche, ein Fleischmesser steckt in ihrer Brust. Sein Vater, ein renommierter Philosophieprofessor, sitzt regungslos daneben.

Die Szene lässt keinen anderen Schluss zu: Ansgar Wildberger hat seine Ehefrau getötet. Kommissar Wolfram Tannenberg lässt ihn in die Psychiatrie einweisen. Da der Professor eisern schweigt, bleibt das Tatmotiv im Dunkeln.

Jonas wird durch diese Ereignisse völlig aus der Bahn geworfen. Er stellt Nachforschungen an, will die Tat verstehen. Dabei verrennt er sich immer mehr in der Forschung seines Vaters, steigert sich in einen Wahn. Und plötzlich befindet sich Jonas' Frau Hannah in tödlicher Gefahr.

Bernd Franzinger lebt bei Kaiserslautern. Mit seinen überaus erfolgreichen Tannenberg-Krimis gehört er zu den bekanntesten Autoren der deutschen Krimiszene.

Website des Autors:
www.tannenberg-krimis.de

Bisherige Veröffentlichungen im Gmeiner-Verlag:
Schultheater (2014)
Tannenberg ermittelt wieder in der Pfalz (2014)
Hexenschuss (2013)
Todesnetz (2012)
Tannenberg ermittelt (2012)
Familiengrab (2011)
Zehnkampf (2010)
Leidenstour (2009)
Kindspech (2008)
Jammerhalde (2007)
Bombenstimmung (2006)
Wolfsfalle (2005)
Dinotod (2005)
Ohnmacht (2004)
Goldrausch (2004)
Pilzsaison (2003)

BERND FRANZINGER

Sinnenrausch

Tannenbergs ungewöhnlichster Fall

GMEINER SPANNUNG

Zitiert wurde aus folgenden Werken:

Heinrich von Kleist Penthesilea. München: dtv 1998 (S. 89)

Sigmund Freud: Bruchstück einer Hysterie-Analyse. Frankfurt am Main: S. Fischer Verlag 1905. (S. 96)

Immanuel Kant: Kritik der praktischen Vernunft. Stuttgart: Reclam 1995. (S. 128)

Besuchen Sie uns im Internet:
www.gmeiner-verlag.de

Im Ehnried 5, 88605 Meßkirch
Telefon 07575/2095-0
info@gmeiner-verlag.de

1. Auflage 2015

Lektorat: Isabell Michelberger
Herstellung: Mirjam Hecht
Umschlaggestaltung: U.O.R.G. Lutz Eberle, Stuttgart
unter Verwendung eines Fotos von: © Comugnero Silvana – Fotolia.com
Druck: GGP Media GmbH, Pößneck
Printed in Germany
ISBN 978-3-8392-1774-0

Personen und Handlung sind frei erfunden.
Ähnlichkeiten mit lebenden oder toten Personen
sind rein zufällig und nicht beabsichtigt.

Brutaler Mord an Ehefrau

Bekannter Professor
unter dringendem Tatverdacht

Am Sonntagabend entdeckte Jonas W. in der Küche des Elternhauses seine ermordete Mutter. Als dringend tatverdächtig gilt der Vater des jungen Mannes, der Philosophieprofessor Ansgar W. Noch am selben Tag erließ die Staatsanwaltschaft Kaiserslautern gegen ihn einen Haftbefehl. Ansgar W. wurde in die Psychiatrische Landesklinik eingewiesen. Da Professor W. schweigt, liegt das Tatmotiv völlig im Dunkeln.

Pfälzische Allgemeine Zeitung,
6. Dezember

1

JONAS

Sonntag, 4. Dezember, Mitternacht

Ich kann nicht mehr.

Seit gestern Morgen habe ich nicht mehr geschlafen.

Keine Sekunde lang.

Wie soll ich bloß damit leben?

Kann man denn damit überhaupt leben, weiterleben?

Nein, das geht nicht!

Nein!

Vorhin habe ich versucht, Schluss zu machen.

Aber es ging nicht.

Ich konnte es einfach nicht.

Diese verdammte Hand wollte ums Verrecken nicht loslassen.

Sie hat meinem Kopf nicht gehorcht und sich verkrampft am Geländer festgeklammert.

Diese bodenlose Tiefe.

Diese Kälte.

Diese Scheißkälte.

Schreiben ist vielleicht das Einzige, was mir jetzt noch helfen kann.

Aber ich kann diesen Satz nicht schreiben.

Mir zittern die Hände.

Aber ich muss ihn schreiben.

Sonst kann ich nicht weiterleben.

Mutter ist tot.

Was für ein Satz!

Er hat nur drei Worte.

Aber er ist so brutal, so endgültig.

Und die Frage, die dahintersteht.

Diese verdammte Frage!

Ich kann an nichts anderes mehr denken.

Immer nur an diese eine Frage: WARUM?

Immer und immer wieder.

WARUM musste Mutter sterben?

WARUM hat dieses elende Dreckschwein sie umgebracht?

Ich verstehe es einfach nicht!!!

Kann man solch einen Wahnsinn überhaupt verstehen?

Schluss mit emotionalen Ausbrüchen! Ich muss mich am Riemen reißen, muss mich rational mit der schrecklichen Situation auseinandersetzen. Auch wenn es mir noch so schwerfällt. Deshalb werde ich von jetzt an alles, was wichtig ist, chronologisch und wortgetreu aufschreiben.

Heute war die Kripo bei mir. Sie haben mich gefragt, ob ich eine Erklärung dafür hätte. »Nein, ich habe keine«, habe ich ihnen ins Gesicht gebrüllt. Kann es denn für so etwas Abartiges überhaupt eine Erklärung geben?

»Gab es Konflikte zwischen Ihren Eltern?«, hat einer dieser blöden Bullen gefragt.

»Nein, es gab keine«, hab ich geantwortet. »Mutter war so ein sanfter, gutmütiger Mensch. Sie ist jedem Streit aus dem Weg gegangen. Sie hat diesen Scheißkerl doch abgöttisch geliebt. Warum hat er das gemacht?«

Aber die Bullen wussten auch keine Antwort darauf. Wie denn auch? Die kannten Mutter doch gar nicht und der Scheißkerl macht anscheinend sein Maul nicht auf.

Zum x-ten Mal musste ich diesen dilettantischen Bullen erzählen, was ich gesehen habe, als ich an diesem verfluchten Morgen unser Haus betreten habe.

»Ist Ihnen irgendetwas Besonderes aufgefallen?«, wollte der Oberbulle wissen.

»Was sollte mir denn aufgefallen sein? Es war alles wie immer, wie tausendmal zuvor. Mein Auto habe ich direkt vor meinem Elternhaus abgestellt und bin durchs Gartentor aufs Grundstück. Dann habe ich die Haustür aufgeschlossen.«

»Mit Ihrem eigenen Schlüssel?«

»Ja, Herr Kommissar, mit meinem eigenen Schlüssel.«

»Haben Sie irgendwelche Geräusche gehört?«

»Nein, Herr Kommissar, ich habe keine Geräusche gehört.«

»Haben Sie irgendjemanden gesehen? Im Vorgarten? Auf der Straße? Im Garten hinter dem Haus?«

»Nein, Herr Kommissar, ich habe niemanden gesehen.«

Dann haben sie gefragt, ob ich ihn nicht mal besuchen könnte. »Vielleicht spricht er ja mit Ihnen«, hat der Oberbulle gesagt.

»Was? Ich soll den Mörder meiner Mutter besuchen? Mit ihm sprechen?«

»Ja, genau.«

»Nein! Und nochmals nein!«

»Sie könnten es doch wenigstens versuchen. Damit wir endlich wissen, warum er es getan hat. Das ist schließlich auch wichtig für Sie.«

»Nein! Das kann ich nicht! Und das will ich auch nicht. Nein, das werde ich niemals tun!«

»Das würde Ihnen aber bei der Verarbeitung dieses schrecklichen Ereignisses helfen.«

»Nein – und nochmals nein!«

»Interessiert Sie denn gar nicht, welches Motiv dahintersteckt?«

»Nein! Lassen Sie mich endlich in Ruhe! Ich kann mit dem Scheißkerl nicht reden. Der ist für mich gestorben. Für alle Zeiten. Ich will ihn nie mehr sehen!«

Klar, habe ich die Bullen angelogen. Natürlich möchte ich wissen, WARUM er es getan hat. Aber ich werde nicht mit ihm reden! Nie mehr!

Kann es für solch einen Wahnsinn überhaupt ein Motiv geben?

Nein, das ist unmöglich!

Jetzt klopft Hannah schon wieder an der Tür. Wann kapiert sie denn endlich, dass sie mich in Ruhe lassen soll?

»Was machst du da drin?«, ruft sie. »Schließ die Tür auf! Komm ins Bett. Du musst doch endlich mal wieder schlafen.«

Ins Bett? Schlafen? Die dumme Kuh versteht rein gar nichts! Soll ich etwa so weitermachen wie bisher, als sei überhaupt nichts geschehen?

»Wie kann ich dir nur helfen?«, fragt sie.

Sie geht mir derart auf den Wecker mit ihrem Gesülze. Mir kann niemand helfen! Höchstens der Wein. Aber die Flasche ist schon wieder leer. Ich hole mir eine neue.

Verdammt, ich brauche zuerst noch ein Passwort für die Datei. Sonst liest das noch irgendjemand. Hannah zum Beispiel.

Nur was für eins? Ich brauche ein Passwort. Ein Passwort. Nur welches?

Ich hab's: Enigma.

Warum nervt Hannah nur so unglaublich? Warum kann sie nicht einfach akzeptieren, dass ich zurzeit keinen Menschen ertrage, vielleicht nie mehr werde ertragen können. Auch sie nicht. Niemanden. Sie hat sich eben fest an mich geklammert, wollte mich nicht mehr in mein Arbeitszimmer gehen lassen. Dabei hat sie hysterisch geschrien. Dann hat sie plötzlich nur noch gejammert. Mit Gewalt musste ich mich von ihr losreißen.

Sie sagt, *sie* ist völlig fertig. *Sie* weint. Das ist alles so irre!

Aber jetzt habe ich die Tür abgeschlossen. Jetzt bin endlich wieder allein. Gott sei Dank!

Es ist schon merkwürdig. Ich habe eben noch einmal gelesen, was ich bisher geschrieben habe. Da taucht wie aus dem Nichts dieser Begriff auf: Enigma. Das griechische Wort für »Rätsel« oder »Geheimnis«. Für einen Mathematiker gibt es wohl kaum ein besseres Passwort. Vor allem in meiner Situation. Es ist komisch, welche genialen Dinge einem die graue Masse manchmal zuflüstert.

Was habe ich da eben bloß für einen ausgemachten Schwachsinn geschrieben!

Dieses verfluchte Ding da oben! SEIN Hirn hat ihn schließlich nicht davor zurückgehalten, Mutter umzubringen, ihr ein Messer ins Herz zu rammen.

Ja, ins Herz!

Mitten hinein in das Herz meiner Mutter.

Wahnsinn!

Das ist alles so irre!!!

2

Montag, 5. Dezember, 1 Uhr

Es goss in Strömen. Obwohl die Scheibenwischer trotzig gegen die enormen Wassermassen ankämpften, gelang es Hannah Wildberger nur mit großer Mühe, sich innerhalb der kaum erkennbaren Fahrbahnmarkierungen der Hohenecker Straße zu halten. Unter normalen Umständen wäre sie niemals auf die Idee gekommen, sich mitten in der Nacht bei diesen schlechten Sichtverhältnissen ins Auto zu setzen. Aber der Leidensdruck, der zentnerschwer auf ihrem Gemüt lastete, hatte ihr keine andere Wahl gelassen. Sie hatte es einfach tun müssen.

Kurz bevor Hannah den Parkplatz vor dem Wohnblock auf dem Bännjerrück erreichte, hatten sich die prallen Regentropfen wie durch Zauberhand in fette Nassschneeflocken verwandelt. Kaum waren sie auf der Windschutzscheibe gelandet, schmolzen sie in Windeseile zu kleinen versprengten Wassertröpfchen.

Durch diese Laune der Natur war mit einem Male das laute Prasseln, das die von einem böigen Wind vor sich hergetriebenen, dicken Tropfen auf Scheibe und Karosserie erzeugt hatten, verschwunden. Plötzlich waren um Hannah herum alle Geräusche verstummt.

Es war still, totenstill.

Hannah atmete einmal tief durch, dann zog sie den Zündschlüssel ab, stieg aus, verriegelte die Fahrertür und spurtete hinüber zu der in der Merseburgerstraße gelegenen mehrgeschossigen Wohnanlage. Die hinter nahezu jeder

Fensterscheibe blinkenden bunten Lichterketten nahm sie dabei ebenso wenig wahr wie die an leuchtenden Strickleitern kletternden oder an Balkonbrüstungen angebrachten Weihnachtsmänner.

Irene Trautschke empfing ihre Tochter an der Wohnungstür. Sie trug einen zweiteiligen Hausanzug aus flauschigem Fleece. Das Oberteil war bis auf die aufgenähten bordeauxfarbenen Kontrastpaspelierungen rosé, die Hose dagegen gänzlich in Bordeaux gehalten. Der Reißverschluss war bis zum Brustansatz geöffnet und gab solariumgebräunte, von einem feinen Fältchengeflecht durchsetzte Haut frei. Trotz der fortgeschrittenen Nachtstunde erweckte sie keineswegs einen müden, abgeschlafften Eindruck. Sie war noch nicht abgeschminkt und sehr gut frisiert.

Nach einer kurzen, innigen Umarmung packte Irene ihre Tochter bei den Schultern und musterte sie mit einem prüfenden Blick. »Mein Kind, du siehst sehr schlecht aus«, sagte sie und strich ihrer Tochter mit einer flüchtigen Geste eine Haarsträhne aus dem Gesicht. »Du gefällst mir überhaupt nicht.«

»Ich mir doch auch nicht, Mama«, entgegnete Hannah mit gepresster Stimme. »Ich weiß, dass ich zurzeit ziemlich mitgenommen aussehe. Aber was soll ich bloß machen? Das mit Jonas und seinen Eltern ist so schrecklich.« Sie schluchzte herzzerreißend. »Die Mutter tot – und der Vater ein Mörder!«

Hannah Wildberger konnte ihre aufgestauten Emotionen nicht mehr zurückhalten. Ein heftiger Weinkrampf überwältigte und schüttelte sie. Verzweifelt umklammerte sie den Hals ihrer Mutter, presste ihr zuckendes Gesicht in deren schulterlange, blondgefärbte Haare.

Irene Trautschke zog den bebenden Oberkörper ihrer Tochter fest an sich, so wie früher, wenn ihr einziges Kind sich bei ihr aus irgendeinem Grunde ausgeheult hatte. Und Gründe hatte es damals zuhauf gegeben. Liebevoll streichelte sie Hannahs kastanienbraune Lockenpracht, während sie geduldig wartete, bis sie sich beruhigte.

»Auch dieser Schmerz wird vorübergehen«, versuchte sie mütterlichen Trost zu spenden. Irene seufzte. »Wir haben schon so vieles miteinander durchgemacht. Gemeinsam schaffen wir auch das.«

»Ich halte diesen Wahnsinn nicht länger aus«, wimmerte Hannah kaum hörbar.

»Doch, mein Kind, du hältst das aus«, meinte Irene, während sie aufmunternd nickte. »Da bin ich mir ganz sicher. Wir Frauen sind zum Leiden geboren. Wir ertragen weit mehr, als viele Männer glauben.«

Irene Trautschke umfasste die Taille ihrer Tochter und führte sie behutsam zu einem Fernsehsessel, auf dem blau-weiß karierte Kissen sich türmten und der gemeinsam mit einem Dreier-Sofa die gemütliche Plausch- und Entspannungsecke des Wohnzimmers bildete.

»Komm, setz dich hin«, sagte sie mit sanfter Stimme. »Ich mach uns jetzt erst mal einen schönen starken Kaffee. Du wirst sehen, wie schnell er dich beleben wird. Koffein wirkt bei depressiven Verstimmungen wahre Wunder. Dann geht's dir gleich wieder besser. Schlafen können wir beiden Hübschen jetzt ja sowieso nicht.« Irene ging in die Küche und schaltete die Kaffeemaschine ein, in die sie bereits Wasser und Kaffeepulver gefüllt hatte. Währenddessen ließ sich Hannah in den Sessel fallen.

Mit zitternden Händen bedeckte Hannah ihr Gesicht und wiegte monoton den Kopf hin und her. Sie fühlte sich wie ein Häuflein Elend. Als aus der Küche gurgelnde Geräusche ertönten, wich sämtliche Spannung aus ihrem Körper. Sie senkte den Kopf und legte ihre Hände in den

Schoß. Einige Sekunden verweilte sie erschlafft in dieser Sitzposition.

In der Küche klapperte Geschirr. »Alles klar bei dir, mein Schätzchen?«, rief Irene. »Ich bin gleich wieder bei dir.«

Erschrocken zuckte Hannah zusammen. »Ja-ha«, antwortet sie, obwohl das natürlich nicht stimmte.

Hannahs leerer Blick wanderte den Teppichboden entlang hinüber zu einem niedrigen Glastisch, auf dem ein modernes, stummgeschaltetes Fernsehgerät stand. Den Inhalt der Werbespots nahm sie genauso wenig wahr wie das Röcheln der Kaffeemaschine. Sie war gedanklich in einer anderen Welt versunken. In einer Welt, in der es für sie nur Verzweiflung gab, nichts als pure Verzweiflung.

Hannahs Augen lösten sich von dem flimmernden Fernseher und schweiften zu einer messingfarbenen Stehlampe, die den Deckenbereich über der Couchecke mit grellem Halogenlicht flutete. In etwa einem Meter Höhe war am Gestänge der Metallleuchte eine kleine Glasplatte angebracht, auf der es sich ein hellbrauner Plüschbär bequem gemacht hatte.

Er war nur einer von vielen, denn Irene Trautschke hatte einen regelrechten Bärentick. Überall in ihrer Wohnung lagen, standen, hingen, saßen alle nur erdenklichen Exemplare der kuscheligen Stofftiere herum. Waren die Schmusebären einmal nicht in ihrer gegenständlichen Form präsent, so begegneten sie dem Besucher in jedem Winkel der Wohnung in Form eines Posters oder gerahmten Fotos.

Entsprechend der Vorweihnachtszeit hatte Irene die Wohnung ein wenig umdekoriert. Rechtzeitig vor dem ersten Advent waren diejenigen Bärchen zum Einsatz gekommen, die ansonsten im unteren Regal der Glasvitrine ein ziemlich unbeachtetes Dasein fristeten: Am Garderobenspiegel hing nun ein auf einen goldbestickten Stern aufgenähter Mohair-Teddybär und an der Küchentür ein mit Flügeln versehener, roséfarbener Engelchen-Bär mit einem Schleifchen über der Stirn.

Auf der Wohnzimmerkommode hatte Irene ihre Lieblingsfiguren platziert: ein 30 Zentimeter großer, prächtig ausgestatteter Nikolaus-Bär, der in seinem Inneren eine Spieluhr beherbergte. Man musste lediglich den Bischofsstab ein wenig anheben, schon erklangen die schönsten Weihnachtsmelodien. Eine Handbreit davon entfernt wartete eine mit mehreren kleinen Bärchen besetzte Weihnachtspyramide darauf, dass jemand die Kerzen entflammte und dadurch die Drehpyramide in Bewegung setzte.

Irene kehrte mit einer Kaffeekanne, zwei Henkeltassen und einer Schüssel mit Weihnachtsgebäck ins Wohnzimmer zurück und setzte sich ihrer Tochter gegenüber auf den mittleren Platz des Dreier-Sofas.

»Du siehst wirklich unheimlich blass aus, Kind«, bemerkte Irene Trautschke mit sorgenvoller Miene.

Plötzlich ging ein Ruck durch ihren Körper. Sie richtete sich auf und eilte mit fliegenden Schritten zu einer Regalwand, in deren Innenleben eine Getränkebar versteckt war, an der sie sich regelmäßig bediente.

»Cognac am Abend, erquickend und labend«, fabulierte sie. »Möchtest du auch einen?«, fragte sie über die Schulter hinweg.

»Nein, danke, Mama.«

Mit Kristallkaraffe und Cognacschwenker bewaffnet nahm Irene Trautschke wieder Platz. Sie füllte das Glas zwei Finger breit mit bernsteinfarbenem Weinbrand und trank es in einem Zug aus. Dann schenkte sie sich nach. Anschließend nahm sie eine Schachtel mit Zigarillos vom Tisch und bot ihrer Tochter einen an, doch Hannah lehnte auch dieses Angebot ab. Irene entzündete einen Zigarillo und inhalierte genüsslich.

In düstere Gedanken versunken nagte Hannah an der Fingerkuppe ihres linken Zeigefingers herum. Diese merkwürdige Angewohnheit begleitete sie seit frühesten Kindertagen durch ihr Leben.

Irene Trautschke erhob ihr Glas. »Auf uns beide! Und darauf, dass wir diese schreckliche Sache hoffentlich bald hinter uns haben.«

Erneut verleibte sie sich die hochprozentige Flüssigkeit auf ex ein. »Komm, trink endlich deinen Kaffee«, forderte sie in eindringlichem Ton. »Der ist so stark, dass er selbst Tote zum Leben erwecken kann.«

Schlagartig wurde ihr der makabre Inhalt ihres unbedachten Geplappers bewusst. Sie räusperte sich verlegen. »Pardon, Liebes, der Vergleich ist momentan wohl ziemlich unpassend.«

Hannah Wildberger reagierte wie in Trance auf die Worte ihrer Mutter: In Zeitlupe hob sie den Kopf, richtete den Oberkörper ein wenig auf, ergriff die Tasse und führte sie zum Mund. Sie nippte einmal kurz an der heißen, tiefschwarzen Brühe, dann stellte sie die Henkeltasse zitternd zurück auf die gläserne Tischplatte. Das spitze, klirrende Geräusch dabei ließ Hannah zusammenzucken.

Irene warf ihr zwar umgehend einen vorwurfsvollen Blick zu, enthielt sich jedoch jeglichen Kommentars.

»Mama, tut mir leid«, wimmerte Hannah mit tränenerstickter Stimme. »Aber ich bin völlig fertig. Was soll ich bloß machen?«

»Gibt es inzwischen irgendetwas Neues?«, fragte Irene mit merklich verändertem, wieder bedeutend freundlicherem Gesichtsausdruck. »Wir haben doch erst vor zwei Stunden miteinander telefoniert.«

Hannah stieß einen Stoßseufzer aus und schüttelte den Kopf. »Nein, eigentlich nicht«, erwiderte sie.

Ein bitteres Lächeln zeigte sich auf ihren farblosen Lippen. »Es hat sich wirklich nichts verändert, leider. Seit das mit Helga passiert ist, ist Jonas noch verschlossener als sonst. Er redet kaum mehr ein Wort mit mir. Und wenn, schnauzt er mich nur an. Er isst nichts mehr, jedenfalls bekomme ich davon nichts mit.«

Irene Trautschke reagierte verständnislos. »Wieso bekommst du davon nichts mit?«, fragte sie. »Du bist doch Jonas' Ehefrau.«

Hannah atmete schwer und breitete die Arme zu einer hilflosen Geste aus. »Ja, schon, aber was soll ich denn machen? Jonas ist den ganzen Tag über unterwegs und ich erreiche ihn nicht, denn sein Handy ist immer abgeschaltet. Wenn er dann mal nach Hause kommt, holt er sich eine Flasche Wein und zieht sich sofort in sein Arbeitszimmer zurück. Dort schläft er dann auch. Nehme ich jedenfalls an. Falls er überhaupt schläft.«

Hannah bedeckte ihr aschfahles Gesicht mit den Händen. »Mama, du würdest Jonas nicht wiedererkennen. Er lässt sich total gehen. Er sieht aus wie ein Penner: die Kleider verdreckt, unrasiert, fettige Haare. Und dann riecht er auch noch nach Alkohol. Und wie!«

»Es ist doch wirklich kein Wunder, dass Jonas sich zurzeit so hängen lässt. Nach alldem, was er seit vorgestern hat durchmachen müssen. Schließlich hat er beide Elternteile verloren. Seine Mutter ist tot. Brutal ermordet von seinem eigenen Vater, der jetzt dafür im Gefängnis sitzt – oder vielmehr in der Klapsmühle.«

»Mama, bitte rede nicht so abschätzig über Ansgar«, protestierte Hannah.

Irene Trautschke zeigte sich davon unbeeindruckt.

Sie zuckte mit den Achseln und hob die Augenbrauen. »Warum sollte ich das denn nicht tun? Das sind nun mal leider die nackten Tatsachen.«

Hannah trank einen Schluck Kaffee und tupfte sich den Mund mit einem Papiertaschentuch ab. »Ich fühle mich unglaublich hilflos«, jammerte sie. »Ich würde Jonas so gerne helfen, aber ich weiß nicht wie.«

Irene legte die Hand auf den Unterarm ihrer Tochter und streichelte ihn. »Kind, durch solch ein Stahlbad muss ein Mann ganz alleine gehen«, sagte sie mit ruhiger Stimme. »Männer verarbeiten Stresssituationen anders als wir Frauen. Die wollen gar nicht, dass wir ihnen helfen. Jonas ist da bestimmt nicht anders. Der will garantiert nur seine Ruhe haben. Das solltest du akzeptieren. Okay?«

Ein stummes Nicken als Antwort.

»Jeder Mensch trauert eben anders«, fügte Irene nach einer kurzen Pause hinzu. »Du wirst sehen: Schon in ein paar Tagen wird er sich ein klein bisschen mit den schrecklichen Dingen abgefunden haben. Und dann jeden Tag ein bisschen mehr. Die Zeit heilt viele Wunden.«

Irene Trautschke warf einen nachdenklichen Blick an die Decke und schob sogleich nach: »Die Zeit heilt alle Wunden.«

»Hoffentlich hast du recht, Mama.«

»Ja, bestimmt, mein Schatz«, sagte Irene und tätschelte Hannahs Arm. »Es wird alles gut werden. Du musst nur ganz fest daran glauben.«

Für einen kurzen Moment kehrte andächtige Stille im Wohnzimmer ein.

»Heute war übrigens die Polizei bei uns zu Hause. Die wollten von …«

»Ja, ja, ich weiß«, warf Irene dazwischen. »Das hast du mir vorhin schon alles am Telefon erzählt.«

Hannah war sichtlich irritiert. Sie zog das Kinn zum Hals und zog die gezupften Brauen zusammen. »Wirklich?«

»Ja, mein kleiner Schatz, wirklich«, erwiderte Irene freundlich.

»Ich bin total durcheinander.«

»Das ist in deiner Lage nur allzu verständlich. Du brauchst einfach ein wenig Abstand. Und vor allem brauchst du eins: Ruhe. Was hältst du davon, wenn du heute Nacht hier bei mir bleibst? Du kannst auf der Couch schlafen.«

»Das geht doch nicht.«

Irene Trautschke runzelte die Stirn. »Wieso geht das nicht?«

»Na ja, wegen Jonas. Was ist, wenn er mich sucht, weil er mich braucht?« Ihre Augen leuchteten hoffnungsvoll auf. »Vielleicht braucht er mich ja gerade heute Nacht. Und ausgerechnet dann wäre ich nicht für ihn da.«

»Das glaube ich eher weniger«, entgegnete Irene scheinbar emotionslos. »Ich bin mir ziemlich sicher, dass er im Augenblick viel lieber alleine ist.«

Mit schlurfenden Schritten ging sie zu einem der Fenster, schob die schweren Gardinen zur Seite und schaute gedankenversunken hinunter in eine kleine Parkanlage, die von mehreren Laternen in schummriges Licht getaucht wurde. Alles war wie mit Puderzucker bestäubt: die Bänke, die Rasenflächen, die immergrünen Sträucher. Selbst die winterkahlen Äste der Bäume waren mit einer dünnen Schneeschicht überzogen.

»Der Schnee bleibt jetzt liegen. Bei diesem Wetter lasse ich dich nicht alleine nach Hause fahren. Und dann auch noch in deinem Zustand.«

»Aber, Mama …«

»Nix aber«, würgte Irene ihre Tochter schroff ab. »Du rufst jetzt zu Hause an und sagst Jonas, dass du wegen der Straßenverhältnisse heute Nacht bei mir bleibst. Basta!«

Widerspruchslos fischte Hannah ihr Handy aus der Handtasche und wählte zuerst Jonas' Mobilfunk-, dann die gemeinsame Festnetznummer. Doch sie konnte ihren Ehemann nicht erreichen.

»Was soll ich denn jetzt machen?«, fragte sie weinerlich. »Jonas ist nicht da. Oder er geht nicht ans Telefon.«

»Na, dann sprich doch einfach auf euren Anrufbeantworter beziehungsweise auf seine Mailbox«, empfahl Irene. »Das reicht ja wohl als Nachricht aus. Irgendwann hört er sie bestimmt ab.« Hannahs Mutter öffnete ein Fenster und sog mit tiefen Zügen die eisige Nachtluft ein. »Komm mal zu mir«, forderte sie.

»Nein, besser nicht«, lehnte Hannah ab. »Mir ist schon kalt genug. Sonst erkälte ich mich noch.«

Irene duldete keinen Widerspruch. »Stell dich nicht so an und komm her.«

Widerwillig schob sich Hannah aus dem Fernsehsessel in die Höhe und trottete zu ihrer Mutter.

Irene Trautschke legte den ausgestreckten Zeigefinger auf die Lippen und wisperte: »Hörst du das?«

»Was?«

»Die Schreie der Eulen.«

Hannah spitzte die Ohren. »Ja, ich höre sie.«

»Unser Hausmeister sagt, es handelt sich um ein Waldkauz-Pärchen. Diese Vögel bleiben oft ein Leben lang ihren Partnern und ihren Nistplätzen treu. Das musst du dir einmal vorstellen. Ein ganzes Leben lang.« Sie seufzte ergriffen. »Wie romantisch.«

»Mama, mir ist wirklich kalt«, beschwerte sich Hannah. »Bitte mach das Fenster zu.«

»Gleich, mein Schatz, gleich«, wiegelte ihre Mutter ab. »Hörst du ihr ›Kju-Wit‹?«

»Ja, Mama, dieses schrille Geräusch ist kaum zu überhören«, gab Hannah genervt zurück. »Die Vogelschreie klingen richtig unheimlich. Da gruselt's einen ja.« Sie schüttelte sich wie ein nasser Pudel. »Mir läuft es eiskalt den Rücken runter.«

»Siehst du, da geht es dir nicht anders als vielen abergläubischen Menschen. Bei denen gelten die Eulen nämlich als Vögel des Todes und des Unheils. Das kommt anscheinend daher, weil sie die Kju-Wit-Rufe als ›komm mit‹ deuten.«

3

Montag, 5. Dezember

Nach der Dienstbesprechung, die kurz vor 10 Uhr endete, zogen sich Wolfram Tannenberg, seines Zeichens Leiter der Kaiserslauterer Mordkommission, und sein bester Freund, der Rechtsmediziner Dr. Rainer Schönthaler, in das Büro des Kriminalbeamten zurück.

»Da hast du denkfauler alter Knochen endlich mal den klaren Fall, den du dir schon so lange gewünscht hast«, sagte Dr. Schönthaler mit einem unglaublich breiten Grinsen.

»Abwarten«, bemerkte Tannenberg trocken.

Der Rechtsmediziner zog das Kinn zum Hals und rückte seine Fliege zurecht. »Ich für meinen Teil bedauere dagegen sehr, dass sich uns diesmal der Täter quasi selbst auf dem Silbertablett präsentiert hat.« Er seufzte tief. »Für einen begnadeten Hobbydetektiv wie mich ist das natürlich Langeweile pur, ödeste Tristesse.«

Tannenberg nippte an seinem Espresso und stellte die dickwandige kleine Tasse zurück auf den Unterteller. »Von wegen, mein lieber Rainer«, bemerkte er gelassen. »Solange uns der werte Herr Professor den Mord an seiner Ehefrau nicht gestanden hat, können wir den Fall nicht ad acta legen.«

»Quatsch«, zischte der Rechtsmediziner. »Das Geständnis des durchgeknallten Professors brauchst du überhaupt nicht. Die Indizien sprechen schließlich eine eindeutige Sprache.«

»Du immer mit deinen voreiligen Schlüssen.«

»Von wegen«, konterte Dr. Schönthaler. Er schnaubte verächtlich. »Oder glaubst du etwa an den großen Unbekannten, der in die Küche hineingeflogen ist, die Frau ermordet hat und dann wieder durch die offene Verandatür hinausgeflogen ist? Und das, ohne irgendwelche Spuren zu hinterlassen. Sag, glaubst du das?«

Tannenberg antwortete nicht, sondern rang sich ein gequältes Lächeln ab.

Der Pathologe fasste sein Gegenüber fest ins Auge. »Junge, finde dich endlich damit ab: Es gibt bis dato kein einziges Indiz, das auf einen anderen Täter als den schweigsamen Herrn Professor hindeuten würde.«

Wolfram Tannenberg presste die Handflächen aufeinander und legte die Fingerkuppen an die Lippen. Mit einem schmatzenden Geräusch entfernte er sie wieder. »Ja, das weiß ich natürlich, mein lieber Rainer. Aber irgendetwas ist nicht koscher an der Sache. Das hab ich im Urin.«

Dr. Schönthaler schlug die Hände über dem Kopf zusammen. »Ojemine, du und deine Körpersäfte. Wann hast du mir eigentlich zum letzten Mal eine Urinprobe abgegeben?«

Sein Freund verdrehte die Augen.

»Was passt dir denn eigentlich nicht an deinem neuen Fall? Sonst jammerst du immer rum, dass die Ermittlungsarbeit im K 1 oft viel zu komplex sei für dein armes kleines Kriminalistenhirn. Und jetzt hast du endlich …«

»Ich verstehe einfach nicht, warum Wildberger den Mund nicht aufmacht«, fiel ihm Tannenberg ins Wort. »Warum schweigt er wie ein Grab?«

»Na, warum wohl, Wolf? Hast du schon einmal das Wort ›Schock‹ gehört?« Als der Chef-Ermittler nicht reagierte, schob Dr. Schönthaler nach: »Der Mann ist völlig paralysiert. Kein Wunder, schließlich hat er seiner Ehefrau ein Fleischermesser ins Herz gerammt. Solch eine Wahnsinnstat muss man erst mal verarbeiten. Und das braucht seine Zeit.«

»Warum hat er das getan? Was ist sein Motiv?«, fragte Tannenberg mehr sich selbst. »Warum hat er seine Frau getötet?«

Der Pathologe zog die Mundwinkel nach unten und hob die Schultern. »Na ja, vielleicht hat sie ihn bis zur Weißglut geärgert. So etwas soll selbst in den besten akademischen Kreisen vorkommen.«

Der Kriminalbeamte stieß abschätzig Luft durch die Nase. »Nein, das glaube ich nicht. Wegen einem kleinen Streit ermordet man doch nicht gleich seine Ehefrau.«

»Wieso? Vielleicht haben sich an diesem Tag bei unserem schweigsamen Herrn Professor einige gravierende Dinge summiert. Vielleicht hat irgendetwas das Fass zum Überlaufen gebracht und dann eine Affekthandlung ausgelöst.«

Tannenberg wiegte skeptisch den Kopf hin und her. »Trotzdem, Rainer. Irgendetwas ist faul an der Sache.«

»Du siehst Gespenster, Wolf! Du willst nur nicht wahrhaben, dass du es diesmal mit völlig unspektakulärem, hundsgewöhnlichem Totschlag zu tun hast.«

»Du wiederholst dich.«

Dr. Schönthaler wies mit dem ausgestreckten Arm Richtung Zimmertür. »Ganz im Gegensatz zu deinen Kollegen, die allesamt meiner Meinung sind«, behauptete er.

Tannenberg grinste herausfordernd. »Es wäre nicht das erste Mal, dass meine Mitarbeiter und du falsch liegen.«

»Apropos Kollegen«, zeigte sich der Rechtsmediziner von dem Einwurf unbeeindruckt. »Ich fand es übrigens ausgesprochen kollegial und nett von dir, dass du vorhin freiwillig Sabrinas Bereitschaftsdienst übernommen hast. Ist ja eine ganz neue Seite an dir. So kenne ich dich ja gar nicht.«

»Da staunst du, gell?«

»Ja, das kann man mit Fug und Recht behaupten.«

»Du könntest mir übrigens heute Abend ein wenig Gesellschaft leisten.«

Dr. Schönthaler versetzte seinem Freund einen kräftigen Prankenhieb auf die Schulter. »Das hätte ich auch ohne diese überflüssige Nötigung getan, mein alter Junge. Und du weißt auch, warum, gell, mein liebes Wölfchen?«

»Nee«, gab Tannenberg schmunzelnd zurück.

»Weil ich dir dringend mal wieder deine Grenzen aufzeigen muss.«

»Für Übermut hast du keinen Grund, du Angeber«, entgegnete der Leiter des K 1. »Schließlich habe ich dich aus purem Mitleid die letzten beiden Partien gewinnen lassen.«

»Was, du hast mich gewinnen lassen?«, prustete der Rechtsmediziner. »Pah, dass ich nicht lache. Bereite du dich lieber schon mal mental darauf vor, dass du heute Abend eine vernichtende Niederlage erleben wirst. Nicht umsonst bezeichnet man mich in Profikreisen als Schachgott.«

Tannenberg faltete die Hände und bewegte sie beschwörend auf und ab. »Bitte lieber Gott, lass Frustrationstoleranz vom Himmel regnen, sonst überlebt mein alter Freund diesen Abend nicht.«

JONAS

Montag, 5. Dezember, 22.30 Uhr

Heute Morgen war ich dort.

In dem Haus, in dem es passiert ist.

In meinem Elternhaus.

In dem Haus, in dem ich bis vor drei Jahren gelebt habe.

Unter einem Dach mit einem gemeingefährlichen Verbrecher.

Dem Mörder meiner Mutter!

Wahnsinn!

Ich hatte mir fest vorgenommen, dieses Haus nie mehr zu betreten.

Noch nicht einmal der nervige Kommissar hat es geschafft, mich dazu zu bringen. Obwohl er schon an Mutters Todestag wollte, dass ich noch mal ins Haus reingehe, um nachzuschauen, ob etwas fehlt.

»Sie wollen wissen, ob etwas fehlt?«, hab ich ihn angebrüllt. »Ja, es fehlt etwas: meine Mutter!«

So ein Idiot!

Der Typ ist ganz cool geblieben, hat sich nicht provozieren lassen.

»Entschuldigung, Herr Wildberger. Ich will Sie wirklich nicht quälen«, hat er rumgesülzt, obwohl ihm natürlich klar war, dass er genau das getan hat, indem er mich bedrängt hat, in dieses Scheiß-Haus zurückzukehren.

»Bitte haben Sie Verständnis dafür, dass wir unsere Arbeit tun müssen. Und dazu gehört eben auch die Abklärung aller denkbaren Möglichkeiten. Zum Beispiel müssen wir in Erwägung ziehen, dass ein Einbrecher die Tat begangen haben könnte. Und dafür müssten wir eben wissen, ob etwas gestohlen wurde. Theoretisch könnte es schließlich so gewesen sein. Allerdings muss ich eingestehen, dass nach dem aktuellen Ermittlungsstand wenig dafür spricht.«

Einbruch – so ein Quatsch! Na ja, diese hirnrissige Arbeitshypothese hat die Kripo dann ja auch ziemlich schnell verworfen. »Wegen der Spurenlage, die nicht den geringsten Anhaltspunkt für ein gewaltsames Eindringen in Ihr Elternhaus liefert«, wie mir dieser komische Tannenberg Stunden später telefonisch mitgeteilt hat.

Deshalb war es auch nicht mehr nötig gewesen, dass ich mir das antue. Hätte ich eh nicht getan. Noch heute Morgen war ich mir ganz, ganz sicher, dass ich dieses Haus nie wieder betreten würde. Weil ich es einfach nicht ertragen könnte. Hab ich gedacht.

Und dann hat es mich plötzlich magisch dort hingezogen.

Ich konnte nichts dagegen machen.

Mein Körper hat mir nicht länger gehorcht.

Meine Beine sind einfach losgelaufen.

Wie ferngesteuert.

Und dann stand ich auf einmal vor der Haustür.

Plötzlich war alles wieder da, alles.

Sogar der Geruch nach frisch gebrühtem Kaffee, den ich bis zu diesem Zeitpunkt völlig vergessen hatte.

Meine Hand griff in die Hosentasche.

Der Schlüssel war eiskalt.

Mein Körper erstarrte.

Ich schloss unwillkürlich die Augen.

Auf meiner inneren Leinwand wurde ein Film abgespielt:

Ich entriegele die Tür, trete in den Flur.

In Großaufnahme sehe ich, wie sich mein Mund in Zeitlupentempo weit öffnet.

Ich rufe: »Mu…!«

Dann schließt er sich, um sich wenig später wieder zu öffnen und das Wort zu vollenden: »…tter!«, dröhnt es in meinem Kopf.

»Ich hab frische Brötchen gekauft«, höre ich nun in normaler Geschwindigkeit, allerdings unheimlich hallend.

Nachdem meine Worte verklungen sind, lausche ich einen Moment ins Haus hinein und schaue die Treppe hoch.

Dann drehe ich den Kopf nach rechts in Richtung des Wohnzimmers.

Noch immer keine Antwort.

Während ich auf die geschlossene Küchentür zugehe, rufe ich noch einmal: »Muuutter! Wo bist duuuu?«

Aber alles bleibt still.

Ich drücke die Messingklinke herunter, öffne die Tür.

Mein erster Blick fällt direkt auf ihn.

Er sitzt nur zwei Schritte entfernt von mir am Tisch, sein nach vorn gebeugter Rücken ist mir zugewandt.

Die Ellbogen ragen auf beiden Seiten über den Stuhl hinaus, kurz oberhalb der Sitzfläche.

Seine Arme liegen also nicht auf dem Tisch.

Die Hände kann ich nicht sehen.

Der Kopf ist zur Brust hin geneigt.

Ich sehe nur die Haare des Hinterkopfes.

Er scheint zu schlafen.

Dann entdecke ich Mutter.

Sie liegt ausgestreckt auf dem Rücken.

In ihrer linken Brust steckt ein Messer.

Es hat einen langen, schwarzen Griff.

Ein paar Zentimeter darunter befinden sich ihre Hände.

Die Finger sind ineinander verschränkt.

Es sieht aus, als ob sie beten würde.

Ihre Bluse ist voller Blut.

Im ersten Moment bin ich wie versteinert, mein Körper gehorcht mir nicht.

Ich will zu ihr hin, kann aber nicht.

Plötzlich geht es doch.

Ich hechte zu Mutter, versuche am Hals ihren Pulsschlag zu ertasten.

Aber ich spüre ihn nicht.

Dann am Handgelenk – auch nichts.

Ich sehe von der Küchentür aus wie ich – wieder in Zeitlupe – aufspringe.

Nun stehe ich seitlich versetzt etwa einen Meter vor ihm.

Die imaginäre Kamera ist direkt auf mich gerichtet.

Mit schmerzverzerrtem Gesicht schreie ich: (Ich kann das erste Wort, das ich gebrüllt habe und das mit V beginnt, nicht schreiben, weil ich seit diesem Tag keinen V. mehr habe!!!) »Was ist passiert?«

Er reagiert nicht, blickt nicht einmal zu mir auf.

Ich sehe sein Gesicht nicht, nur die Stirn, die Brille und die Nasenspitze.

Ich packe ihn an den Schultern, schüttele ihn.

Er setzt mir keinen Widerstand entgegen.

Sein Körper ist völlig schlaff.

Er scheint sich in einem Trancezustand zu befinden.

Ich lasse ihn los, renne ins Wohnzimmer zum Telefon, rufe den Notarzt.

Dann laufe ich zurück in die Küche.

Alles ist unverändert.

Plötzlich überkommt es mich.

Ich fange an …

Verdammt, was soll das? Warum quäle ich mich damit? Ich kann ja sowieso nichts daran ändern. Seit diesem verfluchten Samstagmorgen ist nichts mehr so, wie es einmal war.

Mutter ist tot!

Was soll diese ganze bescheuerte Psychokacke überhaupt? Das bringt doch nichts!

»Jonas, du darfst dich jetzt nicht aufgeben«, hat Wolfgang vorhin gesagt. »Die Idee mit dem Tagebuch ist exakt die richtige Strategie, mit der du diese Extremsituation bewältigen kannst. Du musst unbedingt damit weitermachen, egal wie schwer es dir auch fallen mag. Du musst dich mit den schrecklichen Ereignissen offensiv auseinandersetzen.«

»Ich muss überhaupt nichts!«, habe ich ihn angeschrien.

»Doch, doch, Jonas, das musst du. Das bist du dir und vor allem auch deiner Mutter schuldig. Sie hätte nicht gewollt, dass du dich hängen lässt.«

»Was weißt denn du schon, was Mutter gewollt hätte.«

»Glaub mir, ich weiß es.«

»Woher? Hat dir das heute Nacht der liebe Gott eingeflüstert, oder was?«

»Du musst dir minutiös in Erinnerung rufen, was passiert ist«, hat er weitergeredet. »Du musst detailliert aufschreiben, was du denkst und was du fühlst. Ohne es zu wissen, hast du heute Morgen schon den ersten wichtigen Schritt dafür getan, als du dich zurück in die Trauma auslösende Situation begeben hast.«

»Laber, laber, laber.«

»Das war genau das Richtige, Jonas. Die Psychologen nennen diese Methode ›Konfrontationstherapie‹. Dadurch kannst du die psychische Extremsituation, in der du dich verständlicherweise gerade befindest, Stück für Stück bewältigen. Du wirst sehen, dass dein Gehirn, wenn du es immer und immer wieder mit dem passenden Input fütterst, die dramatischen Ereignisse mit der Zeit verarbeiten wird.«

»Verarbeiten? Glaubst du denn wirklich, dass man solch einen Wahnsinn verarbeiten kann?«, hab ich meinen Patenonkel, den berühmten Gehirnforscher, gefragt. »Am Ende behauptest du noch, dass man mit albernen Psychospielchen wie diesem die schrecklichen Erinnerungen aus meinem Gedächtnis löschen kann. Vielleicht sogar vollständig – wie eine überflüssige Datei von der Festplatte eines Computers?«

»Mit dem, was du ›Psychospielchen‹ nennst, geht das sicherlich nicht. Ein weitgehendes Löschen wäre nur mit einem konventionellen chirurgischen Eingriff oder einer Laserbehandlung möglich«, hat Wolfgang geantwortet.

Danach hat er eine Pause eingelegt und ist gedankenverloren in seinem Arbeitszimmer umhergewandert.

»Jonas, du glaubst ja gar nicht, was mit der modernen Lasertechnik alles möglich ist«, hat er anschließend gesagt. Dabei hat er mir ganz tief in die Augen geschaut. »Aber diese Option wollen wir vorerst nicht weiter verfolgen. – Wir waren gerade bei der therapeutischen Verarbeitung von schrecklichen Erlebnissen, nicht wahr?«

»Ja, das waren wir«, hab ich geantwortet. »Nur kann ich nicht daran glauben, dass das auch tatsächlich funktioniert.«

»Aber natürlich funktioniert es«, hat Wolfgang behauptet, aber er hat gleich einschränkend hinzugefügt: »Zumindest in den meisten Fällen. Allerdings können diese therapeutischen Maßnahmen nur etwas Positives bewirken, wenn du nichts verdrängst und nicht vor deinen schmerzhaften Erinnerungen wegrennst, sondern dich ihnen stellst. Damit tust du genau das, was vor dir viele Schriftsteller und Philosophen bereits intensiv gemacht haben: Sie haben sich ihren gesamten Kummer von der Seele geschrieben. Das ist so ziemlich das einzige Mittel, das dir jetzt helfen kann. Außer den therapeutischen Gesprächen mit einem qualifizierten Psychologen natürlich. Aber den würdest du ja sowieso niemals konsultieren. Dafür kenne ich dich viel zu gut.«

Wie recht er damit hat!

Unvermittelt hat mich Wolfgang am Arm gepackt und mich mit stechendem Blick fixiert. »Jonas, ich möchte dir dabei helfen. Am besten treffen wir uns regelmäßig und reden ausführlich über alles, was dich belastet. Ich sehe doch, was mit dir los ist. Ist ja auch nicht verwunderlich angesichts dessen, was passiert ist. Aber du darfst nicht resignieren. Du musst kämpfen. Versprichst du mir das?«

Damit er endlich Ruhe gibt, hab ich's ihm versprochen.

Aber er hat keine Ruhe gegeben, sondern etwas gesagt, das mich auf die Palme gebracht hat: »Jonas, auch ich leide wie ein Hund. Das kannst du mir wirklich glauben. Auch deshalb, weil ich Angst um dich habe. Ich will nämlich nach meinem besten Freund nicht auch noch mein einziges Patenkind verlieren.«

»Dein bester Freund hat meine geliebte Mutter umgebracht!«, hab ich ihm ins Gesicht gebrüllt. »Dein bester Freund ist ein Mörder!«

Das hat ihm die Sprache verschlagen und er hat nur stumm genickt. Dann bin ich gegangen. Ohne ein weiteres Wort zu verlieren.

Und jetzt sitze ich wieder hier an meinem PC und schreibe dieses bescheuerte Tagebuch. Wie ein Teenager. Eigentlich hab ich überhaupt keine Lust, das alles aufzuschreiben. Ich quäle mich doch nur damit.

Aber vielleicht sollte ich trotzdem weitermachen. Vielleicht hat Wolfgang ja recht, wenn er behauptet, dass es mir hilft. Eigentlich habe ich gar keine andere Wahl. Oder vielleicht doch? Wenn ich's mir recht überlege, hat Wolfgang von einer zweiten Option gesprochen. Obwohl … Ein chirurgischer Eingriff? Soll ich eine derartige Radikalmaßnahme wirklich ernsthaft in Betracht ziehen?

Na ja, egal. Jetzt versuch ich es erst mal so. Wo war ich denn gerade? Mist, ich hatte mir doch vorgenommen, streng chronologisch bei der Beschreibung des Tagesablaufs vorzugehen. Da ist mir eben wohl einiges durcheinandergeraten: Der Besuch bei Wolfgang war schließlich erst am Abend, und eigentlich bin ich ja immer noch beim Morgen des heutigen Tages.

Ja, genau. Also, dann drehe ich im Kopf eben die Uhren zurück: Ich stand vor der Haustür und musste mit geschlossenen Augen diesen Horrorfilm in meinem Kopf anschauen. Als er endlich fertig war, hab ich die Tür aufgeschlossen und bin ins Haus rein. Ganz vorsichtig. Auf Zehenspitzen. So wie früher manchmal, wenn ich erst spät nachts von der Uni heimgekommen bin und niemanden aufwecken wollte.

Dann bin ich stehen geblieben und hab gehorcht. Es war still, sehr still. Das Einzige, was ich hörte, war das leise Ticken der Wanduhr. Die Küchentür stand weit offen. Ich hab hineingeschaut. Genau dorthin, wo Mutter am Samstag auf dem Boden gelegen hatte.

Eigentlich habe ich vorgehabt, in die Küche reinzugehen. Aber dann hab ich die weiße Kreideumrandung entdeckt, mit der die Kripo die Lage ihres Körpers markiert hatte.

Plötzlich konnte ich es nicht mehr. Ich bin ins Wohnzimmer, wollte mich auf die Couch setzen. Einfach nur ein bisschen ausruhen, neuen Mut schöpfen.

Doch auf dem Weg dorthin kam ich am Kamin vorbei. Dort, wo ihr großes Hochzeitsfoto steht: Mutter sitzt auf einem Stuhl und blickt bewundernd zu ihm hoch, während er arrogant in die Kamera lächelt.

Bei diesem Anblick ist mir übel geworden. Ich hab keine Luft mehr gekriegt. In Panik bin ich rausgerannt, hab die Haustür hinter mir zugeknallt.

Anschließend lief ich ziellos durch die Stadt, bestimmt zwei Stunden lang. Irgendwann stand ich vor dem Polizeipräsidium. Wie ich dort hingekommen bin, weiß ich nicht. Ich war wie ferngesteuert. In der gesamten Zeit hab ich nicht ein einziges Mal darüber nachgedacht, was ich eigentlich tue. Ich bin nur gelaufen, immer weitergelaufen.

Im Eingangsbereich hab ich auf der Tafel nachgeschaut, wo sich die Mordkommission befindet, und bin die Treppe hoch in den dritten Stock hochgestiegen. Dort hab ich die Türschilder nach diesem Kommissar Tannenberg abgesucht. Doch als ich vor seiner Tür stand, konnte ich nicht anklopfen. Ich war wie gelähmt. Eine unglaublich starke Kraft hat mich umgedreht und meine Beine in Bewegung gesetzt.

Das ist alles so verrückt!

Ein paar Meter von mir entfernt hat sich plötzlich eine Tür geöffnet – und dieser Kommissar stand vor mir.

»Was halten Sie von Telepathie?«, hat er mich gefragt.

Ich hab natürlich nicht gewusst, was er meint.

»Anscheinend ist da was dran«, hat er gesagt. »Ich hab nämlich eben an Sie gedacht und wollte Sie gerade anrufen. Ich hätte da nämlich noch ein paar Fragen.«

Dann hat er mich in sein Büro gebeten, in dem schon ein anderer Mann saß. Mit dem hat Tannenberg offenbar während seiner Arbeitszeit Schach gespielt. Irre, oder?

Ohne dass ich ihn darum gebeten hätte, gab er mir einen ausführlichen Überblick über den aktuellen Stand der Ermittlungen:

»Tatortbefund und Spurenlage sind eindeutig, Herr Wildberger: Danach kommt nur Ihr V. als Täter in Betracht. Auf der Tatwaffe wurden ausschließlich seine Fingerspuren sichergestellt. Es gibt keinerlei Hinweise auf eine mögliche Täterschaft einer dritten Person.

Wir haben weder Anhaltspunkte für ein gewaltsames Eindringen in Ihr Elternhaus entdeckt noch gibt es Zeugenaussagen hinsichtlich einer oder gar mehrerer weiterer Personen, die sich in der fraglichen Zeit in der Nähe des Hauses aufgehalten haben oder die beim Betreten oder beim Verlassen Ihres Elternhauses beobachtet wurden.

Aufgrund der Indizienlage betrachten wir die Täterschaft Ihres V. als eindeutig geklärt. Das Einzige, was uns noch fehlt, ist sein Geständnis. Aber Ihr Herr V. zieht es leider weiterhin vor, sich nicht zu den gravierenden Anschuldigungen zu äußern. Wie ich gehört habe, spricht er noch nicht einmal mit seinem Pflichtverteidiger. Könnten Sie ihn denn nicht mal aufsuchen? Vielleicht bricht er ja Ihnen gegenüber sein Schweigen.«

»Nein, Herr Kommissar. Das werde ich niemals tun! Dieser Mann existiert für mich nicht mehr«, hab ich klargestellt.

»Seien Sie doch nicht so hartherzig. Er ist doch schließlich Ihr V.«, hatte dieser blöde Bulle versucht, mich umzustimmen. »Und Sie sind sein einziger Verwandter, wie unsere Nachforschungen ergaben. Sie selbst haben doch auch keine anderen Blutsverwandten mehr. Kommen Sie, Jonas, geben Sie sich einen Ruck und besuchen Sie ihn.«

Aber ich bin hart geblieben. »Nein. Das kann ich auch gar nicht.«

Da hat dieser Tannenberg aber blöd aus der Wäsche geguckt. »Wieso?«

»Ganz einfach: weil dieser Kretin nicht mehr lebt. Jedenfalls für mich. Er ist tot, mausetot!«

Dann hat der Typ kapiert, dass ich eine harte Nuss bin.

»Nun gut, Herr Wildberger. In Ihrer Lage müssen Sie wahrscheinlich so denken, um die schrecklichen Ereignisse verarbeiten zu können«, hat er sich endlich geschlagen gegeben. »Haben Sie denn inzwischen eine Erklärung dafür, warum er seine Ehefrau umgebracht hat?«

»Nein, Herr Kommissar, ich hab immer noch keine. Verdammt noch mal, es gibt auch keine! Es kann keine geben.«

»Da muss ich Sie leider enttäuschen, mein lieber Herr Wildberger. Es gibt immer ein Motiv«, behauptete Tannenberg. »Auch wenn das Tatmotiv uns in Anführungsstrichen normalen Menschen auch noch so abwegig und nicht nachvollziehbar erscheint. – Noch etwas anderes: Es steht definitiv fest, dass Ihre Mutter nach dem tödlichen Messerstich auf die Seite gefallen und dann einige Zeit in halber Bauchlage gelegen hat.«

»Woher wollen Sie das so genau wissen?«

»Das spielt keine Rolle. Ich möchte Ihnen die forensischen Details ersparen.«

»Sehr rücksichtsvoll, Herr Kommissar«, hab ich ihn verspottet.

»Als Sie Ihre Mutter gefunden haben, lag sie jedoch auf dem Rücken, nicht wahr?«

»Ja.«

»Und ihre Hände waren auf dem Bauch ineinander gefaltet. Das ist doch auch richtig, oder?«

»Ja.«

»Sie haben wirklich nichts verändert?«

»Nein!«

»Daraus folgt logischerweise, dass Ihr V. seine Frau umgebettet haben muss. Und zwar in der Form, dass er Ihre Mutter auf den Rücken gedreht und ihre Hände auf dem Bauch verschränkt hat. Warum hat er das wohl getan?«

»Woher soll ich denn wissen, was in dem kranken Hirn dieses Irren vorgegangen ist?«, hab ich diesem Tannenberg geantwortet. »Woher wollen Sie denn nun wissen, dass Mutter erst auf die Seite gefallen ist?«, hab ich nachgehakt. »Sie brauchen mich nicht zu schonen. Dreckiger kann es mir nicht mehr gehen.«

Der Kommissar hat mir seinen Schachpartner vorgestellt. Ein gewisser Dr. Schönthaler, der zuständige Rechtsmediziner. Im ersten Augenblick habe ich geschluckt, denn er war ja wohl der, der Mutter …

»Nach der tödlichen Messerattacke wurde Ihre Mutter umgelagert«, hat er gesagt. »Das steht aufgrund des Obduktionsergebnisses und einer von uns durchgeführten Tatrekonstruktion definitiv fest. Der Messerstich hat unmittelbar zum Tod geführt. Ihre Mutter hat also nicht gelitten.«

Als ich das hörte, bekam ich fürchterliche Kopfschmerzen. Gleich darauf hat mir der Kommissar auch noch mitgeteilt, dass die Staatsanwaltschaft Mutters Leichnam zur Bestattung freigegeben hat. Da hab ich's nicht mehr ausgehalten und bin wie ein Wahnsinniger aus seinem Büro gestürmt. Einfach weg.

Ich bin wieder ziellos durch die Stadt geirrt. Irgendwann bin ich dann in einer Kneipe gelandet und habe mich zugeschüttet.

Als ich nach Hause kam, war Hannah natürlich schon lange von der Arbeit zurück. Sie war total aufgeregt und hat mich gleich wieder mit diesen verdammten Fragen bombardiert: »Wo warst du? Was hast du gemacht? Warum hast du dich nicht gemeldet?«

Und schließlich wieder dieses nervige Gejammere und Rumgeheule: »Wie soll das alles weitergehen? Wie soll ich das nur aushalten? Warum sprichst du nicht mit mir über deine Probleme?«

Ich hab nicht geantwortet, sondern ihr mitgeteilt, dass sie mich in Ruhe lassen soll. Anschließend habe ich mich in meinem Arbeitszimmer eingeschlossen.

Ein paar Minuten später hat sie wie eine Irre an die Tür getrommelt und gerufen: »Ein Journalist ist am Telefon. Er will dich dringend sprechen.«

»Der Aasgeier soll sich zum Teufel scheren«, hab ich zurückgeschrien.

Dann war es endlich still. Eigentlich wollte ich mich gleich an den PC setzen und an meinem Tagebuch weiterschreiben, doch ich entschied mich um und ging zum Fenster. Und als ich dastand und in die dunkle Nacht hinausschaute, war es plötzlich da, dieses fürchterliche Wort. Dieses Wort, das der Kommissar heute Nachmittag in den Mund genommen hatte: Beerdigung.

Beerdigung – das klingt so endgültig, so verflucht endgültig!

Darum kann ich mich nicht kümmern.

Das stehe ich nicht durch!

Nein, das schaffe ich nicht!

Und ich will es auch nicht!

Ich kann das einfach nicht: einen Sarg aussuchen, den Text für eine Todesanzeige aufsetzen, den perversen Leichenschmaus organisieren.

Außerdem kann ich dieses scheinheilige Pfaffengelaber nicht ertragen. Und mich dann auch noch an ihr offenes Grab stellen …

Nein, das kann ich nicht!!!

Aber irgendwer muss es schließlich tun, hab ich mir schließlich gesagt. Ich hab gegrübelt und gegrübelt. Aber ich bin einfach nicht weitergekommen, hab mich immer nur im Kreis gedreht.

Am Ende taucht der Dreckskerl dort auch noch auf, ist es mir durchs Hirn geschossen. Das wäre wohl der blanke Zynismus! Nach dem, was dieses Dreckschwein getan hat, ist ihm wohl alles zuzutrauen, auch so etwas Perverses!

Von einer Sekunde auf die andere hab ich mich im Arbeitszimmer total eingesperrt gefühlt, hab Atemnot bekommen. Ich hatte das Gefühl, dass mir jemand die Luft abschnürt. Ich musste sofort raus, mich bewegen, laufen, rennen. Obwohl meine Beine von meinem ziellosen Umherstreifen ziemlich schwer waren, bin ich wieder los. Aber diesmal hatte ich ein konkretes Ziel: das Haus meines Patenonkels Wolfgang. Zum Glück wohnt er ja nicht weit von uns entfernt.

Als ich ihm eröffnet habe, dass ich Mutters Beerdigung nicht ertragen würde, hat er sehr verständnisvoll reagiert. Zuerst hat er gefragt, ob nicht Hannah, am besten mit Unterstützung ihrer Mutter, die Formalitäten für mich regeln könnte. Außerdem hat er mir angeboten, dass er mich bei der Beerdigung begleiten und sich um mich kümmern würde. Das fand ich richtig toll von ihm.

Leider musste ich ihm sagen, dass meine Probleme dadurch nicht gelöst wären. Denn erstens will ich keine normale Beerdigung mit allem möglichen Brimborium und zahlreichen Gaffern, Heuchlern und Pressegeiern. Und außerdem will ich unbedingt verhindern, dass ihr Mörder erfährt, wo und wann sie beerdigt wird. Die Vorstellung, dass er irgendwann an ihrem Grab steht, macht mich wahnsinnig.

»Das muss ich unter allen Umständen verhindern. Das bin ich meiner Mutter schuldig!«, hab ich klargestellt.

Daraufhin hat Wolfgang mir einen interessanten Vorschlag unterbreitet. »Jonas, was hältst du von einer Feuerbestattung? Ich bin mir sicher, dass ich eine Einäscherung für dich organisieren könnte, von der niemand etwas erfahren wird. Keine Trauerfeier, keine Reden, keine Trauergäste, kein Leichenschmaus. Am besten in einer anderen Stadt. Das würde ich sicherlich hinkriegen, schließlich kenne ich den Oberstaatsanwalt Dr. Hollerbach ganz gut.«

Das war ein richtig guter Vorschlag. Ich hab ihm gleich grünes Licht gegeben und ihm eine Blankovollmacht ausgestellt. Damit kann er nun alles regeln.

»Dann besteht auch keine Gefahr, dass Ansgar etwas davon mitbekommt«, hat er noch gemeint. »Deine Angst, dass er auf dem Friedhof erscheinen könnte, ist sowieso unbegründet. Schließlich befindet er sich in der geschlossenen Abteilung der Landespsychiatrie.«

»Wolfgang, tu mir bitte einen großen Gefallen und nimm in meinem Beisein nie mehr seinen Namen in den Mund. Nie mehr, ja?«

Eigentlich müsste man noch viel weiter gehen, als nur auf die Nennung seines Namens zu verzichten.

Nein, umbringen sollte man ihn nicht. Obwohl er es mehr als verdient hätte! Der Tod wäre nur eine Erlösung für ihn. Er soll in seinem Kerker weiterleben – weiterschmoren! Jeden Tag mit seiner Tat leben müssen! Immer wieder daran erinnert werden! Bis er eines hoffentlich noch fernen Tages elendig verreckt.

Und hier draußen müsste man alles zerstören, was an ihn und seine Existenz erinnert. Mit einem starken Laserstrahl müsste man seinen Namen aus dem Gedächtnis der

Menschen brennen, alle Fotos von ihm vernichten, die Bücher, die er geschrieben hat, einstampfen – jegliche Erinnerung an seine Existenz auslöschen!

4

Irene Trautschke erwartete ihre Tochter am Haupteingang der Pfälzischen Zentralbank in der Marktstraße, bei der Hannah seit mehr als vier Jahren beschäftigt war. Nach dem Abitur am Rittersberggymnasium hatte sie eigentlich an der Mainzer Universität Sport studieren wollen. Doch aufgrund der hartnäckigen Intervention ihrer Mutter, die immerfort auf die miserablen Berufsaussichten der Absolventen dieses Studiengangs verwiesen hatte, war sie schweren Herzens umgeschwenkt und hatte den vermeintlich zukunftssicheren Hafen einer Banklehre angesteuert. Sie hatte es damals nicht geschafft, sich gegen ihre willensstarke und herrschsüchtige Mutter durchzusetzen.

Die nasskalte Winterluft kroch an Irenes Beinen empor und jagte ihr frostige Schauer über den Rücken. Als Gegenmaßnahme verlagerte sie ihr Körpergewicht von einem Fuß auf den anderen und schlug den Kragen ihres Wintermantels hoch. Doch das zeigte nicht die erhoffte Wirkung. Deshalb klopfte sie sich mit ihren in bunten Fäustlingen versteckten Händen auf die Oberschenkel und trippelte auf der Stelle.

Ihr gedankenversunkener Blick schwebte hinüber zur anderen Seite der Marktstraße und traf dort auf eine pausbäckige, untersetzte Frau, die neben dem Eingang eines Drogeriemarktes stand. Sie war mit einem farbenfrohen Trachtengewand kostümiert und gab zu einer schrillen, völlig übersteuerten Kassettenrekordermusik irgendeine osteuropäische Volksweise zum Besten.

»Mama, was machst du denn hier?«, erklang plötzlich eine wohlbekannte Stimme in Irenes Rücken.

Irene Trautschke wandte sich um und begrüßte ihre Tochter mit zwei zärtlich gehauchten Wangenküsschen. »Ach, Kindchen, heute ist doch Nikolaustag«, seufzte sie. »Und da hab ich mir gedacht, dass ich dir eine kleine Freude bereiten könnte. Du hast doch bestimmt nichts gegen ein bisschen Abwechslung einzuwenden, oder?«

»Abwechslung?«, entgegnete Hannah mit fragendem Gesichtsausdruck.

»Ja, mein Schatz, du hast richtig gehört: ein bisschen Abwechslung«, wiederholte Irene. »Die kannst du gut gebrauchen. Wir beiden Hübschen unternehmen jetzt einen gemeinsamen Bummel über den Weihnachtsmarkt. Einverstanden?«

Hannah Wildberger zögerte mit ihrer Antwort. »Aber … aber ich … ich muss nach Hause«, stammelte sie. »Wegen Jonas. Der braucht mich doch.«

»Das glaube ich eher weniger«, sagte Irene in leicht spöttischem Ton. »Jonas will gegenwärtig garantiert nichts anderes als seine Ruhe haben. Da bin ich mir ganz sicher.«

Hannahs skeptische Miene sprach Bände.

Irene stieß ein wenig Luft durch die Nase. »Diese Zeit des Rückzugs und der Besinnung solltest du Jonas unbedingt gönnen. Außerdem kann er dich ja jederzeit auf deinem Handy erreichen, wenn er das möchte. Nicht wahr, mein Schätzchen?«

Reflexartig griff Hannah in ihre Handtasche und vergewisserte sich, dass sie ihr Handy dabeihatte und es eingeschaltet war.

»Wahrscheinlich hast du recht, Mama«, stimmte sie schließlich zu.

»Wahrscheinlich?«, fragte Irene lachend und hakte sich bei ihrer Tochter unter. »Hab ich nicht immer recht, mein Schatz?«

Die beiden geschmackvoll gekleideten Frauen schlenderten die Marktstraße entlang. Zwischen einem Ein-Euro-Laden und der Filiale eines Mobilfunkunternehmens entdeckten sie einen Maronen-Verkaufsstand. Der Röstofen war in einer blitzblank gewienerten Lokomotive untergebracht. Irene konnte diesem ebenso verführerischen Duft nicht widerstehen, zumal die frisch gerösteten, heißen Kastanien sich angenehm warm in ihren Händen anfühlen würden.

Mit strahlendem Gesicht nahm sie eine braunkarierte Papiertüte mit den dampfenden Leckereien entgegen und roch intensiv daran. Mit ihren Händen umschloss sie die Tüte wie einen Kelch und hielt sie ihrer Tochter unter die Nase. Hannah reagierte jedoch nicht gerade begeistert und drehte angewidert den Kopf zur Seite.

»Oh, entschuldige. Ich hatte völlig vergessen, dass du Kastanien auf den Tod nicht ausstehen kannst.« Mit unüberhörbar vorwurfsvollem Unterton ergänzte sie: »Nur, weil du dir als Kind einmal die Finger daran verbrannt hast.«

Hannah Wildberger hob die Augenbrauen und nickte eifrig. »Und zwar ganz schön, Mama. Ich spüre heute noch die Schmerzen, wenn ich daran denke.«

»Na ja, mein armes, zartes Prinzesschen. Ganz so schlimm war's nun auch wieder nicht. Die kleinen Fingerchen sind schließlich noch dran, nicht wahr?«, erwiderte Irene in einer Stimmlage, in der man gewöhnlich mit einem Kleinkind spricht.

Vorsichtig entnahm Irene der Papiertüte eine aufgeplatzte Marone. Nachdem sich die Esskastanie in der kalten Winterluft etwas abgekühlt hatte, entfernte Irene die störrische Schale und verspeiste die Waldfrucht genüsslich.

»Weißt du, Kind«, nuschelte Irene Trautschke und fischte in ihrem Mundwinkel nach Maronenresten, »manchmal muss man mutig sein und sich einer Gefahr aussetzen, auch wenn man sich dabei die Finger verbrennen kann.«

Hannahs Mutter kicherte. »Man kann sich nämlich nicht nur an heißen Maroni die Finger verbrennen. Ohne eine gehörige Portion Wagemut erreicht man kaum etwas im Leben. Wenn man kein Risiko eingeht, kommt man nur mit Trippelschritten voran. Manchmal muss man eben den großen Sprung wagen.«

Hannah wusste genau, was jetzt folgen würde. Wie oft hatte sie diese Litanei schon gehört.

»Wenn ich damals nicht den Mut für einen radikalen Neubeginn hier im goldenen Westen aufgebracht hätte«, tönte Irene, »würden wir beide wahrscheinlich noch immer in diesem trostlosen Kaff an der polnischen Grenze sitzen und versauern. Ich hätte einen arbeitslosen Alkoholiker am Bein und …«

»Aber Papa hat doch erst angefangen zu trinken, als …«, versuchte Hannah leisen Protest einzulegen.

Irene Trautschke duldete in dieser Angelegenheit jedoch noch nicht einmal den Ansatz eines Widerspruchs. Deshalb würgte sie ihre Tochter schroff ab, indem sie mit energischer Stimme den begonnenen Satz beendete: »… und du wärst mit irgendeinem Bauerntölpel verheiratet und müsstest Ställe ausmisten.«

Die bösartige Kritik an ihrem Vater ließ Hannah erschaudern. Sie presste die Lippen zu einem schmalen Strich zusammen und schwieg betroffen vor sich hin.

Derweil nahm ihre Mutter eine weitere Marone aus der Tüte und hielt sie Hannah demonstrativ vor die Augen. »Schau dir diese leckere Kastanie hier an. Sie ist ein sehr gutes Beispiel für das, was ich dir klarmachen will. Dieses unscheinbare kleine Ding ist in rohem Zustand völlig ungenießbar. Um eine Kastanie essen zu können, muss man sich etwas Pfiffiges einfallen lassen. Und zwar etwas ziemlich Brutales: Man muss sie so großer Hitze aussetzen, dass sie über dem Feuer fast verbrennt. Im richtigen Moment muss man sie vom Rost nehmen, dann ein bisschen warten, bis sie abgekühlt ist – und schon kann man diese Köstlichkeit in aller Seelenruhe verzehren.«

»Ich verstehe nicht, worauf du hinauswillst.«

»Ganz einfach, mein Schatz: darauf, dass man im Laufe seines Leben ab und an mal mutig mit dem Feuer spielen muss.«

Hannah Wildberger schüttelte kaum merklich den Kopf, enthielt sich aber jeglichen Kommentars.

Irene wollte ihre nebulösen Aussagen offenbar nicht weiter erläutern, denn sie zupfte am Ärmel ihrer Tochter und wies mit vorgerecktem Kinn in Richtung des Weihnachtsmarktes, der traditionsgemäß um die Stiftskirche herum aufgebaut war.

»Da gehen wir Hübschen jetzt einen Glühwein trinken«, sagte sie in einem Tonfall, der nicht den geringsten Widerspruch duldete.

Die beiden Frauen passierten einen riesigen, mit einer Unzahl bunter Päckchen, glänzender Kugeln, Strohsterne und Holzanhänger geschmückten Christbaum, neben dem eine vielköpfige Bläsergruppe den Zuhörern weihnachtliche Musik darbot.

Irene Trautschke wurde immer feierlicher zumute. Ihre Festtagslaune steigerte sich noch mehr, als ihr ein markanter vorweihnachtlicher Duft in die Nase stieg. Schnüffelnd nahm sie Witterung auf und entdeckte schon bald dessen Quelle: ein mit Tannenreisig, vielfarbigen Lichterketten, Lametta und aufgesprühtem Kunstschnee dekoriertes Hexenhäuschen, in dem Glühwein ausgeschenkt wurde.

»Komm, mein Schatz, wir trinken zuerst einmal etwas Warmes. Das wird uns beiden guttun«, meinte Irene und steuerte zielstrebig ein freies Bistrotischchen an.

Hannah folgte ihr mit mürrischem Gesicht.

»Du bleibst hier stehen. Ich besorg uns Glühwein«, kommandierte ihre Mutter.

»Ich möchte lieber einen Tee«, meldete Hannah dezent Widerspruch an.

Mit wehendem Mantel stürmte Irene Trautschke zur Theke. Den Wunsch ihrer Tochter nach einem heißen Tee ignorierte sie dabei ebenso wie die Existenz eines älteren Herrn, der vor ihr an der Reihe gewesen wäre. Mit einem Mienenspiel, das sowohl Hochmut als auch Schadenfreude zum Ausdruck brachte, schlenderte sie mit zwei dampfenden Keramikbechern zurück zu Hannah.

»Komm, Kind, trink!«, fuhr Irene in ihrem Befehlston fort. »Du wirst gleich spüren, wie wunderbar dich dieser köstliche Zaubertrank von innen heraus wärmt.«

»Mama, ich muss noch Auto fahren«, protestierte Hannah.

»Meine Güte, nun hab dich mal nicht so«, fauchte Irene. »Dieser eine kleine Glühwein. Den merkt man doch überhaupt nicht.«

Du vielleicht nicht, ich schon, dachte Hannah. Im Gegensatz zu dir bin ich Alkohol nicht gewohnt.

Irene Trautschke führte den mit weihnachtlichen Motiven verzierten Keramikbecher zum Mund und ließ ein paarmal ihren Atem über den kleinen dunklen See in der Tasse streichen. Anschließend schlürfte sie vorsichtig die ersten Tropfen der süß-würzigen Flüssigkeit.

Während Hannah noch nicht einmal ihren Becher berührt hatte, war der ihrer Mutter bereits bis auf den letzten Tropfen geleert. Irene orderte umgehend Nachschub.

»Los, Kind, trink jetzt endlich«, forderte Irene erneut. »Sonst wird er kalt. Und das wäre doch jammerschade, nicht wahr?«

Widerwillig nippte Hannah an der Brühe und stellte den Becher zurück auf das Bistrotischchen. Trotz der Wärmezufuhr fröstelte Hannah und kalte Schauer liefen ihr den Rücken hinunter. Sie zog den Reißverschluss ihres Mantels ein wenig höher und klappte den Reverskragen nach oben. Immer noch zitternd vor Kälte hob sie die Schultern und schmiegte sich in das kuschelige Fellimitat an ihrem Kragen.

Der Körper ihrer Mutter dagegen schien gerade von Hitzewallungen durchflutet zu werden. Irenes Wangen glühten und auf ihrer Nasenspitze sprossen kleine Schweißperlen. Sie knöpfte ihre modische Winterjacke auf und fächelte die Wärme von ihrem überhitzten Körper.

»Puh, Kind, sei froh, dass du noch nicht in den Wechseljahren bist«, stöhnte sie.

Hannah Wildberger neigte den Kopf ein wenig zur Seite und lächelte schwach. »Da hab ich wohl auch noch ein bisschen Zeit, Mama.«

Irene trank einen großen Schluck Glühwein und tupfte sich mit einem Papiertaschentuch die Mundwinkel ab. Dann zog sie mit einem schnellen Griff eine flache Metallbox aus ihrer Handtasche, klappte sie auf und entnahm ihr einen Zigarillo. Während sie den ersten Zug inhalierte, beobachtete sie eine Schar Tauben, die sich direkt vor ihren Füßen über Brotkrümel hermachte.

Die monoton gurrenden, grauen Stadtvögel wurden von einer älteren Dame gefüttert, die etwas Unverständliches vor sich hin brabbelte. Die Tauben schienen sich mit dem stetigen Auf und Ab ihrer grünlich schimmernden Halskrausen bei ihrer Gönnerin bedanken zu wollen.

»Gestern Abend hat mich ein Journalist angerufen«, stieß Hannah unvermittelt aus.

Irene Trautschke hob den Kopf und musterte Jonas' Ehefrau mit einem verständnislosen Blick.

»Was?«, fragte sie mit geschürzten Lippen.

»Gestern Abend ...«, setzte Hannah an, um den Satz zu wiederholen.

Doch Irene gebot ihr Einhalt, indem sie ihr eine Hand auf den Arm legte. »Hab schon verstanden, Kindchen. Aber wieso ruft ein Journalist bei dir an?«

»Nicht bei mir, Mama. Der Mann wollte mit Jonas reden.«

Irenes Augen blitzten geradezu auf vor Neugierde. »Und? Was haben die beiden miteinander besprochen?«

»Gar nichts.«

Hannahs Mutter machte ein Gesicht, als ob sie einen üblen Geruch wahrnehmen würde. »Wie, gar nichts?«

»Sie haben überhaupt nicht miteinander gesprochen. Weil Jonas sich strikt geweigert hat. Ich musste den Journalisten abwimmeln.«

»Hat dieser Journalist dir wenigstens gesagt, was er von Jonas wollte?«

»Ja, klar. Er hat mich sogar um Mithilfe gebeten«, antwortete Hannah mit einem Anklang von Stolz in der Stimme.

»Um Mithilfe? Wobei?«

»Ich soll Jonas davon überzeugen, dass er ihm die Exklusivrechte an seiner Geschichte verkauft. Er will eine mehrteilige Story daraus machen. Angeblich hat er schon damit angefangen, intensiv zu recherchieren. Und er hat behauptet, dass er etwas sehr Interessantes über Ansgar herausgefunden habe.«

»Und was?«

»Das wollte er mir natürlich nicht sagen.«

Irene verfiel kurzzeitig in Schweigen. Nachdenklich legte sie die Stirn in Falten und nagte auf ihrer Unterlippe herum.

»Wie viel Geld hat er für die Exklusivrechte geboten?«

»20.000 Euro will er Jonas bezahlen.«

»20.000 Euro?«, schoss es förmlich aus Irene heraus, und das so laut, dass sich an den Nebentischen mehrere Weihnachtsmarktbesucher verwundert zu ihr umdrehten. Irene zuckte zusammen. Reflexartig warf sie eine Hand vor den Mund, so als wollte sie dadurch die Worte direkt dorthin zurückschieben, wo sie hergekommen waren.

Hannah Wildberger zog die Augenbrauen nach oben und ließ sie dort verharren. Sie schob ihren Kopf näher an ihre Mutter heran und flüsterte: »Das sei durchaus angemessen, hat der Journalist gesagt, schließlich sei Ansgar eine bekannte Persönlichkeit. Und da sei schon ein Promi-Bonus drin«, erklärte sie mit bedeutungsschwerer Miene.

Irene pfiff leise durch die Zähne. »20.000 Euro, das ist wirklich eine schöne Stange Geld. Dafür muss eine alte Frau ziemlich lange stricken.« Sie senkte die Stimme weiter. »Aber dieser Journalist hat selbstverständlich recht: Ansgar ist ein berühmter Mann.«

Als Hannah nach einer kleinen Pause erneut das Wort ergriff, zeigte sich in ihren Augen das Weiße in voller Größe. »Und«, sagte sie betont gedehnt, »er hat sogar angedeutet, dass man über die Höhe des Honorars noch verhandeln könne. Für die Exklusivrechte an der Story würde seine Zeitung tief in die Tasche greifen.«

Irene Trautschke schickte einen Stoß aufgestauter Atemluft hinaus in die feuchte Winterkälte. »Puh, das muss ich erst einmal verdauen«, meinte sie und besorgte sich einen weiteren Glühwein.

Nachdem sie an das Bistrotischchen zurückgekehrt war und den dampfenden Glühweinbecher abgestellt hatte, wies sie mit einer ausladenden Geste auf die liebevoll geschmückten Holzhäuschen, in deren Auslagen Tee, Kerzen, Honig und viele andere, ebenso nützliche wie überflüssige Dinge den Weihnachtsmarkt-Besuchern feilgeboten wurden.

»Schau dich doch einmal hier um«, flötete sie. »Wir leben im Paradies. Traumhaft, was es alles zu kaufen gibt. Man braucht nichts anderes als diese süßen kleinen, bunten Scheinchen mit den fetten Zahlen drauf.«

»Mama, du denkst immer nur ans Geld.«

»Mama, du denkst immer nur ans Geld«, äffte Irene Trautschke ihre Tochter nach. Sie zog das Kinn an den Hals und grunzte höhnisch.

Hannah fühlte sich zusehends unwohl.

»An was soll ich denn sonst denken, Kindchen?«, legte ihre immer stärker angesäuselte Mutter nach. »Geld regiert die Welt! Das müsstest du als Bankangestellte eigentlich am besten wissen.«

Während Hannah mit betretener Miene nickte, lief Irene zu Höchstform auf. Sie stemmte die Hände in die Hüften und verkündete: »Wie sagt man so schön: Geld ist nicht alles, aber ohne Geld ist alles nichts! Guter Spruch, gell?«

Hannah nickte noch einmal, allerdings mit noch säuerlicherem Gesichtsausdruck.

»Das solltest du allmählich wirklich gecheckt haben, mein liebes, naives Püppchen. Ich sage dir eins: Gerade als Mutter muss man immer an Geld denken. Denn Geld bedeutet Freiheit, Sorglosigkeit, Sicherheit – das wirst du spätestens dann begreifen, wenn du selbst einmal Mutter bist und große Verantwortung für ein süßes, kleines Würmchen zu tragen hast.«

Hannah ließ die Gardinenpredigt kommentarlos über sich ergehen. Mit leerem Blick beobachtete sie einen gerade anrückenden Weihnachtsmann. Der Nikolaus platzierte sich neben einer geschmückten kleinen Fichte, stellte seinen haselnussbraunen Jutesack vor sich ab, entfernte den Sisalstrick und zog ein Schildchen hervor. Er hatte kaum einen mit »Geschenktüte – nur 2 Euro« beschrifteten Pappkarton an den Gabensack gelehnt, als schon der erste Knirps mit großen Augen vor ihm stand.

»Lass den Kopf nicht hängen, mein Schatz, denn um Geld brauchst du dir in Zukunft sicherlich keine Sorgen mehr zu machen«, sagte Irene in einem merklich sanfteren Ton. »Alles im Leben hat zwei Seiten.« Sie kicherte wie ein pubertierendes Schulmädchen und ergänzte: »Mindestens zwei.«

Irene Trautschke trank einen Schluck Glühwein und nahm anschließend einen tiefen Zug von ihrem Zigarillo. Dann legte sie gedankenverloren den Kopf in den Nacken und blies den Qualm in den schwarzgrauen Abendhimmel.

Hannah wandte ihren Blick von dem geschäftstüchtigen Weihnachtsmann ab und musterte ihre Mutter mit in Falten gelegter Stirn. »Was meinst du damit, Mama?«

»Womit?«

»Mit dem, was du eben gesagt hast.«

»Na, ganz einfach, mein Schatz. Denk doch mal scharf nach: Angesichts der Tatsache, dass Jonas' Vater als der Mörder seiner Mutter in der Klapsmühle sitzt und er keine Geschwister hat, wird dein lieber Mann alles erben.«

Um dem nun Folgenden eine angemessene Bedeutung zu verschaffen, wartete Irene ein paar Sekunden. »Jonas erbt das gesamte Vermögen seiner Eltern. Also nicht nur das Viertel, das er normalerweise nach dem Tod seiner Mutter erhalten würde«, fuhr sie erregt fort, »sondern zudem auch noch die drei Viertel seines Vaters – weil der ja zwangsläufig entmündigt wird. Und was folgt daraus?«

Hannah Wildberger antwortete nicht, denn sie war dazu nicht in der Lage. Der Schock über das, was Irene eben von sich gegeben hatte, stand ihr deutlich ins Gesicht geschrieben. Sie wiegte nur apathisch den Kopf.

Ihre Mutter ließ sich nicht mehr bremsen. »Und du, mein kleines Schätzchen, bekommst automatisch die Hälfte von allem, was Jonas erbt«, schob sie wispernd nach. »Weil ihr beide keinen Ehevertrag geschlossen habt, sondern im gesetzlichen Güterstand der Zugewinngemeinschaft lebt.«

Irene Trautschke packte den Ärmel des Steppmantels ihrer Tochter und zog kräftig daran. »Weißt du, was das heißt?«, zischte sie mit funkelnden Augen. »Du bist reich, mein Kind, steinreich sogar! Wann kapierst du das endlich? Du wirst nie wieder Geldsorgen haben, nie mehr. Traumhaft!«

Hannah schüttelte immer noch fassungslos den Kopf. Sie schluchzte ein paarmal derart leidend, dass Irene ihre Hand ergriff und diese tätschelte.

»Mach dir bloß nicht zu viele Gedanken. Ich weiß, es klingt ziemlich pietätlos, was ich eben gesagt habe. Aber das ist nun mal die ungeschminkte Wahrheit«, raunte Irene verschwörerisch ihrer paralysierten Tochter zu.

»Du kannst sowieso nichts mehr daran ändern. Die Fakten sind, wie sie sind: Helga ist tot und Ansgar sitzt in der Psychiatrie. Du musst dich mit der neuen Situation abfinden, und zwar so schnell wie möglich. Wobei ich mir sicher bin, dass du sehr bald verstehen wirst, was da an Positivem auf dich zukommt.« Sie lächelte schief. »Besser gesagt, welche Luxuswelle auf dich zurollt.«

Irenes Blick wanderte hinüber zu dem Weihnachtsmann, der inzwischen von gut einem halben Dutzend Kleinkindern bedrängt wurde.

»Ach, Hannah-Schatz, es wird bestimmt alles gut werden«, meinte Irene. »Und wenn du erst mal Kinder hast und ich endlich Oma bin, dann …«, sagte sie, ließ den Rest aber unausgesprochen.

Hannahs Gesichtsmuskeln zuckten unkontrolliert, Tränen schossen ihr in die Augen. Schluchzend zückte sie ein Taschentuch und tupfte mit fahrigen Bewegungen die Feuchtigkeit von Nasenrücken und Lidern. Wie eine Asthmatikerin rang sie mühevoll nach Atemluft.

»Komm, Kind, beruhige dich«, redete Irene Trautschke ihrer Tochter gut zu. »Tut mir leid, dass ich eben deinen wunden Punkt getroffen habe. Das war keine Absicht, entschuldige bitte.«

Irene warf den Zigarillostummel achtlos auf den Boden, packte Hannahs eiskalte, zitternde Hand und streichelte sie zärtlich.

»Warum fängst du immer wieder damit an?«, jammerte Hannah mit weinerlicher Stimme. »Du weißt doch, wie weh es mir tut.«

»Pardon, ich wollte dir nicht wehtun«, entschuldigte sich ihre Mutter. »Aber ich leide eben mit dir, denn mich quält alles, was dich quält. Du bist doch mein Ein und Alles. Ich hab ja sonst niemanden auf der Welt.«

Hannah ging auf diese Äußerungen nicht ein. Sie war zu sehr mit sich und ihren eigenen Problemen beschäftigt. »Was soll ich denn machen, Mama? Du weißt doch ganz genau, dass es nicht an mir liegt. Ich wünsche mir nichts sehnlicher als ein Baby. Aber Jonas will eben nicht.« Hannah schniefte.

»Ich hätte da vielleicht eine Lösung für unser Problem parat«, entgegnete Irene. Sie knetete ihre Hände, während ein spitzbübisches Lächeln ihren Mund umspielte. »Es gibt eine Möglichkeit, wie du dein Problem beheben könntest.«

Hannah starrte sie verständnislos an. »Ich verstehe nicht, worauf du hinauswillst.«

»Ganz einfach«, entgegnete Irene. Sie senkte ihre Stimme zu einem Flüstern: »Jede Frau spürt, wann ihr Körper zur Empfängnis bereit ist, und kann ziemlich genau die wenigen fruchtbaren Tage im Zyklus eingrenzen. Das ist doch so, nicht wahr?«

Sie wartete, bis Hannah ihre Behauptung mit einem mechanischen Nicken bestätigte. Dann ergänzte sie schmunzelnd: »Kind, du hast sicherlich schon bemerkt, dass Männer, auch wenn sie das natürlich niemals zugeben würden, ganz einfach gestrickte, recht primitive Lebewesen sind, die man leicht manipulieren kann.«

Sie brach ab, wartete auf eine Reaktion ihrer Tochter. Doch die antwortete nicht, sondern nickte nur immerfort wie ein Wackeldackel.

»Gerade jetzt musst du deine Chance nutzen«, legte Irene nach.

Nun kam Leben in Hannah. Mit zusammengeschobenen Brauen blickte sie ihrer Mutter forsch in die Augen. »Jetzt sag endlich, worauf du hinauswillst«, forderte sie mit einer für sie ungewöhnlichen Schärfe in der Stimme.

Irene Trautschke reagierte betont gelassen. »Jonas befindet sich gegenwärtig in einem psychischen Ausnahmezustand«, stellte sie emotionslos fest. »Er hat zurzeit garantiert alles Mögliche im Sinn, nur keinen Sex. Stimmt doch, oder?«

Hannah schoss die Schamesröte ins Gesicht. »Äh, ja«, bestätigte sie, während sie verlegen auf den Boden blickte.

»Das habe ich mir gedacht«, versetzte Irene mit einem süffisanten Lächeln. »Und genau das ist deine große Chance, Kind.« Sie räusperte sich und steckte sich einen weiteren Zigarillo zwischen die rot angemalten Lippen. »Weißt du, worauf ich hinauswill?«

Kopfschütteln.

»Ganz einfach: Du setzt noch heute die Pille ab.«

»Was?«

»Du hast mich richtig verstanden«, erwiderte Irene. »Und dann wartest du in aller Ruhe, bis der Druck in ihm so hoch ist, dass er gar nicht anders kann, als ...« Irene stockte mitten im Satz, näherte sich dem Ohr ihrer Tochter bis auf wenige Zentimeter und ergänzte: »Und dann verführst du ihn nach allen Regeln der Kunst. Das musst du aber sehr geschickt anstellen. Er darf natürlich nicht merken, dass die ganze Chose inszeniert ist: ein zufällig gelüpftes Röckchen, ein offener Knopf an der Bluse – oder irgendwelche anderen Signalreize. Diese primitiven Kerle reagieren auf solche Schlüsselreize völlig fremdgesteuert.«

Hannahs Mutter rieb sich freudig die Hände. »Und schon hast du, was du seit Langem haben wolltest: eine schöne kleine Schwangerschaft.« Ein schalkhaftes Lächeln. »Und falls Jonas dir irgendwann einmal deswegen Vorwürfe machen sollte, lieferst du ihm einfach folgende Begründung: Du hast damals nicht eingesehen, Hormone zu schlucken, wenn sowieso nichts zwischen euch beiden gelaufen ist.«

Hannah war völlig sprachlos. Sie brauchte einige Augenblicke, bis sie einigermaßen ihre Gedanken ordnen konnte.

»Mama, willst du mir etwa allen Ernstes empfehlen, dass ich Jonas ein Kind anhängen soll?«

»Ja, mein Schatz, genau das will ich«, gab Irene scharf zurück. »Ich an deiner Stelle würde diese Chance unbedingt nutzen. Selbstvorwürfe brauchst du dir keine zu machen. Wenn du schwanger wirst, war es eben ein Betriebsunfall – für den Jonas schließlich mindestens genauso verantwortlich ist wie du.«

»Aber ich würde sein Vertrauen missbrauchen, würde ihn hintergehen, ihn …«

»Von unserer genialen Strategie muss außer uns beiden ja niemand etwas wissen«, warf Irene dazwischen und versuchte damit die Bedenken ihrer Tochter zu zerstreuen. »Die Sache würde selbstverständlich strikt unter uns bleiben, unser süßes, kleines Geheimnis. Oder vertraust du mir etwa nicht?«

»Doch, doch, natürlich«, erwiderte Hannah mit ernster Miene.

Irene Trautschke lächelte zufrieden. »Hab ich von dir auch nicht anders erwartet. Wir beide halten fest zusammen, nicht wahr?«

»Ja, Mama.«

Irene drückte ihrer Tochter einen zärtlichen Kuss auf die Wange.

Hannah stieg ein widerlicher Alkohol- und Zigarillogestank in die Nase. Angeekelt hielt sie den Atem an.

»Du wirst sehen, mein Schatz«, fuhr Irene fort, »Kinder disziplinieren die Männer. Mit diesen kleinen, unschuldigen, hilfsbedürftigen Würmern bindet man die Männer fest an sich. Merkwürdigerweise zeigen sie dann ihre Gefühle auch uns gegenüber stärker als vorher. Manchmal muss man die sogenannten Herren der Schöpfung eben mit einem Trick zu ihrem eigenen Glück zwingen.«

Hannah war von der Idee ihrer Mutter alles andere als überzeugt. »Glaubst du wirklich?«, fragte sie unsicher.

»Ganz sicher ist das so, mein Schatz. Wenn Jonas sich erst einmal damit abgefunden hat, dass ungeplante Vaterfreuden auf ihn zukommen, wird er bestimmt ein sehr guter Vater werden. Davon bin ich felsenfest überzeugt.«

Hannah schöpfte hörbar Atem und gab einen Stoßseufzer von sich.

Irene Trautschke lächelte ihre Tochter versonnen an. »Und ich würde eine ganz tolle Oma abgeben, mein Schatz, das verspreche ich dir. Selbstverständlich würde ich mich intensiv um mein liebes, kleines Enkelchen kümmern. Dann könntest du schon bald wieder arbeiten gehen. Am sinnvollsten wäre es, wenn ich bereits während deiner Schwangerschaft bei euch einziehen würde. Ansgars Haus ist schließlich groß genug für uns alle.«

5

JONAS

Dienstag, 6. Dezember, 18 Uhr

Schon wieder habe ich letzte Nacht keinen Schlaf gefunden. Andauernd habe ich auf den Wecker gestarrt. Ich hatte das Gefühl, die Zeit wäre stehengeblieben. Als es dann endlich 8 Uhr war, habe ich einen Containerdienst angerufen.

»Kein Problem«, hat der Typ am Telefon gemeint. »Wann wollen Sie ihn denn haben?«

»Ich brauche ihn sofort!«

»Sofort? Nein, daaaas geht nicht!«

Aber plötzlich ging es doch. Nur weil ich ihm angeboten habe, den doppelten Preis zu bezahlen. Eine Stunde später stand der Container vorm Haus.

Ich war schon vorher dort. Als Erstes habe ich mir Arbeitshandschuhe angezogen. Zum Glück hab ich ja immer welche im Auto herumliegen. Die Vorstellung, ohne Handschuhe etwas anzufassen, was *er* berührt hat – vielleicht sogar an dem Morgen, an dem es passiert ist …

Nein, das hätte ich nicht ertragen!!

Dann ging ich voller Tatendrang ins Haus. Als ich die Kreidestriche auf dem Küchenboden sah, war ich wieder wie gelähmt. Am liebsten hätte ich direkt kehrtgemacht, doch mein Hass auf diesen Scheißkerl war stärker.

Du musst das Haus von ihm reinigen! Das bist du Mutter schuldig!, habe ich mir immer wieder eingehämmert.

Sie hat unser Haus doch so geliebt! Es war ja schließlich auch ihr Elternhaus. Hier wurde sie geboren – und hier ist sie gestorben.

Verdammt, was heißt gestorben.
Sie ist brutal ermordet worden!
Von ihrem eigenen, total durchgeknallten Mann.
Wahnsinn, Wahnsinn, Wahnsinn!!!

Ich musste mich unheimlich zusammenreißen, trotzdem hab ich's geschafft. Als Erstes hab ich die Kreidestriche weggewischt. Danach ging's mir ein bisschen besser. Der Küchenstuhl, auf dem er an diesem verfluchten Samstagmorgen gesessen hat, musste dran glauben. Ich hab einfach die Haustür aufgemacht und ihn in den Vorgarten geworfen. Raus damit!

Wie ferngesteuert ging ich zur Garderobe. Ruckzuck habe ich mir seine Jacken geschnappt und sie in hohem Bogen rausgeschmissen. Als Nächstes waren seine Schuhe dran. Alles raus! Weg damit!

Anschließend habe ich mir oben in seinem Schlafzimmer das Bett vorgenommen. Matratze raus, Bettzeug raus. Dann warf ich seinen Kleiderschrank um und trat mit voller Wucht auf ihn ein. Mann, hat das gekracht!

Danach ging ich in sein Arbeitszimmer, habe die Bücherregale abgeräumt und sie kleingeschlagen – alles raus! Die Bücher hab ich nicht alle geschafft, weil es plötzlich laut hupte. Der Lastwagen mit dem Container war da. Der Fahrer hat ganz schön blöd geglotzt, als er das ganze Chaos vorm Haus sah.

»Wie sieht's denn hier aus, junger Mann?«, hat er mir grinsend zugerufen. »Sie sind wohl gerade dabei, einen radikalen Schlussstrich zu ziehen. Hat Sie etwa Ihre Frau verlassen?« Dann hat dieser Prolet schallend gelacht! »Aus eigener Erfahrung kann ich Ihnen einen guten Tipp geben: Weg mit dem ganzen Plunder und neu anfangen. Andere Mütter haben auch schöne Töchter.«

Ich ertrug dieses dumme Gelaber nicht und rannte auf ihn zu. »Halten Sie Ihren Schnabel und verschwinden Sie«, habe ich ihn angebrüllt und ihm einen 100-Euro-Schein in die Hand gedrückt. Das Geld hat ihm das Maul gestopft.

Eigentlich wollte ich gleich zurück ins Haus, aber da entdeckte ich am Zaun zwei alte Tratschweiber aus der Nachbarschaft. Sie haben auf mich gezeigt und mich wie einen Außerirdischen angegafft. Wie ein Irrer habe ich das im Vorgarten verstreute Zeug eingesammelt und in den Container geworfen. Danach bin ich wieder ins Haus und hab die Tür zugeknallt.

Ich war körperlich total fertig und hatte auf einmal wahnsinnigen Durst. Also hab ich mir eine Flasche Sprudel geholt und sie halb ausgetrunken. Urplötzlich bekam ich Bauchschmerzen, hatte Krämpfe, starke Krämpfe. Mir war so saumäßig übel. Vor Schmerzen hab ich fast keine Luft mehr gekriegt. Ich dachte, mir zerreißt es die Därme.

Anschließend hab ich mich im Wohnzimmer auf die Couch gelegt und habe sofort geschlafen. Aber nicht lange, denn ich hatte einen fürchterlichen Albtraum: Mutter stand plötzlich vor mir und fing an, an mir herumzuzerren. Sie wollte mich anscheinend von der Couch ziehen. Obwohl ich mich nicht dagegen wehrte, bewegte ich mich nicht einen einzigen Zentimeter vom Fleck.

Ich hab sie dabei angeschaut. Trotz der körperlichen Anstrengung war ihr Gesicht ganz bleich, hat ausgesehen wie mit Wachs überzogen. Ihre Augen waren geschlossen. Es sah aus, als ob sie schliefe. Auf einmal riss sie die

Lider auf. Es waren keine Augen dahinter, sondern nur tiefe schwarze Löcher.

Das war so ein fürchterlicher Anblick!

Als ich wach wurde, dachte ich: Mann, war das eben ein schrecklicher Albtraum. Gott sei Dank ist der vorüber.

Aber er ist leider nicht vorbei.

Der Albtraum geht weiter – und ich bin mittendrin.

Verdammt, das tut alles so saumäßig weh!

Mit einem Mal erinnerte ich mich daran, warum ich hierher zurückgekommen war, obwohl ich das ja nie mehr tun wollte. Ich hab mich aufgerappelt und bin noch mal die Treppe hoch.

Mutter, du hast nie verstanden, warum er schon vor vielen Jahren in ein eigenes Zimmer gezogen war. Was für eine lächerliche Begründung hatte er doch dafür.

»Weil ich dich nicht stören möchte, wenn ich nachts wach werde und mir wichtige Dinge aufschreiben muss«, hatte er damals verkündet. Ja, verkündet, wie ein Dekret, das von den Untergebenen widerspruchslos zu akzeptieren ist.

Und du hast das geschluckt, wie so vieles zuvor.

Dieser verfluchte Egoist!

Immer ging es nur um ihn, um seine Bedürfnisse, um seine Probleme, um seine Launen, um seine Karriere, um seine Freiheiten. Für den narzisstischen Herrn Professor waren seine Mitmenschen nichts weiter als nützliche Statisten – seelenlose Marionetten, die er skrupellos manipuliert und ausgenutzt hat.

Weißt du noch, wie er uns einmal den Sommerurlaub total versaut hat? Das ist ziemlich lange her. Ich war vielleicht 14 oder 15 Jahre alt. Wir wollten abends nach Südfrankreich fahren, und er ließ uns einfach mit dem vollgepackten Auto sitzen. Stattdessen ist er mit seinem besten Freund zu einer Himalaja-Expedition aufgebrochen. Ich erinnere mich noch sehr genau an seine Worte: »Einer von Wolfgangs Kollegen ist krank geworden. Sein Platz ist jetzt frei. Diese einmalige Chance kann ich mir nicht entgehen lassen!«

»Und was ist mit uns?«, hast du gefragt.

»Ach Gott, nun habt euch doch nicht so. Seid einfach mal spontan. Plant um und fahrt an die schöne Nordsee.«

Du hast nur den Kopf geschüttelt und eingewandt, dass du überhaupt keinen Führerschein besitzt.

»Meine Güte, stellt euch nicht so an: Dann nehmt eben den Zug – und erholt euch schön von mir!«

Dieser verfluchte Zyniker!

Als ich oben im Flur ankam, zog es mich magisch zu deinem Schlafzimmer. Wie ferngesteuert öffnete ich die Tür. Mein Herz hämmerte wie wild. Aber ich musste es einfach tun. Ich weiß nicht, wie lange ich im Türrahmen stand.

Dein Zimmer war picobello aufgeräumt, so als ob gerade eine Putzfrau saubergemacht hätte. Über dem Nachttischchen hingen Kinderfotos von mir – und Zeichnungen. Ich bin hingegangen und habe sie mir lange betrachtet.

Ja, Mutter, ich weiß noch ganz genau, welches meiner Bilder dir am besten gefallen hat. Es war das mit der großen lachenden Sonne und dem aufgeklebten Passfoto von dir. »Du bist die Sonne in meinem Leben. Alles Liebe zum Muttertag. Dein Jonas«, steht unten am Rand in krakeliger Schrift. Das muss ich am Anfang meiner Grundschulzeit für dich gemalt haben.

Ich nahm das Bild von der Wand, drehte es um und suchte eine Datierung, fand jedoch keine. Anschließend hab ich auch noch alle anderen Fotos und Zeichnungen abgehängt. Du sollst sie mitnehmen auf deine Reise in den Himmel. Dort, wo wir uns ganz bestimmt wiedertreffen werden.

Vielleicht schon sehr bald!

Oh Gott, Mutter, wie soll ich nur weiterleben? Ohne dich. Du fehlst mir so sehr! Deine Liebe, deine Güte, deine Fröhlichkeit, deine Fürsorge. Ich hab dir unendlich viel zu verdanken. Ich werde nie vergessen, wie du mich als kleiner Junger vor diesem perversen Dreckskerl beschützt hast.

Verdammte Scheiße!

Das tut alles so unheimlich weh!

Als ich die Bilder abgehängt hatte, fiel eins davon unter dein Bett. Ich bückte mich und entdeckte zwei Nikolausstiefelchen. Du bist nicht mehr dazu gekommen, sie mir und Hannah vor die Tür zu stellen.

Du hast immer auch an die anderen gedacht. Ganz im Gegensatz zu diesem Scheißkerl, dem es immer nur um sich ging.

Heute ist der 6. Dezember. Nikolaustag.

Du hast es dir ja nicht ausreden lassen. Jedes Jahr hast du die roten Plastikstiefelchen gefüllt mit meinen geliebten Mozartkugeln und mit ein, zwei Geldscheinen. Obwohl ich aus dem Alter ja wirklich schon lange genug raus bin.

»Für ein kleines Geschenk ist man nie zu alt«, hast du immer gesagt – und dabei gelächelt.

Dein wunderbares Lächeln.

Was würde ich dafür geben, wenn ich es noch einmal sehen könnte.

Deine strahlenden Augen.

Und deine Wangen, die immer leicht gerötet waren. Du warst so stolz auf deine zarte, fast faltenlose Gesichtshaut. Ich höre gerade deine Stimme im Kopf. Die Worte, die du immer gesagt hast, wenn dich jemand darauf ansprach: »Ja, die zarte Haut kommt von meiner wunderbaren Creme. Mit der hab ich Jonas schon als Baby den Popo eingecremt. Seitdem verwende ich sie.«

Ich weiß noch ganz genau, wie diese Babycreme roch. Immer wenn ich dich drückte, ist mir der Geruch in die Nase gestiegen. Auch jetzt rieche ich ihn gerade …

Du hast mir jedes Jahr einen Adventskalender gebastelt, seit ich denken kann. Und er war immer anders. Der neue steht hier vor mir auf meinem Schreibtisch. Ich hab bisher aber nur drei Säckchen geöffnet, das letzte am Samstagmorgen, kurz bevor ich zu dir gefahren bin.

Aber jetzt tue ich's.

Ein Labello. Du hast immer genau gewusst, was ich gut gebrauchen kann. Meine Lippen sind gerade im Winter so extrem empfindlich und spröde. Ich hab dic letzten Tage völlig vergessen, sie einzucremen.

Und Mini-Lebkuchen.

Und Weihnachtsmandeln. Die esse ich für mein Leben gern.

Nur momentan nicht. Ich verspüre überhaupt keine Lust auf Süßigkeiten. Auch auf andere Sachen hab ich zurzeit nur wenig Appetit. Ich weiß nicht, wann ich das letzte Mal etwas Richtiges gegessen hab.

Mutter, ich glaube, ich würde dir im Augenblick überhaupt nicht gefallen. So, wie ich aussehe. Und wie ich mich gehen lasse. Gestern hab ich mir unbezahlten und unbefristeten Sonderurlaub genommen. Ich weiß nicht, ob ich jemals wieder arbeiten kann. Im Moment ist es für mich unvorstellbar.

Du hast immer darauf geachtet, dass ich mich nicht hängen lasse. Wie oft hast du zu mir gesagt: »Jonas, auch wenn es dir nicht gut geht, musst du stets auf dein Äußeres achten, auf deine Körperhaltung – und auf ein tadelloses Benehmen. Gerade dann! Die Leute um dich herum dürfen dir nicht anmerken, wie es tief drinnen in dir aussieht. Du musst in allen Situationen versuchen, die Contenance zu wahren. Also: Reiß dich zusammen! Du wirst sehen, wenn du deinen Körper disziplinierst, hat das auch positive Auswirkungen auf deinen Geist.«

Ich weiß noch sehr gut, dass ich dir jeden Morgen vor der Schule meine sauberen Fingernägel zeigen musste. Sogar anhauchen musste ich dich – zwecks Zahnputzkontrolle.

»Man geht stets gepflegt und mit frischem Atem aus dem Haus«, hast du mir eingetrichtert.

Tut mir leid, Mutter, aber dazu bin ich gegenwärtig nicht in der Lage. Ich weiß wirklich nicht, wann ich mir zum letzten Mal die Zähne geputzt habe. Und meine Fingernägel – oje, sehen die fürchterlich aus! Du würdest dich bestimmt für mich schämen.

Dieser unglaubliche Egoist!

Er war nur selten zu Hause, und wenn, hat er sich gleich in sein Arbeitszimmer verkrochen – oder ist mit seinem Mountainbike zu stundenlangen Touren abgedüst.

Immer gab es Dinge, die wichtiger für ihn waren als seine Familie: die Arbeit an seinem über alles geliebten Uni-Institut oder die über den ganzen Erdball verteilten Kongresse, zu denen er unbedingt musste, oder diese Extremsport- und Erlebnistouren, die er gemeinsam mit Wolfgang unternahm.

»Das brauche ich! Ich muss es tun! Ich kann nicht anders! Sonst werde ich wahnsinnig«, hat er seine Egotrips uns gegenüber kurz und knapp begründet.

Wir und unsere Bedürfnisse waren ihm scheißegal!

Und was hat er davon gehabt?

Jetzt *ist* er wahnsinnig!

Als ich aus Mutters Schlafzimmer hinunter in den Garten schaute, musste ich an etwas Irres denken. Es muss um die geplatzte Urlaubsreise herum gewesen sein. Ja, ich glaube, es war direkt danach. Genau, jetzt bin ich mir ganz sicher: Es war hundertprozentig nach seiner Himalaja-Expedition.

Ich weiß es deshalb noch so genau, weil er uns damals wochenlang mit seinen Erlebnissen und Selbsterfahrungshighlights nervte. Obwohl wir das alles nicht hören wollten. Aber das nahm er gar nicht wahr. Das hat ihn schlicht und ergreifend nicht interessiert. Nicht die Bohne. Er war von dem missionarischen Zwang besessen, dieses esoterische Zeug andauernd verkünden zu müssen – also hat er es getan. Ihm war schnurzpiepegal, dass er uns mit seinem Gelaber unglaublich auf den Wecker ging.

Irgendwann in dieser Zeit waren Mutter und ich gemeinsam in der Küche. Mutter stand am Herd und kochte, ich saß am Küchentisch und erledigte meine Hausaufgaben. Ich hab dieses Bild ganz klar vor Augen, es hat sich tief in mein Gehirn gebrannt. Völlig unerwartet taucht dieser bekloppte Egomane auf, stürmt durch die Verandatür. Auf seinen beiden Handflächen liegen Nacktschnecken! Ja, wirklich Nacktschnecken, eine rötlich braune und eine schwarze. Er legt sie oben auf einen Tellerstapel, den Mutter kurz zuvor auf den Tisch gestellt hat. Mutter protestiert entsetzt. Doch das beeindruckt ihn nicht im Geringsten. Ich glaube, er bekam damals überhaupt nicht mit, was Mutter zu ihm gesagt hat.

Er setzt sich an den Tisch und glotzt diese ekligen, schleimigen Viecher mit großen Augen an. Das muss man sich einmal vorstellen: Da hockt dieser Idiot und gafft hundsgewöhnliche Nacktschnecken an! Als wären sie Außerirdische. Und dann fängt er auch noch an zu dozieren: »Schaut euch mal diese kleinen, angeblich primitiven Lebewesen etwas genauer an. Sie sind bei Weitem nicht so primitiv, wie es auf den ersten Blick den Anschein haben mag. Ja, sie sind uns sogar sehr ähnlich, denn auch sie können sehen, fühlen, Geräusche und Gerüche wahrnehmen und noch vieles andere mehr.«

Wir starren ihn fassungslos an, das stört ihn jedoch überhaupt nicht. Er macht einfach weiter: »Auf ihren hypersensiblen Fühlern sitzen Augen. Sie besitzen Riechorgane. Ja, sie haben sogar besondere Sinnesorgane zur Wahrnehmung der Schwerkraft. Ist das nicht verrückt? Was nehmen sie wohl in diesem Augenblick wahr? Was fühlen sie? Leiden diese Tierchen vielleicht gerade erbärmlich darunter, dass sie sich nicht in ihrer natürlichen Lebenswelt befinden, sondern auf einer kalten, glatten Oberfläche in einem beheizten Raum? Haben sie vielleicht sogar riesengroße Angst? Existenzangst?«

Mutter wendet sich kopfschüttelnd wieder ihrer Arbeit zu, ich hingegen sitze minutenlang mit offenem Mund vor meinem Schulheft und staune Bauklötze.

Er ist voll in seinem Element, gibt keine Ruhe. »Was würde ich dafür geben, wenn ich mich in ihre Gehirne hineinversetzen könnte«, spinnt er rum. »Was würde ich wohl wahrnehmen? Bestimmt sehen, riechen, schmecken, hören, fühlen diese faszinierenden Tiere die Welt ganz anders, als wir sie kennen. Das wäre der absolute Kick: Was würde ich dafür geben, wenn ich die Welt aus der Perspektive einer Nacktschnecke wahrnehmen könnte.«

In diesem Moment hatte ich große Angst um ihn, denn ich war mir sicher, dass er völlig wahnsinnig geworden war.

Schneckenperspektive! Hat eine Schnecke Angst? Was für ein Schwachsinn! So ein Irrer! Wer, außer diesem Idioten, beschäftigt sich denn mit derart bescheuerten Fragen?

Ich pack es einfach nicht! Das Wahrnehmungssystem einer Nacktschnecke hat ihn interessiert. Damit hat er sich intensiv beschäftigt. Und was war mit uns? Hat er sich in all den Jahren auch nur einmal gefragt, wie es uns geht, was wir fühlen, wie wir leiden?

Verdammt, was will Hannah schon wieder?

»Komm bitte, Jonas, es ist sehr wichtig«, schreit sie.

Wichtig? Was kann denn für mich noch wichtig sein?

»Ein Journalist möchte dich sprechen. Er hat interessante Informationen über deinen Vater.«

Kein Interesse.

6

In den trüben Wintermonaten zog es Laura Maldini magisch in wärmere Gefilde, aus denen ihr Vater vor fast 30 Jahren seiner Urlaubsliebe in deren deutsche Heimat gefolgt war. Anlässlich des 80. Geburtstages von Lauras sizilianischer Großmutter hatte die Familie den traditionell nach Weihnachten anberaumten Besuch in diesem Jahr um ein paar Wochen vorverlegt. Gestern war sie mit ihrem Freund von der wintermilden Sonneninsel zurückgekehrt.

Prächtig erholt wollte sich Laura nun voller Tatendrang in ihre Arbeit stürzen. Während sie in ihrem mintfarbenen Fiat auf der A 62 in Richtung Pirmasens brauste, schweiften ihre Gedanken zu dem zurückliegenden Traumurlaub. Als ihr dabei wieder das schadenfrohe Lachen ihres Freundes im Ohr erklang, musste sie unwillkürlich schmunzeln.

»Dieses gemeine Scheusal«, murmelte sie erheitert vor sich hin.

Sie erinnerte sich daran, dass er ihr heute Morgen ins Bad nachgeschlichen war und sie dabei ertappt hatte, wie sie auf die unbestechliche Digitalanzeige der Personenwaage mit fassungslosem Kopfschütteln reagiert hatte.

»Pasta, Pasta, Pasta – Bel-la I-ta-lia«, hatte er lauthals intoniert und sie in ihren Hüftspeck gezwickt.

Laura hatte sich die Provokation natürlich nicht gefallen lassen, sondern Jagd auf ihn gemacht und ihn im Wohnzimmer gestellt. Grinsend hatte er die körperliche Bestrafungsaktion, die unweigerlich ins Amouröse abgedriftet war, über sich ergehen lassen.

Aufgrund dieser frühmorgendlichen Eskapade war nun Eile geboten. Laura Maldini beschleunigte ihren Fiat. An der Abfahrt »Bann« verließ sie die Autobahn und bog in Richtung Mittelbrunn ab.

Nach etwa zwei Kilometern tauchte das gutshofähnliche, in eine Wiesenlandschaft eingebettete Gelände der Landespsychiatrie auf, in der sie seit über zwei Jahren als klinische Psychologin tätig war.

Ihre schneidige Fahrt führte sie an mehreren verstreuten Gebäudekomplexen vorbei, bis sie schließlich das abgegrenzte Gelände der Forensischen Psychiatrie erreichte, welches mit einer hohen, stacheldrahtbesäumten Mauer von dem offenen Klinikgelände abgetrennt war.

Der diensthabende Wachmann erspähte Lauras auffälligen Kleinwagen schon von Weitem und öffnete die Schranke. Während sie im Schritttempo die Pförtnerloge passierte, nickte ihr der ältere Herr freundlich zu. Laura bedankte sich höflich mit einem Gruß. Direkt hinter der Loge schwenkte sie nach rechts und bog in einen breiten, asphaltierten Fahrweg ein, der sie an der Mauer entlang zum dreistöckigen Gebäude, in dem sich die Gefängnispsychiatrie befand, geleitete.

Zu Beginn ihrer Tätigkeit hatte sie stets ein Gefühl der Beklommenheit verspürt, wenn sie an dieser mittelalterlich anmutenden Gefängnismauer vorbeigefahren war. Doch bereits nach wenigen Wochen hatte sie sich daran genauso gewöhnt wie an die überall präsenten Videokameras, mit denen sowohl jeder Quadratmeter des Klinikgeländes als auch die meisten Räume rund um die Uhr überwacht wurden.

Ziemlich lästig empfand sie dagegen nach wie vor die diversen Schließvorgänge, die sie zu bewältigen hatte. Natürlich war ihr sehr wohl bewusst, dass die strengen

Sicherheitsvorkehrungen nicht zuletzt auch ihrem eigenen Schutz dienten. Schließlich war die schwerkriminelle Klientel, mit der sie und ihre Kollegen es hier zu tun hatten, nicht zu unterschätzen.

Jeder Mitarbeiter trug einen kleinen Sender in der Tasche, mit dem er im Notfall Alarm auslösen konnte. Dem Bedrängten würden dann binnen kürzester Zeit mindestens eine Handvoll Pflegekräfte zu Hilfe eilen. Trotzdem blieb ein gewisses Restrisiko bestehen.

Laura Maldini freute sich auf ihren Chef. Er hatte ihr gestern auf den Anrufbeantworter gesprochen und sie heute Morgen zu einer Besprechung in sein Büro gebeten.

Vorschriftsmäßig schloss sie die beiden massiven, mit dickem Sicherheitsglas bewehrten Eingangstüren ab und trippelte, froh gelaunt »Bella Italia« vor sich hin summend, die Stufen empor ins erste Obergeschoss, wo sich am Ende eines langen, neonlichtdurchfluteten Korridors das Dienstzimmer ihres Chefs befand.

Professor Dr. Heinrich Gassenmeier wartete bereits ungeduldig auf seine sympathische, attraktive Mitarbeiterin. Das markanteste äußere Merkmal des renommierten Psychiaters war ein schlohweißer, buschiger Schnurrbart, welcher derart gewaltige Dimensionen aufwies, dass ein Betrachter die Lippen des fast 60-jährigen Mannes bei geschlossenem Mund lediglich erahnen konnte.

»Schön, dass Sie endlich wieder bei uns sind, meine liebe Laura«, empfing der Leiter der Forensischen Psychiatrie seine junge Assistentin mit einem breiten Lächeln.

Nach einem festen Händedruck trat er einen Schritt zurück und ließ seinen versonnenen Blick durch den Raum schweifen. Er machte eine ausladende Geste. »Sehen Sie selbst, was Sie mit Ihrem Erscheinen angerichtet haben«, tönte er.

Laura Maldini legte verwundert die Stirn in Falten und hob die Brauen.

Bevor sie etwas sagen konnte, ergänzte ihr Gegenüber: »Wahrscheinlich können Sie selbst es gar nicht sehen, aber ich sehe es sehr gut.«

»Was denn, Herr Professor?«, fragte seine Mitarbeiterin.

»Na, den Glanz, den Sie durch Ihre Anwesenheit meiner tristen Hütte verleihen.«

Laura lächelte verlegen. Sie freute sich über die Komplimente ihres Chefs, die er stets charmant und niemals aufdringlich kundtat.

»Kommen Sie, Laura, setzen wir uns«, sagte ihr Vorgesetzter und wies mit dem Kinn auf einen Besuchertisch nebst Stühlen, auf dem ein kleiner Stapel Handakten lag, neben dem ein Adventskranz mit zwei brennenden Kerzen und eine reichlich mit Weihnachtsgebäck gefüllte, flache Blechdose standen. »Darf ich Ihnen Tee anbieten?«

»Gerne, Herr Professor«, antwortete Laura und wartete geduldig, bis ihr Vorgesetzter dampfenden Früchtetee in zwei Keramiktassen geschenkt und die Kanne auf ein Stövchen zurückgestellt hatte.

»Bitte kosten Sie die Plätzchen. Die hat meine Frau selbst gebacken.« Mit spitzen Fingern tippte er an seine Lippen und schmatzte genüsslich. »Ein Gedicht, kann ich Ihnen sagen!«

Laura dachte einen Augenblick an den frühmorgendlichen Schock im Bad, den ihr der Blick auf die Waage versetzt hatte. Doch bereits einen Wimpernschlag später ignorierte sie den vor zwei Stunden gefassten Entschluss, abnehmen zu wollen. Sie nahm einen Zimtstern aus der Dose, roch kurz daran und schob ihn sich anschließend in den Mund.

»Hm, sehr köstlich«, lobte sie brummend. »Und wie der duftet. Ihre Frau ist wirklich eine begnadete Bäckerin.«

Während der Klinikleiter gedankenversunken in einem Ordner herumblätterte, betrachtete Laura sein ebenso sympathisches wie markantes Gesicht. Heinrich Gassenmeier wies eine frappierende Ähnlichkeit mit Albert Einstein auf, denn dichte, schneeweiße Haare zierten das Haupt des Professors.

Natürlich waren dem Leiter der forensischen Abteilung seine nur allzu offensichtlichen Double-Qualitäten bekannt. Er pflegte sie sogar mit Inbrunst. Beispielsweise achtete er akribisch darauf, dass seine Frisur dem des Originals möglichst nahekam.

Seit vielen Jahren prangte an der Wand hinter seinem Schreibtisch ein großes Poster mit dem Konterfei Albert Einsteins, auf dem der Gelehrte einen weißen Laborkittel trug. Selbstredend streifte sich Professor Gassenmeier jeden Morgen ein nahezu identisches Kleidungsstück über.

Mit spitzbübischer Freude kostete er jedes Mal die Überraschung aus, die die frappierende Ähnlichkeit bei einem unvorbereiteten Besucher hervorrief. Gerne bezeichnete er sich als Reinkarnation Einsteins und verwies darauf, dass spätestens nach Dürrenmatts »Physiker« die ausgeprägte Affinität dieses berühmten Herrn zur Psychiatrie wohl jedem bestens bekannt sein dürfte.

Bei solchen Gelegenheiten deutete er auf ein mit großen Buchstaben besetztes Spruchband, das er unter das Poster gepinnt hatte. Der Text darauf war Dürrenmatts Komödie entnommen: »Der Wirklichkeit ist mit Logik nur zum Teil beizukommen.«

Reagierte ein Besucher auch nur ansatzweise auf dieses Zitat, war er bereits in die Falle getappt, denn nun gab das leidenschaftliche Einstein-Double seine eigenen Aphorismen zum Besten: »Wissen Sie eigentlich, meine verehrten Damen und Herren, dass auch in der Psychiatrie die Relativitätstheorie herrscht?«, fragte er dann schmunzelnd in die Runde seiner Gäste.

Auf diese merkwürdige Frage reagierten die Besucher meist derart verdutzt, dass sich keiner von ihnen dazu äußern wollte oder konnte. Dann setzte Professor Gassenmeier genüsslich seinen Fachvortrag fort: »Nein? Na, es ist ganz einfach, meine Herrschaften: Nicht nur in der Physik, auch in unserem Forschungs- und Handlungsfeld ist vieles relativ. Zum Beispiel die Frage der Verantwortlichkeit eines Täters für seine Straftaten.

Ist der angeblich psychisch gestörte Täter, den man zu uns bringt und dessen verminderte Schuldfähigkeit oder Schuldunfähigkeit wir begutachten sollen, wirklich ein Täter? Oder ist er nicht vielmehr ein Opfer? Opfer seiner eigenen Wirklichkeitskonstruktion und Opfer der gesellschaftlichen Verhältnisse, in denen er bislang leben musste?

Oder kann man nicht sogar noch weitergehen und behaupten, dass die Gesellschaft maßgeblich für die Taten dieses armen Menschen verantwortlich ist? Weil sie ihn psychisch so krank gemacht hat, dass er gar nicht anders konnte, als mit einer Straftat auf die Vergewaltigung seiner Seele zu reagieren?

Ist es gerechtfertigt, einen Mörder in der Sicherheitsverwahrung unterzubringen – wie es Strafprozessordnung und Strafgesetzbuch fordern – oder müsste nicht die Gesellschaft auf die Anklagebank gesetzt werden?

Welche Wirklichkeit ist für die Beurteilung einer Straftat relevant? Die des Täters oder vielmehr unsere? Was ist Wirklichkeit überhaupt? Dürfen wir allen Ernstes behaupten, zu wissen, was Wirklichkeit ist?

Dürfen wir uns erlauben, jemandem vorzuschreiben,

was ethisch legitim ist und was nicht? Dürfen wir über die Taten eines anderen Menschen richten, ihn verurteilen, verdammen, einsperren – womöglich lebenslang? Wer gibt uns das Recht dazu?

Wer bitte schön definiert, was und wer ›psychisch krank‹ ist? Sie? Ich? Wir sogenannten ›Normalen‹? Und was wäre, wenn es sich ausgerechnet bei unserer ›Normalität‹, auf die wir alle ja so enorm stolz sind, um ein psychopathologisches Phänomen handelte?

Stellen Sie sich bitte einmal vor, ich würde Sie jetzt als verrückt erklären und Sie nicht mehr aus unserer Klinik lassen. Und Sie würden bis ans Ende Ihrer Tage als gemeingefährlich eingestuft weggesperrt werden. Was würden Sie davon halten?«

An dieser Stelle seines Vortrags hielt er stets inne und fragte grinsend seine Zuhörer, ob er sie denn auch genügend verwirrt habe.

Laura Maldini hatte nicht bemerkt, dass ihr Blick, während ihr diese Erinnerungen durch den Kopf gegangen waren, wie ferngesteuert zu dem Einstein-Poster gewandert war. Der jungen Psychologin war ebenso entgangen, dass Professor Gassenmeier inzwischen sein Aktenstudium beendet hatte und sie seither schmachtend anstarrte.

Doch plötzlich spürte sie das auf ihr ruhende Augenpaar. Reflexartig sah sie zu Professor Gassenmeier. Der fing ihren Blick auf. Er war sichtlich irritiert und schämte sich augenscheinlich für sein Verhalten.

Der Klinikleiter räusperte sich. »Entschuldigen Sie bitte, Laura, dass ich Sie eben so impertinent angegafft habe. Aber Sie sind nun mal eine Augenweide – und ziehen uns Männer unweigerlich in Ihren Bann. Auch einen alten Mann, der seit 30 Jahren sehr glücklich verheiratet ist.«

»Kein Problem, Herr Professor, ich weiß ja, dass Sie mit Ihren netten Komplimenten keinerlei Hintergedanken hegen.«

»Um Gottes willen, Laura, natürlich nicht«, entgegnete er mit einem empörten Unterton, der sich aber bereits gleich wieder verflüchtigte. »Sie wissen doch: Ich bin lediglich ein platonischer Bewunderer Ihrer außergewöhnlichen Schönheit.« Nach einem langen Seufzer ergänzte er: »Ehrlich gesagt hätte ich nichts gegen Sie als Schwiegertochter einzuwenden. – Meine Frau übrigens auch nicht.«

»So.« Die junge Psychologin lachte auf, zeigte dabei ihre blendend weißen Zähne. »Das haben Sie also miteinander besprochen?«

»Keine Sorge, liebe Laura, das war nur ein Spaß! Schließlich sind unsere beiden Jungs schon verheiratet, und zwar ziemlich glücklich, wie mir scheint. Außerdem sind die beiden leider genauso streng monogam wie ihr Vater.«

»Monogam? Behaupten das nicht alle Männer?«, entgegnete Laura zwinkernd.

»Wie meinen Sie das?«

Laura Maldini zuckte mit den Schultern und legte den Kopf schief. Allmählich schien sie dieses Spielchen zu langweilen. Nach einem weiteren Schluck Tee wechselte sie selbstbewusst das Thema. »Herr Professor, was gab's hier in diesen Mauern Interessantes, während ich auf Sizilien zwei Wochen lang von der lieben Verwandtschaft gemästet wurde?«

»Was es in der Klinik Interessantes gab, wollen Sie wissen?«, wiederholte Gassenmeier.

Der altgediente Leiter der Gefängnispsychiatrie klappte den Aktenordner zu und legte ihn Laura direkt vor die Nase. Er tippte mit seinem Zeigefinger auf den Einband, während er sagte: »Da drinnen, meine Liebe, ist alles dokumentiert. Eigentlich nichts Besonderes: wie immer in der Vorweihnachtszeit vermehrte Suizidversuche, einige erforderliche Zwangsmaßnahmen, zwei Ausbruchsversuche, einige Gewalttätigkeiten unter den Patienten und so weiter – das Übliche eben.«

Professor Gassenmeier strich mit einer geradezu zärtlichen Geste über eine Handakte hinweg, die vor ihm auf dem Tisch lag. Anschließend hielt er sie in die Höhe, winkte kurz damit in Lauras Richtung. »Abgesehen von dieser Sache hier«, erklärte der Psychiater.

Er legte den dünnen, sandfarbenen Ordner wieder auf den Tisch und faltete die Hände darüber. »Wir haben einen spektakulären Neuzugang.«

»Ach, und wen?«, fragte Laura neugierig.

Ihr Vorgesetzter wollte die Frage jetzt noch nicht beantworten. Er ließ einen Moment verstreichen, bevor er fortfuhr: »Ich nehme an, Sie haben nach Ihrem Urlaub noch keine Zeit gefunden, um die Lokalzeitungen der letzten Tage zu lesen, oder liege ich da falsch?«

Laura Maldini legte die Stirn in Falten und schüttelte den Kopf. »Nein, ich habe noch nicht einmal einen Blick in die heutige Ausgabe werfen können«, entgegnete sie. »Ein spektakulärer Neuzugang, sagten Sie?«, hakte sie nach. »Um wen handelt es sich denn nun?«

Gassenmeier kostete die Neugierde seiner Mitarbeiterin noch einen tiefen Atemzug lang aus, dann zog er theatralisch die Augenbrauen nach oben und antwortete mit langsam vorgetragenen Worten: »Ja, es handelt sich bei unserem interessanten Neuzugang um einen Professorenkollegen, allerdings um einen der philosophischen Fraktion. Sie werden ihn aller Wahrscheinlichkeit nach kaum kennen.«

»Und Sie? Kennen Sie ihn?«

»Nein, ich bin dem Herrn Kollegen vorher noch nie begegnet.« Ein bitteres Lächeln huschte über sein Gesicht. »War bestimmt auch besser so, dass ich ihm nie zuvor über den Weg gelaufen bin. Bei dem Gewaltpotenzial, das offensichtlich in diesem merkwürdigen Herrn geschlummert hat.«

»Was hat er denn getan?«

»Nach den Erkenntnissen der Kriminalpolizei hat er am Samstagmorgen seine Frau brutal ermordet.«

»Auf welche Weise?«

Professor Gassenmeier seufzte auf. »Ein Stich mit einem Küchenmesser – mitten ins Herz.«

»Eine Beziehungstat?«

Gassenmeier nickte eifrig. »Ja, das ist anzunehmen. Genaueres wissen wir noch nicht. Weder die Polizei noch wir.«

»Wieso?«

»Na ja, es gab keine Tatzeugen – und der liebe Herr Professor zieht es bislang vor, eisern zu schweigen.«

Für ein paar Sekunden kehrte geradezu andächtige Stille in den Büroraum ein.

»Seit Samstag?«

»Genau so ist es. Er hat seitdem kein einziges Wort gesprochen.«

»Dabei handelt es sich wohl um eine traumatische Reaktion«, murmelte Laura mit nachdenklich gerunzelter Stirnpartie.

»Ja, es sieht ganz danach aus, als ob unser neuer Patient in direktem Anschluss an seine Tat einen traumatischen Schock erlitten hätte.«

»Dieses Phänomen kennen wir ja von anderen Gewalttätern.«

»Richtig, werte Frau Kollegin«, antwortete der Psychiatrieleiter unerwartet förmlich, »und zwar fast ausschließlich bei sensiblen Charakteren, die angesichts dessen, was sie angerichtet haben, psychisch kollabieren.«

Laura ließ die Atemluft geräuschvoll entweichen. »Da steht ihm jetzt aber noch einiges bevor. Stichwort ›heißes Gedächtnis‹.«

»Exakt, Laura«, bestätigte Professor Gassenmeier. Anschließend wechselte er in die Rolle eines Prüfers. »Na, dann erzählen Sie mir doch mal, was Ihnen zu diesem Begriff so alles einfällt.«

Die junge Psychologin nahm die Herausforderung an. Sie räusperte sich hinter vorgehaltener Hand, trank einen Schluck Tee und legte anschließend los: »Mit dem Fachterminus ›heißes Gedächtnis‹ bezeichnet man ein psychologisches Phänomen, das häufig mit traumatischen Ereignissen einhergeht. Diese mental nicht zu bewältigenden Erlebnisse speichert das menschliche Gehirn in unzugänglichen Regionen ab, wobei die schockierenden Informationen während des Verarbeitungsprozesses in Einzelteile ohne zeitliche, räumliche oder kausale Ordnung zerfallen.«

»Sehr gut, Laura!«, lobte der vermeintliche Prüfer. Mit theatralischer Stimme ergänzte er: »Fahren Sie fort!«

»Diese Bruchstücke sind willentlich nicht mehr abrufbar«, dozierte Laura weiter. »Aber sie suchen den betroffenen Menschen zeit seines Lebens immer wieder unvorbereitet heim und beschwören von der einen zur anderen Sekunde die Trauma auslösende Situation erneut herauf.«

»Ein Albtraum, aus dem der Betroffene nie mehr fliehen kann«, warf Gassenmeier seufzend ein.

Laura nickte mit zusammengepressten Lippen. Dann bedachte sie ihren Chef mit einem provokanten Blick. »Ich erinnere mich in diesem Zusammenhang an ein Standardwerk, das ich mir während meines Studiums zugelegt habe«, erklärte die attraktive Psychologin schmunzelnd.

»Weiß der Herr Professor zufällig, wie der Titel dieses lesenswerten Buches lautet?«

»Aber natürlich weiß er das – rein zufällig, versteht sich«, antwortete das Einstein-Double mit stolzgeschwellter Brust. Gassenmeier blickte über seine Schulter hinweg zur Bücherwand. »Es steht sogar da hinten. Es trägt den Titel ›Das hört nicht auf. Nie hört das auf‹.«

Lauras Lächeln wurde noch breiter.

»Gut, damit genug des Possenspiels. Zurück zum Ernst des Lebens«, verkündete der Psychiatrieleiter.

Er setzte eine bedeutungsschwere Miene auf und schob seiner jungen Assistentin den dünnen Ordner zu. »Hier, bitte schön. Sie können sich nachher in aller Ruhe den Inhalt der Akte unseres schweigsamen Philosophie-Professors anschauen«, schlug er vor. »Viel steht da allerdings nicht drin.«

Laura Maldini war viel zu neugierig, um erst in ihrem Büro einen Blick in die Handakte zu werfen. Mit einer schnellen Armbewegung schlug sie den Deckel auf. Ihre Augen huschten über das erste Blatt, auf dem die biografischen Daten des Patienten aufgelistet waren.

Ihr väterlicher Mentor beobachtete sie zunächst dabei, dann ließ er seinen Blick bedächtig zum Fenster hinüberschweben. Dabei zupfte er geistesabwesend an den krausen Haaren seines imposanten Schnurrbarts herum.

»Wissen Sie, an was ich gerade denke, Laura?«, fragte er, ohne sich ihr zuzuwenden.

»Nein, Herr Professor«, erwiderte die junge Psychologin, ohne ihre Lektüre zu unterbrechen. »Wie sollte mir das auch möglich sein, schließlich kann ich leider keine Gedanken lesen.«

Professor Gassenmeier steckte diesen kecken Verweis gelassen weg. »Sie haben natürlich recht, Laura«, entgegnete er grinsend. Mit seinem spitzen Kinn wies er auf die Handakte des Neuzugangs. »Das ist alles schon ziemlich merkwürdig …« Er legte eine Sprechpause ein und blickte zur Decke empor.

»Was ist merkwürdig?«, wollte seine Mitarbeiterin wissen.

»Na ja, die Sache mit unserem spektakulären Neuzugang«, sagte ihr Gegenüber. »Sie werden es ja selbst gleich in der Akte lesen. Auf den nächsten Seiten finden Sie die Befragungsergebnisse der Personen aus seinem direkten Umfeld. Alle, die bisher von der Polizei befragt wurden, gaben an, dass er seine Frau abgöttisch geliebt habe.« Gassenmeier ließ ein kurzes Brummen verlauten. »Nur, warum hat er sie dann umgebracht?«

»Eine Affekttat?«, spekulierte Laura Maldini.

»Ja, das ist natürlich möglich. Aber was war der konkrete Anlass für die brutale Tat? Was hat seine Sicherungen durchbrennen lassen? Mal salopp formuliert.«

Professor Gassenmeier seufzte tief. »Diese Frage kann wohl nur er selbst beantworten. Nur er weiß, wie etwas anscheinend Unbegreifliches möglicherweise begreifbar werden könnte.« Nach einer Besinnungspause ergänzte er: »Zumindest für uns. Aber dazu müsste er endlich den Mund aufmachen.«

Laura blickte von der Akte auf. »Vielleicht handelt es sich auch gar nicht um eine Amnesie, die durch seine Tat ausgelöst wurde. Vielleicht hat er sich ein Schweigegelübde auferlegt. Quasi als Buße.«

Der Klinikleiter schob die Unterlippe vor und legte den Kopf schief.

»Weiß man etwas darüber, ob Ansgar Wildberger religiös ist?«, setzte Laura nach. »Dann könnte es …«

»Religiös?«, fiel ihr der Psychiater ins Wort. Er hob die

Schultern. »Also, mir sind derartige Erkenntnisse nicht bekannt. In seiner Akte findet sich jedenfalls kein Hinweis darauf.«

Er führte seine linke Hand ans Kinn und strich ein paarmal nachdenklich darüber hinweg.

»Das ist wirklich merkwürdig«, meinte Laura, die sich inzwischen wieder der Handakte zugewandt hatte. »Laut der polizeilichen Recherche war dieser Mann bislang ein völlig unbescholtener Bürger, der zudem eine außergewöhnliche Wissenschaftlerkarriere aufzuweisen hat.«

Laura Maldini tippte mit dem Zeigefinger auf die entsprechende Textstelle. »Nach Angaben eines seiner Kollegen an der Kaiserslauterer Universität ist er in seinem Fachgebiet eine internationale Kapazität.«

Sie ließ ihre Hand nach unten fallen. »Erkenntnistheorie«, fuhr sie fort. »Eine sehr anspruchsvolle Materie, von der ich nicht die geringste Ahnung habe.«

»Irgendwie erinnert mich die Sache an Heinrich von Kleists ›Penthesilea‹-Tragödie, die er Anfang des 19. Jahrhunderts schrieb«, murmelte der Psychiater ohne erkennbaren Bezug zur Bemerkung seiner Mitarbeiterin.

Laura blickte ihn verständnislos an.

»Sagt Ihnen der Name Penthesilea etwas?«, fragte er.

Laura Maldini schüttelte den Kopf. »Nein, Herr Professor, peinlicherweise muss ich eingestehen, dass ich diesen Namen nie zuvor gehört habe.«

»Das macht überhaupt nichts, meine Liebe. In Ihrem Alter hat mich dieser verstaubte Kram auch noch nicht interessiert. Da hat man mit dem prallen Leben genug zu tun, nicht wahr?«

Seine Mitarbeiterin lächelte süffisant.

»Diese Kulturgüter sind eher etwas für alte Knacker wie mich.« Gassenmeier lehnte sich in seinem Ledersessel zurück und verschränkte die Arme vor der Brust. »Gut, dann spitzen Sie jetzt mal die Ohren und versuchen sich in folgende Situation hineinzuversetzen: Penthesilea, die Königin der kriegerischen Amazonen, kehrt blutverschmiert und schweigend vom trojanischen Schlachtfeld zurück, wo sie etwas Unbegreifliches getan hat.«

Um dem nun Folgenden Bedeutung zu verleihen, ließ der Professor etwas Zeit verstreichen, bevor er fortfuhr: »Sie hat auf dem Schlachtfeld ihren heißgeliebten griechischen Helden Achilles auf brutalste Art und Weise getötet. Und warum?«

Die Frage schwebte einige Sekunden lang unbeantwortet durch den Raum. »Penthesilea hat ihren Geliebten deshalb getötet, weil sie Achilles' wahre Absichten falsch deutete.« Professor Gassenmeier warf die Hände zur Decke. »Welch ein fataler Irrtum!«

»Das müssen Sie mir bitte erklären«, bat Laura.

»Das tue ich gerne«, entgegnete ihr Chef. »Die klassischen deutschen Dichter waren schon sehr einfallsreich, das muss man wirklich sagen. Also: Achill weiß, dass eine Amazone nur denjenigen lieben darf, den sie mit dem Schwert besiegt hat. Deshalb stellt sich Achill ihr zum Kampf, will, um dies Gebot zu erfüllen, freiwillig unterliegen.«

»Das heißt, er wollte absichtlich den Kampf verlieren – aus Liebe zu ihr.«

»Richtig. Aber wie gesagt: Penthesilea ahnt nichts von den Absichten ihres Geliebten und stellt sich dem Duell. Während des Kampfes missversteht sie seine Signale und tötet ihn auf brutale Weise.

Als ihr die Amazonen wenig später den grässlich zugerichteten Leichnam präsentieren, reagiert sie mit einer im wahrsten Wortsinne klassischen psychologischen Reaktion: der Amnesie – von Kleist in die folgenden Worte verpackt …«

Hier brach Gassenmeier ab. Mit einer angesichts seines fortgeschrittenen Alters ausgesprochen geschmeidig wirkenden Drehung seines Körpers schnellte er von seinem Stuhl in die Höhe, eilte hinüber zu einem Bücherregal, das von beiden Seiten das Einstein-Poster wie ein überdimensionierter Bilderrahmen umschloss, und zog mit einem zielgerichteten Griff ein schmales Büchlein heraus.

An einer Stelle, die ein Klebezettel markierte, schlug er es auf und ging zurück zum Schreibtisch. Er nahm wieder Platz und zitierte die gesuchte Passage, in der Penthesilea ihre Anklage gegen die Amazonen vorbringt: »›Wer von euch tat das, ihr Entsetzlichen? – Wer mir den Toten tötete, frag' ich‹, schreit sie wie von Sinnen. Plötzlich erwacht sie aus ihrem Wahnsinnsrausch und tötet sich selbst – durch ›ein vernichtendes Gefühl‹, wie Kleist es nennt.«

»Suizid durch ein ›vernichtendes Gefühl‹?«, fragte die junge Psychologin ebenso verwundert wie amüsiert.

»Ja, Laura, eine Amazonenkönigin kann so etwas.« Ein schalkhaftes Lächeln. »Wie schon gesagt: Die alten Dichter haben sich damals einiges einfallen lassen, um ihre Zeitgenossen ins Theater zu locken.«

»Was ist damit gemeint? Wie soll so etwas funktionieren?«

»Das weiß ich auch nicht genau. Ich bin ja schließlich kein Germanist oder Kleist-Experte. Am besten lese ich Ihnen einfach die entsprechende Textstelle vor. Dann können Sie diese selbst interpretieren.«

Professor Gassenmeier räusperte sich ausgiebig. Dann nahm er theatralische Pose ein und schmetterte mit kräftiger Stimme:

»›Denn jetzt steig' ich in meinen Busen nieder,
Gleich einem Schacht, und grabe, kalt wie Erz,
Mir ein vernichtendes Gefühl hervor.
Dies Erz, dies läutr' ich in der Glut des Jammers
Hart mir zu Stahl; tränk' es mit Gift sodann,
Heißätzendem, der Reue, durch und durch;
Trag' es der Hoffnung ew'gem Amboss zu,
Und schärf' und spitz es mir zu einem Dolch;
Und diesem Dolch jetzt reich' ich meine Brust:
So! So! So! So! Und wieder! – Nun ist's gut.‹
Dann sinkt sie nieder und stirbt.«

Laura stöhnte gequält auf. »Also, wissen Sie, Herr Professor, die Textstelle bringt mich auch nicht entscheidend weiter. Mit der Interpretation solcher klassischen Stücke hatte ich bereits in der Schule große Probleme. Sie haben mir ähnliche Schwierigkeiten bereitet wie die Lösung mathematischer Textaufgaben.«

Der Leiter der Gefängnispsychiatrie war amüsiert. »Ja, ja, die jungen Leute und unsere Klassiker.«

»Um auf unseren Neuzugang zurückzukommen«, wandte sich Laura Maldini nun wieder der Beschäftigung mit der Gegenwart zu. »Hat der Patient denn in irgendeiner Weise Suizidabsichten geäußert?«

»Nein, Laura, der Herr Erkenntnistheoretiker äußert sich ja überhaupt nicht. Er liegt entweder in seinem Bett und starrt stundenlang an die Decke oder er sitzt wie in Stein gemeißelt regungslos am Tisch.«

»Und das seit drei Tagen«, meinte Laura eher zu sich selbst.

»Ja«, seufzte der wiedergeborene Einstein. Er deutete auf die Handakte des neuen Patienten.

Laura blätterte darin.

»Dabei ist er kerngesund«, verkündete der Mediziner.

»Wir haben ihn vollständig durchgecheckt und dabei nicht einmal die Spur eines Hinweises auf irgendeine hirnphysiologische Anomalie, auf Hirnschädigungen oder irgendwelche anderen Erkrankungen gefunden. Nichts, absolut nichts. Auch der allgemeinmedizinische Befund ist total unauffällig. Der Herr kann hundert Jahre alt werden.«

Professor Gassenmeier drückte sich aus seinem Ledersessel in die Höhe. »Bitte kommen Sie mal zu mir rüber, Laura, und schauen Sie sich das hier mit Ihren eigenen Augen an«, forderte er.

Er schaltete einen Monitor ein, der links neben einer Computeranlage aufgestellt war. Anschließend nahm er eine Fernbedienung zur Hand und den Knopf mit der Ziffer ›5‹, woraufhin ein recht unscharfes, von dem Weitwinkelobjektiv einer Überwachungskamera verzerrtes Bild auf dem Monitor auftauchte.

»Ist er das?«, fragte die Psychologin.

»Ja, das ist Ansgar.«

Auf der Station war es üblich, die Patienten mit ihrem Vornamen anzureden und sie zu siezen. Auch das therapeutische und pflegerische Personal kommunizierte in dieser Form miteinander. Die einzige Ausnahme von diesem ungeschriebenen Gesetz bildete der Klinikleiter, den jeder auf der Station mit »Herr Professor« oder »Chef« anredete.

Sinn dieses, dem englischsprachigen Kulturkreis entnommenen Kommunikationsstils war der Versuch, für die Patienten eine Atmosphäre des Vertrauens und Verstehens, mithin der menschlichen Nähe zu schaffen, in der sich alle Beteiligten ›auf gleicher Augenhöhe‹ – wie es der Klinikleiter gerne nannte – begegneten.

Damit signalisierte man den Straftätern, dass sie in dieser psychiatrischen Facheinrichtung ihre Würde bewahren konnten. Auch bei der ab und an erforderlichen Notfallversorgung von Patienten, bei der diese in einem Fixierbett zu ihrem eigenen Schutz beziehungsweise zum Schutz von anderen ihrer Bewegungsfreiheit beraubt wurden, behandelte man die Betroffenen niemals wie gemeingefährliche Verbrecher, sondern immer wie hilfsbedürftige, psychisch kranke Menschen.

Für eine Weile ruhten Lauras Augen schweigend auf dem Schwarz-Weiß-Monitor, der dem Beobachter lediglich ein Standbild darzubieten schien. Ansgar saß mit dem Rücken zur Kamera gewandt. Nichts, aber auch gar nichts an ihm regte sich.

»Wie ein Ölgötze sitzt er da«, sagte Gassenmeier. »Und das manchmal stundenlang. So als ob er meditieren würde. Wie ein buddhistischer Mönch in einem Kloster.«

»Vielleicht tut er das ja auch«, bemerkte Laura mit ruhiger Stimme. »Herr Professor, ich würde ihn gerne einmal persönlich in Augenschein nehmen.«

Laura Maldinis Vorgesetzter schenkte ihr ein freundliches Lächeln. »So etwas habe ich natürlich vorausgeahnt. Das trifft sich übrigens sehr gut. Vielleicht schaffen Sie es ja, ihn zum Reden zu bringen. Vielleicht reagiert er auf eine junge, hübsche Frau aufgeschlossener als auf einen alten, senilen Tattergreis.«

Die Psychologin kicherte. »Aber, Herr Professor«, sagte sie und blickte ihm dabei tief in die Augen. »Sie müssten doch wissen, dass ich Ihre Strategie schon lange durchschaut habe.«

»Welche Strategie?«, mimte Gassenmeier den Ahnungslosen.

Laura berührte kurz mit der Hand seine Schulter. »Sie wollen doch nur wieder einmal ein schönes Kompliment von mir hören – ›Fishing for Compliments‹ sagt man neudeutsch dazu, glaube ich, nicht wahr?«

»Nein, liebe Frau Kollegin«, versetzte der Psychiater gedehnt. »Ich tue so etwas doch nicht. Wo denken Sie denn hin?«

Grinsend trat er einen Schritt zurück, drehte seinen Oberkörper zur Wand hin und bedachte den sympathischen älteren Herrn auf dem Poster mit einem Augenzwinkern.

»Na, dann wollen wir dem Herrn Erkenntnisforscher mal einen Besuch abstatten«, sagte Heinrich Gassenmeier und ging gemessenen Schrittes los. »Vielleicht können Sie ja diese harte Nuss knacken. Ich hab's schon ein paarmal versucht, aber mich lässt er einfach nicht an sich ran.«

»Versuchen werde ich es auf alle Fälle.«

»Nun denn, dann mal auf in die Höhle des stummen Löwen.« Mit gesenkter Stimme ergänzte er: »Irgendwie werde ich das ungute Gefühl nicht los, dass dieser versteinerte Philosoph in einer völlig abgeschotteten, eigenen Welt lebt, zu der wir möglicherweise nie einen direkten Zugang erhalten werden.«

»Vielleicht kann ich ja einen indirekten finden«, sprudelte es selbstbewusst aus Lauras Mund.

»So. Da bin ich aber mal gespannt, Laura, wie Sie das anstellen wollen«, schmunzelte Professor Gassenmeier und verließ gemeinsam mit seiner Assistentin den Raum.

In der Handakte stand zu lesen, dass der Philosophieprofessor zunächst in die Aufnahmestation eingewiesen worden war. Diese Unterbringung stellte im Maßregelvollzug traditionsgemäß die erste Stufe der stationären Behandlung dar.

Bei der Aufnahme wurde eine umfassende biografisch-anamnestische Befragung durchgeführt. Im Anschluss an die obligate allgemeinmedizinische und psychiatrische

Diagnostik wurde ein Gesamtbehandlungsplan erstellt, der exakt auf die Bedürfnisse des jeweiligen Patienten zugeschnitten war. Erst nach Beendigung dieser Aufnahmediagnostik erfolgte schließlich die Verlegung des Patienten auf die Therapiestation.

Daran war im vorliegenden Falle jedoch nicht zu denken, schließlich verweigerte der ebenso prominente wie geheimnisvolle Neuzugang jegliche Form der Kommunikation, nicht nur die mündliche.

Mehrmalige Versuche, ihn zum Schreiben zu bewegen, wurden schlichtweg ignoriert. Ansgar Wildberger hatte weder den Stift in die Hand genommen noch den angebotenen Laptop auch nur berührt.

Schweigend schlenderte das ungleiche Paar den menschenleeren Flur entlang. Unvermittelt blieb der Klinikleiter stehen, fasste seine Begleiterin sanft am Arm. Mit durchdringendem Blick fixierte er sie. »Sagen Sie mal, Laura, wäre dieser spektakuläre Fall denn nicht eine geeignete Initialzündung für Ihre Habilitation? Sie beschäftigen sich doch schon seit geraumer Zeit intensiv mit der nonverbalen Dimension des therapeutischen Interaktionsprozesses.« Er lauschte einen Augenblick lang dem Nachhall seiner Worte. »Da hätten wir doch auch schon einen richtig schönen Titel gefunden: ›Die nonverbale Dimension des therapeutischen Interaktionsprozesses‹. Das klingt richtig gut, meinen Sie nicht auch?«

»Doch«, gab Laura Maldini geschmeichelt zurück.

»Ein wahrlich spannendes Thema in einem hochinteressanten Forschungsgebiet«, erklärte der Klinikleiter. Er nickte einem Pfleger zu, der die beiden gerade passierte, und wartete, bis dieser hinter der nächsten Ecke verschwunden war. Dann gewann seine Stimme ebenso an Schärfe wie an Lautstärke.

»Das wäre doch der geeignete Anlass, um endlich mit Ihrer Habilitation zu beginnen. Sie hegen ja noch immer derlei Absichten, wie ich hoffe.« Seine Miene verdüsterte sich wie auf Knopfdruck. »Oder etwa nicht?«

»Na… natürlich, Herr Professor«, stammelte Laura.

Selbstkritisch musste sie sich allerdings eingestehen, dass sie sich dieser Herausforderung bislang nicht mit dem gebührenden Ernst gewidmet hatte. Immer waren ihr andere, vermeintlich wichtigere Dinge dazwischengekommen: ein Auslandsaufenthalt, ein Umzug, diverse Kongresse, die Urlaubsreise nach Sizilien …

»Sie wissen, wie sehr ich Sie und Ihre hervorragende Arbeit schätze«, fuhr das Einstein-Double mit seinem eindringlichen Appell fort.

Der Professor zog die buschigen Brauen nach oben. Durch das nun vermehrt sichtbare Weiß in seinen Augen wurde sein Blick noch stechender. Dazu hob er drohend den Zeigefinger. »Nicht wahr?«

Laura nickte stumm.

»Jemand mit Ihren außerordentlichen Fähigkeiten sollte unbedingt eine Hochschulkarriere anstreben. Dazu gehört nun einmal als entscheidender Schritt die Habilitation. Klingt ja auch nicht schlecht: Frau Prof. Dr. Laura Maldini, oder?«

Der attraktiven Psychologin jagte ein kalter Schauer den Rücken hinunter.

Heinrich Gassenmeier senkte die Hand. Auf sein Antlitz kehrten die milden, väterlichen Züge zurück. Er kannte Lauras wunden Punkt. »Laura, irgendwann müssen Sie Ihre zögerliche Haltung überwinden und sich mit aller Kraft ins Zeug legen. Und dieser ideale Zeitpunkt dafür ist jetzt, genau jetzt. Sonst wird nie etwas aus der Realisierung Ihrer geheimsten Träume«, meinte er. »Und das wäre doch jammerschade, oder sehen Sie das anders?«

Die kritischen Einwürfe ihres Mentors trafen sie ins Mark. Sie sah zu Boden und entgegnete kleinlaut: »Sie haben ja recht, Herr Professor. Wie immer.«

»Na ja, wohl nicht immer – leider«, sagte ihr Gegenüber seufzend. »Fragen Sie mal meine geplagte Ehefrau, die wird Ihnen das gerne bestätigen.«

Ohne die humorvolle Bemerkung zu kommentieren, sagte Laura mit ernstem Gesichtsausdruck: »Dieses Thema ist wirklich unglaublich interessant. Ich denke, dass nun tatsächlich der richtige Zeitpunkt gekommen ist, um mich mit Power auf meine Habilitation zu stürzen.«

»Das höre ich gerne«, freute sich Professor Gassenmeier. Er schluckte so hart, als steckte ihm etwas Sperriges im Schlund. »Obwohl ich Sie nur ungern von hier weggehen lasse.« Mit einem Mal leuchteten seine Augen auf. »Vielleicht ist das aber gar nicht nötig. Ich meine dauerhaft.«

»Wieso?«, fragte Laura verwundert.

»Na, wenn Sie sich beeilen, könnte es in ein paar Jahren durchaus mit meiner Nachfolge hier in der Klinik klappen.«

Laura sah ihn erstaunt an.

Gassenmeier grinste breit. Er schaute sich verstohlen um, entdeckte aber weit und breit niemanden. Trotzdem senkte er die Stimme. »Ich sage es Ihnen ja wirklich ungern, aber Sie wären die Idealbesetzung für diese dann vakante Position. Und ich verfüge über die dazu notwendigen Kontakte im Ministerium.« Ein scharfer Blick und ein erhobener Zeigefinger. »Aber kein Wort zu irgendjemandem! Haben wir uns verstanden?«

Wie in Trance nickte seine Begleiterin. Sie konnte nicht glauben, was sie da eben gehört hatte. Mit offenem Mund blieb sie noch einen Augenblick stehen, dann folgte sie ihrem Mentor, der sich bereits schmunzelnd wieder in

Bewegung gesetzt hatte. Ohne ein einziges weiteres Wort zu wechseln, stiegen die beiden die Treppe hinunter ins Erdgeschoss, wo sich die Räume der Aufnahmestation befanden.

Laura Maldinis Pulsschlag hatte sich inzwischen merklich beschleunigt. Angesichts dieser überaus interessanten beruflichen Perspektive verspürte sie plötzlich einen unbändigen wissenschaftlichen Tatendrang, verbunden mit einer ausgeprägten Neugierde auf den außergewöhnlichen Patienten, der ihr möglicherweise das Tor zu einer goldenen Zukunft aufstoßen konnte.

Sie hatte schon lange vor ihrem Abitur gewusst, dass für sie nur ein Psychologiestudium infrage kam. Ausschlaggebend für diese frühe Festlegung war ihr leidenschaftlicher Wunsch, das Denken und Handeln ihrer Mitmenschen besser verstehen und ihnen kompetente Hilfe anbieten zu können.

Schon bald nach Aufnahme ihres Studiums war ihr in einem Seminar zur Psychoanalyse ein Zitat Sigmund Freuds über den Weg gelaufen, das ihre weitere fachliche Orientierung maßgeblich beeinflusst hatte:

»Als ich mir die Aufgabe stellte,
das, was die Menschen verstecken,
(…) aus dem, was sie sagen und zeigen,
ans Licht zu bringen,
hielt ich die Aufgabe für schwerer, als sie wirklich ist.
Wer Augen hat zu sehen und Ohren zu hören,
überzeugt sich, dass die Sterblichen kein Geheimnis verbergen können.
Wessen Lippen schweigen, der schwätzt mit den Fingerspitzen; aus allen Poren dringt ihm der Verrat.«

Gerade der letzte Satz hatte eine unglaubliche Faszination auf sie ausgeübt. Obwohl sie bereits damals den Alleingültigkeitsanspruch der Psychoanalyse nicht akzeptieren konnte, war dieses Zitat doch ausgesprochen prägend für sie gewesen.

Die Interpretation von Körperhaltung, Mimik und Gestik der Patienten wurde zu Lauras großem Faible, auf das sie sich im Laufe ihrer klinischen Tätigkeit immer stärker konzentrierte. Die Welt jenseits der Worte, die als nichtsprachliches Handeln in jedem therapeutischen Prozess präsent war, ermöglichte den Zugang zu verschlüsselten Botschaften der Patienten, die häufig wichtige Erkenntnisse für die psychiatrische Diagnostik und Therapie lieferten.

Das Phänomen des Schweigens, mithin die strikte Aussageverweigerung eines potenziellen Straftäters, stellte in der Gefängnispsychiatrie nichts Außergewöhnliches dar. Es war vielmehr ein bewährter Teil der Strategie, die Anwälte ihren Mandanten meist bereits vor der Einlieferung in die forensische Klinik dringend ans Herz legten.

Im Fall von Ansgar Wildberger jedoch gestaltete sich dieses Phänomen von vornherein völlig anders. Zum einen hatte er sich schon während des polizeilichen Verhörs mit stoischer Miene geweigert, Kontakt zu einem Anwalt seiner Wahl aufzunehmen. Zum anderen hatte er in der ganzen Zeit nicht einen einzigen Ton verlauten lassen, nicht ein Mal ein Bedürfnis artikuliert, weder gefragt, wo die Toilette ist, noch, ob er etwas zu trinken bekommen könnte. Die Grundbedürfnisse befriedigte er erst, nachdem ihn die Ermittler oder Pfleger dazu aufgefordert oder ihn zu den betreffenden Örtlichkeiten geführt hatten.

Sein außergewöhnliches Verhalten hatte stark autistische Züge. Wie bei einer Dauermeditation war er ausschließlich auf sich selbst konzentriert und hatte offensichtlich den Kontakt zur Außenwelt gekappt.

Ein Kriminalbeamter, an dem Ansgar in nach vorn gebeugter Körperhaltung vorbeigeschlurft war, meinte anschließend, dass ihn dieser Anblick spontan an Jesus Christus' Leidensweg unter dem Kreuz durch die Via Dolorosa erinnert habe.

»Einen Professorenkollegen in einem derart desolaten Zustand zu erblicken, ist wirklich schwer zu ertragen«, sagte Professor Gassenmeier, als sie vor Ansgars Krankenzimmer angekommen waren. Er öffnete die Arme in einer hilflosen Geste.

»Aber was sollen wir mit ihm machen?«, stellte er eine rhetorische Frage. »Wir können ihn noch nicht auf die Therapiestation verlegen. Solange wir keinen Zugang zu ihm finden und er sich uns nicht öffnet, wäre eine Verlegung unverantwortlich.«

Der Klinikchef stockte einen Moment, schöpfte tief Atem. Dann fuhr er fort: »Für die anderen Patienten wäre es unzumutbar. Wer kann mit Gewissheit ausschließen, dass er nicht bei der nächsten sich bietenden Gelegenheit erneut gewalttätig wird?«

Gassenmeier riss seinen Blick von Lauras dezent gebräuntem, ebenmäßigem Gesicht weg. »Es wäre auch ihm gegenüber nicht zu verantworten«, schob er nach. »Zudem vermag ich sein Suizidpotenzial zum gegenwärtigen Zeitpunkt nicht einzuschätzen.«

Laura brummte nachdenklich.

Gassenmeier schloss die Tür auf. Er legte eine Hand auf die Klinke, bog seinen Oberkörper ehrerbietend nach vorn und machte mit der anderen eine ausladende, schwunghafte Bewegung, so als wollte er etwas vom Boden wischen. »Bitte nach Ihnen, Frau Kollegin«, sagte er lächelnd.

Laura bedankte sich mit einem höflichen Nicken und schritt durch die Tür. Sie betrat einen tristen Raum, in dem es nach scharfen Putzmitteln roch und der an eine Ausnüchterungszelle erinnerte: nackter, kalter Fliesenboden, alle vier Wände bis zur Decke hinauf weiß gekachelt, ein steriles Krankenhausbett.

Dann erblickte sie endlich den Mann, der nach dem aktuellen Stand der polizeilichen Ermittlungen dringend des brutalen Mordes an seiner Ehefrau verdächtigt wurde.

Ansgar Wildberger saß an einem viereckigen Holztisch, den Rücken zur Tür gewandt. Regungslos starrte er auf einen Punkt etwa 30 Zentimeter vor seinen wie betend ineinander verschränkten Händen. Weder das Öffnen der Tür noch das Erscheinen der beiden Psychiater hatte ihm auch nur die kleinste Regung entlockt.

Der renommierte Philosophieprofessor trug einen hellgrauen Jogginganzug, der farblich exakt zu seinem sonstigen Erscheinungsbild passte. Sein fahles, gräuliches Gesicht war mit Bartstoppeln übersät. Durch eine silberne Brille blickte ein braunes Augenpaar leer und apathisch auf die Tischplatte hinab.

Kummer und Schlaflosigkeit hatten tiefe Falten um Mund und Augen gegraben und die bleiche Stirn zerfurcht. Über seiner Nasenwurzel zeigten sich zwei fast senkrechte Hautfalten. Die schön geschwungenen Lippen waren so blass, dass sie sich kaum von der übrigen Haut unterschieden. Ein griesgrämiger, tief ins Gesicht eingegrabener Zug verdarb den Gesamteindruck eines durchaus attraktiven Männergesichtes.

Es war wirklich ein ausgesprochen trostloser Anblick, der sich den Besuchern bot, die Wildberger inzwischen gegenüberstanden. Heinrich Gassenmeier schien Die deprimierenden Gedanken seiner Assistentin zu erahnen.

Der Psychiater streckte seinen Arm so weit nach vorn, dass seine ausgespreizten Finger fast Ansgar Wildbergers Stirn berührten. »Wenn ich nur in diesen verdammten Dickschädel hineinschauen könnte.«

»Dafür würde auch ich einiges geben«, stimmte Laura Maldini flüsternd zu. »Was denkt er gerade? Was spielt sich in seinem Kopf ab? Was nimmt er von all dem um ihn herum bewusst wahr?«

Vergebens forschte sie in Ansgars eingefrorenen Gesichtszügen nach einer Reaktion. Mit einem Mal keimte Unsicherheit in ihr auf, und sie wurde von Selbstzweifeln gemartert.

Schaffe ich das überhaupt?, fragte sie sich. Ist dieser hochintelligente Mensch nicht eine Nummer zu groß für mich? Was ist, wenn es mir nicht gelingt, diese harte Nuss zu knacken? Was wird dann aus meiner Zukunft, aus meiner Karriere werden? Wie soll ich seine nonverbalen Signale entschlüsseln, wenn er überhaupt keine aussendet, sondern nur mit stoischer Miene vor sich hin stiert?

Sie musterte den renommierten Philosophieprofessor eine Zeit lang, tastete mit ihren Augen alle Stellen seines Körpers ab, die zu einer Regung fähig gewesen wären. Doch nichts an ihm bewegte sich, sah man von dem sich in monotonem Rhythmus aufblähenden Brustkorb und den beiden Augenlidern ab, die sich schätzungsweise im Minutentakt wie in Zeitlupe öffneten und schlossen.

Mitten hinein in die nagenden Selbstzweifel platzte ein Gedanke, den Laura Maldini sogleich in Worte packte. Vielleicht konnte sie den schweigsamen Professor ja durch diesen Reiz zum Sprechen bringen. »Mir fällt da gerade etwas ein, Chef«, sagte sie beiläufig. »In seiner Akte steht doch, dass unser neuer Patient einen leiblichen Sohn hat. Der könnte ihn vielleicht zum Reden bringen. War er schon einmal bei ihm?«

Der Psychiatrieleiter schüttelte den Kopf.

»Und warum?«

Diesmal reagierte der wiedergeborene Einstein mit einem stummen Schulterzucken.

»War denn überhaupt schon ein«, sie malte Gänsefüßchen in die Luft, »›Externer‹ bei ihm?«

»Ja, ein Mann, der sich als sein bester Freund vorgestellt hat«, antwortete Gassenmeier. »Er war schon zweimal hier.«

»Und?«

»Nichts und.« Heinrich Gassenmeier wies mit ausgestrecktem Arm auf seinen in sich gekehrten Patienten. »Der nette Herr hier hat ihn genauso abblitzen lassen wie alle unsere Kollegen – inklusive meiner Wenigkeit.«

»Das ist wirklich merkwürdig, sehr merkwürdig«, meinte Laura Maldini und stellte sich direkt vor Ansgar. Ohne darüber nachzudenken, ob das, was sie nun tat, sinnvoll war oder nicht, legte sie ihre beiden Hände auf die des schweigsamen Professors.

Plötzlich kam Bewegung in die lebendige Statue. Während Laura sanft seine eiskalten Finger streichelte, hob Ansgar Wildberger langsam den Kopf und fixierte sie mit starren Reptilienaugen. Laura hielt seinem ausdruckslosen Blick stand. Ansgar drehte den Kopf ein paar Grad nach links und bedachte den Chef der Gefängnispsychiatrie ebenfalls mit einem Blick, wobei seine Augenlider zuckten. Dann kehrte sein Kopf zurück in die Ausgangsposition und er sah wieder auf die Tischplatte.

Als die Blicke der beiden etwa gleichaltrigen Männer sich für ein paar Sekunden getroffen hatten, hatte Laura eine atmosphärische Spannung, ein merkwürdiges Knistern gespürt. Die Empfindung erschien ihr unwirklich, weshalb sie sich nicht sicher war, ob sie sie sich nur eingebildet hatte.

7

Irene Trautschke befand sich gerade auf dem Nachhauseweg, als sich ihr Handy bemerkbar machte. Es war Hannah. Sie stammelte zwar nur wenige, zusammenhanglose Wortfetzen, aber diese klangen derart verzweifelt, dass Irene sofort zu ihrem Kind musste.

Etwa eine Viertelstunde später traf sie in dem Appartementhaus auf dem Betzenberg ein, in dem Hannah und ihr Mann seit geraumer Zeit wohnten. Die junge Frau sah sehr mitgenommen aus. Ihr Kinn vibrierte, ihre Mundpartie zuckte wild. Schluchzend warf sie sich ihrer Mutter an den Hals.

»Mama, Mama«, jammerte sie. »Es ist alles so schrecklich.«

»Um Gottes willen, was ist denn passiert?«, fragte Irene, während sie versuchte, sich aus dem schraubstockartigen Griff ihrer verzweifelten Tochter zu befreien.

Hannah war nicht in der Lage zu antworten und schluchzte herzzerreißend. Sie konnte kaum einen klaren Gedanken fassen und schon gar nicht sprechen. Geduldig wiegte Irene den bebenden Körper ihres einzigen Kindes in den Armen und streichelte ab und an zärtlich über die braunen Locken.

Diese liebevolle Zuwendung reduzierte ein wenig den extremen Leidensdruck, der zentnerschwer auf Hannah lastete. Ihr hechelnder Atem beruhigte sich nach und nach und ging in ruhigere und tiefere Atemzüge über.

»Jonas ist …«, presste sie endlich hervor.

»Was ist mit Jonas?«, fragte Irene behutsam

»… zusammengeschlagen worden«, vollendete Hannah.

Dicke Tränen schossen ihr aus den Augen und perlten von den geröteten Wangen auf die Jacke ihrer Mutter.

»Was?«, stieß Irene Trautschke entsetzt aus. »Er wurde zusammengeschlagen? Von wem? Warum?«

Hannah löste die krampfhafte Umklammerung, mit der sie noch immer am Hals ihrer Mutter festhielt. Sie nahm ein Taschentuch und tupfte sich die Feuchte aus dem Gesicht. Erst nach einem schier endlosen, gequälten Seufzer sprach sie weiter: »Ich weiß es nicht, Mama.« Sie schluckte ein paarmal und räusperte sich. »Vor zwei Stunden rief mich die Polizei an. Ich sollte sofort ins Krankenhaus kommen.«

Irene warf die Hand vor den Mund. »Sofort ins Krankenhaus?«, wiederholte sie. »Oh mein Gott, ist es so schlimm?«, schob sie mit halberstickter Stimme nach.

»Nein, Mama, zum Glück ist es nicht ganz so schlimm, wie es sich zuerst angehört hat. Jonas sieht zwar ziemlich mitgenommen aus, aber er ist Gott sei Dank nur leicht verletzt: Prellungen, Hautabschürfungen – nichts Dramatisches. Die Ärzte haben ihn völlig auf den Kopf gestellt. Er hat keinerlei innere Verletzungen. In ein paar Tagen ist er wieder topfit, haben sie gesagt.«

»Gott sei Dank!«, entgegnete Irene. »Und wie ist das passiert?«

»Sie haben ihn bewusstlos in einer Seitenstraße gefunden …« Hannah brach ab, legte wimmernd die Hände vors Gesicht. »Mitten im Bahnhofsviertel. Direkt neben einem Bordell.«

»Was? Neben einem Bordell? Das glaub ich nicht.«

»So ist es gewesen«, beharrte Hannah. »Das behaupteten die Polizisten, die ihn gefunden haben.«

Irene Trautschke runzelte die Stirn, stieß kopfschüttelnd ein wenig Luft durch die Nase aus. »Aber was hat er denn in dieser Gegend gewollt, mitten in der Nacht?«

»Ich weiß es wirklich nicht, Mama. Und die Polizei weiß es anscheinend auch nicht.«

»Im Bordell wird er ja hoffentlich nicht gewesen sein«, sagte Irene eher zu sich selbst.

Hannah schüttelte energisch den Kopf. »Nein, das würde er mir nie antun.«

Sag bei Männern niemals nie, mein naives Mädchen, dachte Irene, behielt den Gedanken aber für sich. Die sind alle …

»Jonas hat der Polizei gegenüber behauptet, dass er einen totalen Filmriss habe und sich an nichts erinnern könne«, unterbrach Hannah die männerfeindlichen Gedanken ihrer Mutter.

»Einen Filmriss?«, wiederholte Irene mit einem Gesichtsausdruck, der starke Zweifel ausdrückte. »Das nehme ich ihm nicht ab.«

»Warum?«

»Ich weiß nicht. Es ist nur so ein Gefühl.« Während Hannah stumm auf den Boden starrte, streichelte Irene liebevoll das kleine Metallbärchen an ihrem Schlüsselbund. »Wie lange muss Jonas noch im Krankenhaus bleiben?«

»Eigentlich ein, zwei Tage zur Beobachtung.«

»Wieso eigentlich?«

»Weil er nicht mehr im Westpfalzklinikum ist, sondern hier in unserer Wohnung, hinten in seinem Arbeitszimmer.« Ein gequältes Lächeln umspielte Hannahs Mund. »Er wollte partout nicht im Krankenhaus bleiben.«

Hannah Wildberger zuckte resigniert mit den Schultern, drehte die Handflächen nach außen und warf ihrer Mutter einen unsicheren, fragenden Blick zu. »Was sollte ich denn tun, Mama? Ich konnte ihn schließlich nicht ans Bett fesseln.«

Irene hob die Augenbrauen und nickte kaum merklich. »Was macht er eigentlich immer alleine in seinem Zimmer?«, wollte sie wissen.

»Ich weiß es nicht. Vielleicht schläft er.«

»Was immer er tut, wir sollten ihn keinesfalls bedrängen. Okay?«

Ein knappes Nicken. »Es tut mir unheimlich weh, wenn ich ihm nicht helfen darf.«

»Er wird dir schon irgendwann signalisieren, dass er dich braucht. Und dann kannst du ihm bei der Bewältigung seines Traumas helfen. So lange musst du eben warten.«

Hannah schien diesen Appell nicht wahrgenommen zu haben. »Ich war schon mehrmals an seiner Zimmertür, aber er lässt mich einfach nicht rein«, jammerte sie. »Er hat die Tür abgeschlossen und schon wieder gesagt, dass ich ihn in Ruhe lassen soll.«

Sie putzte sich die Nase und fuhr mit gebrochener Stimme fort: »Warum will er denn nicht, dass ich ihm helfe?«

Ihre Mutter machte eine wegwerfende Handbewegung. »Ach, mein Schatz, die Männer sind nun mal so. Im Tierreich ist das auch nicht anders. Wenn zwei Löwenmännchen miteinander gekämpft haben, zieht sich der Geschlagene erst mal eine Zeit lang in die Einsamkeit zurück und leckt dort seine Wunden.«

Irene Trautschkes Augen leuchteten auf. »Komm, wir schleichen uns hin und lauschen an der Tür«, flüsterte sie verschwörerisch.

»Habe ich vorhin schon getan«, entgegnete Hannah in der gleichen, deutlich reduzierten Lautstärke. »Man hört nur ab und zu ein leises Stöhnen, sonst nichts.«

»Ein Stöhnen?«

»Ja, Mama. Und er röchelt so komisch. Das hört sich richtig gruselig an«, fuhr Hannah in weinerlichem Ton fort. »Als wenn er gleich sterben würde.«

Irene ahnte, dass nun ein neuerlicher Gefühlsausbruch ihrer Tochter unmittelbar bevorstand, deshalb versuchte sie es mit einem Ablenkungsmanöver: »Du hast doch bestimmt auch schon früher mal gelauscht, oder?«

Hannah nickte.

»Was hat er denn in den letzten Tagen in seinem Arbeitszimmer gemacht? Hat er zum Beispiel oft telefoniert?«

»Telefoniert?«, gab Hannah verblüfft zurück. »Nein, das glaub ich nicht. Unser Telefon steht doch im Flur …«

»Und sein Handy?«, warf Irene dazwischen.

»Das legt er immer gleich auf die Kommode, wenn er heimkommt.« Sie zog die Augenbrauen zusammen und ergänzte: »Ich glaube, er hat das Handy seit Samstag nicht mehr angerührt. Die einzigen Geräusche, die ich in den vergangenen Tagen aus seinem Zimmer gehört habe, war das Hämmern auf der Tastatur seines Laptops.«

»Was schreibt er denn?«, hakte Irene sogleich neugierig nach.

Hannah stöhnte auf. »Ich weiß es nicht, Mama, ich weiß es wirklich nicht.« Sie machte eine ratlose Geste. »Ich habe absolut keine Ahnung, was er da tut. Als er unterwegs war, habe ich seinen Laptop angeschaltet. Aber ich komme nicht rein. Er hat den Zugang mit einem Passwort gesperrt.«

Irene runzelte die Stirn. »Seit wann macht er das denn?«

Hannah Wildberger leckte grübelnd ihre vollen Lippen, dann antwortete sie: »Ich glaube, dass ich diese Tippgeräusche zum ersten Mal am Samstagabend gehört habe.«

»Helgas Todestag«, stellte Irene Trautschke fest. Sie räusperte sich, bevor sie mit einer Spekulation aufwartete: »Er schreibt bestimmt genau auf, was er seit dem tragischen Tod seiner Mutter alles erlebt hat. Und was er denkt, was er fühlt. Wahrscheinlich in eine Art Tagebuch. Er hat ja ein sehr gutes Gedächtnis.«

»Das stimmt, Mama«, erwiderte Hannah mit einem Anflug von Stolz. »Deshalb ist er ja auch so ein erfolgreicher Schachspieler.«

Ohne auf die abschweifenden Bemerkungen ihrer Tochter einzugehen, führte Irene den begonnenen Gedankengang zu Ende. »Damit versucht er bestimmt, diese fürchterliche Sache irgendwie zu verarbeiten«, spekulierte sie.

»Warum will er denn nicht, dass ich ihm dabei helfe?«, stellte Hannah ein ums andere Mal dieselbe Frage.

Irene fixierte ihre Tochter mit einem strengen Blick. »Dafür wird er seine Gründe haben, mein Kind. Du solltest dich nicht andauernd über deinen Mann beklagen. Er ist das Beste, was dir und mir passieren konnte. Ansgar ist ein Sohn aus sehr gutem Hause, vermögend, kultiviert. Das Einzelkind Jonas mit seinen begüterten Eltern ist die Chance deines Lebens. Du darfst sie nicht leichtfertig verspielen, egal, was noch so alles an Problemen auf euch zukommt. Vergiss das nie!«

»Das werde ich nicht, Mama.«

»Versprochen?«

»Versprochen.«

»Dann sind wir uns ja einig, mein Schatz. Von solch einem Märchenprinzen habe ich mein ganzes Leben lang geträumt.« Irene Trautschke atmete schwer und stieß hörbar ihren Atem aus. »Außerdem hast du vor Gott geschworen, deinem angetrauten Ehemann immer zur Seite zu stehen, in guten wie in schlechten Tagen!«

»Das will ich auch tun«, erklärte Hannah mit bekümmertem Gesichtsausdruck. »Aber wie soll ich das machen, wenn er sich völlig von mir abschottet?«

»Ich hab's dir schon mehrmals gesagt: Er braucht Zeit. Lass ihn am besten eine Weile lang ganz in Ruhe. Du darfst ihn nicht ständig unter Druck setzen. Du kennst Jonas inzwischen gut genug, um zu wissen, dass er ein sehr introvertierter Mensch ist. Er kann sich nicht gut anderen Menschen mitteilen. Ich glaube, er will es auch gar nicht. Er will seine Probleme anscheinend selbst lösen. Und das solltest du akzeptieren. – Komm, wir lauschen mal an seiner Tür.«

Irene Trautschke nahm Hannah bei der Hand und zog sie wie ein Kleinkind zu Jonas' Arbeitszimmer. Vorsichtig legte sie ein Ohr auf das Türblatt und horchte angestrengt. Dann wandte sie sich zu ihrer Tochter um, die etwa einen Meter hinter ihr stand.

Hannahs verkrampfter Körperhaltung und säuerlichem Gesichtsausdruck war zu entnehmen, dass ihr diese Lauschaktion Unbehagen bereitete.

»Da drinnen ist es völlig ruhig«, flüsterte Irene. »Ich glaube, Jonas schläft.«

»Nein, Jonas schläft nicht«, drang plötzlich eine anschwellende, zornige Männerstimme durch die Tür. »Verschwindet! Sonst packe ich meine Sachen und such mir ein Zimmer in irgendeiner Pension!«

Die unverhohlene Drohung zeigte umgehend Wirkung: Ins Mark getroffen verzogen sich die beiden Frauen ins Wohnzimmer.

8

JONAS

Dienstag, 6. Dezember, 23.30 Uhr

Von wegen schlafen. Ihr seid mir vielleicht Komiker! Ich kann nicht schlafen. An meiner Stelle könntet ihr das auch nicht.

Wie soll ein Mensch das alles nur ertragen?

Und dann auch noch diese verfluchten Schmerzen. Bei jeder Bewegung könnte ich laut aufschreien! Selbst das Tippen tut weh. Und erst mein Kopf!

Diese verfluchten Schweinehunde! Scheiß Zuhälterpack!

Nun sitze ich heute schon zum zweiten Mal vor dem Laptop und schreibe an meinem Tagebuch. Wenn ich vor ein paar Stunden gewusst hätte, was an diesem Abend noch auf mich zukommt, wäre ich garantiert hier in meinem Zimmer geblieben.

Warum musste ich auch an das verdammte Telefon gehen? Warum hab ich mich mit diesem widerlichen Pressegeier getroffen? Obwohl ich mir doch fest vorgenommen hatte, es nicht zu tun. Verdammt! Verdammt! Warum mache ich nur immer solch einen Blödsinn? Das ist doch völlig irrational! Mein Kopf sagt mir »Tu's nicht« – und trotzdem tue ich's!

Na, ist ja nun auch egal, was soll's. So weiß ich wenigstens, was dieses elende Dreckschwein hinter Mutters Rücken alles getrieben hat! Der perverse Saukerl!

Bei einer Nutte war er – bei einer Domina!!!

Das muss man sich mal vorstellen: Der berühmte Herr Professor lässt sich von einer Domina auspeitschen. – Irre!

Ich musste gerade eine Pause einschieben. Ich konnte nicht mehr weiterschreiben. Mir war auf einmal total schwindelig. Aber jetzt geht's wieder. Ich fange am besten von vorn an.

Hannah hatte mich ans Telefon gerufen. Irgendein Journalist wollte sich unbedingt mit mir treffen. Erst hab ich abgelehnt, wollte gleich wieder auflegen, doch plötzlich fragte mich der Typ: »Wussten Sie eigentlich, dass Ihr V. regelmäßig eine Domina aufgesucht hat?«

Ich dachte, mich trifft der Schlag.

Und dann sagte er auch noch, dass er mit dieser Schlampe ein Interview geführt hätte, das er morgen früh auf die Titelseite knallen würde, wenn ich mich nicht sofort mit ihm treffen würde.

Obwohl ich es wirklich nicht wollte, ging ich schließlich zu der Kneipe, die er als Treffpunkt vorgeschlagenen hatte. Dieser schmierige Erpresser hielt sich nicht mit langen Vorreden auf, sondern kam gleich zur Sache.

Er wollte, dass ich ihm die Exklusivrechte an dieser ›megageilen Wahnsinnsstory‹ – ja, genau das hat er wörtlich gesagt! – verkaufe. So ein Idiot! Hat der wirklich geglaubt, dass ich das tue?

Als ich diesem hektischen, schleimigen Sensationsgeier gegenübersaß, hat mich etwas in mir gezwungen, zum Schein auf sein Angebot einzugehen. 20.000 Euro hat er mir geboten. Ich hab den Preis sogar auf 30.000 Euro hochgetrieben! Eigentlich kann ich stolz auf mich sein, denn obwohl ich so etwas vorher noch nie getan habe, hab ich knallhart mit ihm verhandelt. Und dabei auch durchgesetzt, dass ich drei Tage Bedenkzeit bekomme, während der er keine Artikel veröffentlichen darf.

Außerdem hab ich bei dieser Gelegenheit versucht, Informationen über diese Domina aus ihm rauszubekommen. Aber da hab ich bei ihm auf Granit gebissen. Von Informantenschutz hat er andauernd gefaselt.

Informantenschutz – pah, dass ich nicht lache! Und wer bitte schützt die Opfer?!!

Ich habe schließlich doch noch was aus ihm rausgekriegt: Er hat mir nämlich erzählt, dass diese Nutte im Bahnhofsviertel »ein eigenes Etablissement« betreibt – ja, so hat er es genannt!

Ein Etablissement. Wie das klingt – richtig edel, vornehm!

Der Typ ist dann verduftet. Ich bin in der Kneipe sitzen geblieben und hab noch einen Wein getrunken. Irgendwann bin ich dann im Bahnhofsviertel gelandet, wo ich durch die Bars gezogen bin. Da hab ich natürlich auch noch was getrunken. Aber ich war nicht besoffen!

Anscheinend habe ich dieser Schlampe zu viele Fragen gestellt.

»Du bist schlecht fürs Geschäft«, hat mich ihr Zuhälter angeblökt. Und dann war's auf einmal dunkel um mich herum. Als ich wieder wach wurde, lag ich in der Gosse und ein Notarzt kniete neben mir.

Ist das nicht verrückt? Obwohl es mich unheimlich quält, wollte ich einfach mehr wissen über die Nuttenbesuche. Ist das nicht auch eine Art von Masochismus?

Ich kann nicht mehr. Mir platzt gleich der Kopf.

Mittwoch, 7. Dezember, 13 Uhr

Vor zwei Stunden haben wir Mutter beerdigt.

Nur Wolfgang und ich. Sonst niemand. 150 Kilometer entfernt von Kaiserslautern.

Nein, falsch! Wir haben sie nicht beerdigt, sie wurde feuerbestattet.

Ja, ich weiß, Mutter, dass du das nicht gewollt hast. Du hast immer gesagt, dass du neben ihm beerdigt werden willst in deiner Geburtsstadt auf dem städtischen Friedhof. In einem Doppelgrab. Damit du ihm noch über den Tod hinaus ganz nahe sein kannst.

Aber das konnte ich dir doch wirklich nicht antun. Nach all dem, was er dir angetan hat! Dich dort begraben, wo irgendwann dein Mörder neben dir liegen würde. Nein, nein, nein!

Mutter, verzeih mir, dass ich mich über deinen Wunsch hinweggesetzt habe. Aber ich hatte keine andere Wahl. Ich musste es tun. Du hättest das nun nicht mehr gewollt, da bin ich mir ganz sicher! Jetzt nicht mehr! Jetzt, nachdem er dich umgebracht hat!

Ich bin mir zudem ganz sicher, dass du die Heuchlerbande an deinem offenen Grab nicht ertragen hättest. Was meinst du wohl, wer zu deiner Beisetzung gekommen wäre, wenn sie auf unserem Friedhof hier in Kaiserslautern stattgefunden hätte? Eine Menge sensationsgeiler Gaffer – vielleicht sogar er selbst. Und die Aasgeier von der Presse, wahrscheinlich sogar Fernsehteams. Nein, nicht auszudenken!

Ich bin Wolfgang unheimlich dankbar. Er hat sich um alles gekümmert. Ich hätte das niemals so schnell und so perfekt auf die Reihe gekriegt. Na ja, der berühmte Herr Hirnforscher hat eben überall seine Kontakte.

Heute früh rief er mich an und fragte, ob ich meine Mutter noch einmal sehen möchte. Ich habe gezögert, weil ich nicht wusste, ob ich es ertragen könnte. Das hat er natürlich gespürt.

»Vielleicht ist es besser, wenn du es nicht tust«, schlug er vor.

»Ja«, hab ich geantwortet.

»Ich hol dich dann um halb zehn ab.«

»Nein, ich fahre lieber mit meinem eigenen Auto dorthin. Ich will allein sein«, antwortete ich ihm.

Ich wollte nicht drei Stunden lang neben ihm im Auto sitzen. Vielleicht weil ich irgendwie geahnt habe, was kurz nach der Einäscherung passieren würde.

»Gut, Jonas. Das kann ich nachvollziehen«, akzeptierte er meine Entscheidung. »Kann ich sonst noch irgendetwas für dich tun?«

»Nein, danke«, hab ich geantwortet.

Aber dann ist mir doch noch etwas Wichtiges eingefallen. Etwas, das ich fast vergessen hätte. Ich bat ihn, Mutter ein Kuvert in den Sarg zu legen. Er fragte nicht nach, was sich darin befand, und versprach, mir diesen Wunsch zu erfüllen.

Mutter, es sind die Bilder, die neben deinem Bett hingen. Die Bilder, die ich für dich gemalt habe, nur für dich! Ich hab noch ein paar Fotos von mir dazugelegt. Die aus meinem Album, das hier bei mir im Schreibtisch liegt. Das mit meinen Kinderbildern. Vorhin blätterte ich es zum x-ten Mal durch. Doch wieder ertrug ich die Fotos nicht lange.

Du warst so eine tolle Mutter!!!

Ich traf mich erst kurz vor 11 Uhr mit Wolfgang. Ich wollte nicht früher.

In der kleinen Kapelle war es sehr persönlich und feierlich.

Danach gingen wir raus ins Freie. Wolfgang wollte mit mir noch einen Kaffee trinken gehen.

»Junge, wir müssen dringend miteinander reden«, meinte er.

Er war sehr rücksichtsvoll und nett zu mir. Und was habe ich getan? Ich ließ ihn einfach stehen und rannte weg. Zu meinem Auto.

Der arme Kerl! Das hat er wirklich nicht verdient. Es tut mir sehr leid, dass ich quasi panikartig vor ihm geflüchtet bin. Aber ich konnte einfach nicht anders.

Reden, reden, reden – jeder will immer mit mir reden. Ich kann nicht darüber reden! Kapiert es doch endlich:

Ich will allein sein, allein mit meiner Trauer, allein mit meinem Schmerz.

Ich bin sofort nach Hause gefahren, weil ich nur noch eins im Sinn hatte: mich an den Laptop zu setzen und an meinem Tagebuch weiterzuschreiben.

Dabei hab ich seit meiner Schulzeit keine längeren zusammenhängenden Texte mehr geschrieben, sondern immer nur kurze Erläuterungssätze zwischen Zahlen und abstrakte mathematische Formeln geknallt.

Es ist verrückt!

Nun sitze ich hier und reihe seitenlang wirres Zeug aneinander. Wie ein Wahnsinniger! Als ob der Teufel höchstpersönlich mir im Nacken sitzen und mich dazu antreiben würde.

Na ja, vielleicht tut er das wirklich. Wer weiß das schon so genau? Wenn er tatsächlich dafür verantwortlich ist, macht es ihm garantiert sehr viel Spaß, mich mit dem zu quälen, was ich hier aufschreibe, aufschreiben muss.

Wer weiß, vielleicht ist es auch ganz anders. Vielleicht hat mir der liebe Gott ja auch einen modernen Beichtvater gesendet. Einen elektronischen, der sich alles geduldig anhört – und mir gerade dadurch hilft.

Quatsch! Was hab ich denn da schon wieder für einen Schwachsinn geschrieben?!!

Warum sollte Gott *mir* jetzt helfen, wenn er Mutter nicht geholfen hat?

WO warst du, Gott?

Sag, WO warst DU am Samstagmorgen?

WARUM hast du sie nicht beschützt?

WARUM???

Mutter war der liebste, gutmütigste, freundlichste, hilfsbereiteste Mensch auf der ganzen Welt. Sie hat nie jemandem etwas Böses angetan, ja nicht einmal schlecht geredet hat sie über ihre Mitmenschen.

Und sie hat an dich geglaubt!

Seit ich denken kann, hat sie mir eingetrichtert, wie wichtig du für uns bist. Wie großherzig und mächtig du bist.

»Jonas, bete so oft es geht zum lieben Gott. Er ist immer für dich da. Du musst nur fest an ihn glauben, dann offenbart er sich dir mit seiner unendlichen Güte.«

Sie hat ganz fest an dich geglaubt. Und WO warst *du* mit deiner unendlichen Güte?

WO???

Es läutet Sturm. Wer ist denn das schon wieder?

Verdammt, ich will meine Ruhe haben!

9

Wolfgang Doster läutete Sturm. Als Jonas nicht gleich öffnete, trommelte er an die Tür und rief lauthals seinen Namen.

»Mein lieber Junge, wir müssen dringend miteinander reden«, bestürmte er Jonas, als er endlich an der Tür erschien. »Du ziehst dir etwas über und dann fahren wir raus zum Gelterswoog. Die frische Luft wird dir bestimmt guttun. Wir wandern um den See und anschließend trinken wir im Seehotel Kaffee. Ich habe einige äußerst wichtige Dinge mit dir zu besprechen – und diesmal wirst du nicht vor mir weglaufen.«

Jonas wollte viel lieber zu Hause bleiben, um an seinem Tagebuch weiterzuschreiben. Eindringlich verwies er auf seine schmerzenden Verletzungen und sein ausgeprägtes Ruhebedürfnis. Doch Wolfgang Doster ließ sich nicht abwimmeln.

Die beiden Männer fuhren zu einem zwischen der B 270 und dem Gelterswoog gelegenen Parkplatz, auf dem lediglich eine Handvoll Autos herumstanden. Wie oft in dieser Jahreszeit hatte ein plötzlicher Wetterumschwung dafür gesorgt, dass innerhalb weniger Stunden das Thermometer deutlich in den Plusbereich geklettert war.

Aus einer dicht geschlossenen, tiefgrauen Wolkendecke besprühte Nieselregen die winterkahle Landschaft. Gespenstische Nebelschleier waberten über den Natursee und tauchten ihn in ein fahles Dämmerlicht, das jegliches Leben zu ersticken drohte. Unter der milchig-trüben Dunstglocke wirkten die mächtigen Bäume der Uferpromenade wie Kulissen eines endzeitlichen Trauerspiels.

Jonas Wildberger hatte an diesem milden Dezembernachmittag keinerlei Blick für irgendwelche Wetterkapriolen. Er registrierte sie überhaupt nicht. Zu sehr war er mit sich selbst und seinen Problemen beschäftigt.

Der Hirnforscher und sein Patenkind schlenderten in westlicher Richtung am Zaun des Strandbades entlang. Wolfgang Doster blieb stehen und blickte sich um. Er entdeckte einen aus roten Buntsandsteinen gemauerten Unterstand und steuerte zielstrebig darauf zu.

Jonas folgte ihm mit schlurfenden Schritten. »Mann, Mann, tun mir die Knochen weh«, jammerte er und ließ sich ächzend auf der regengeschützten Sitzbank nieder.

»Mein lieber Junge, du machst mir zurzeit große Sorgen«, sagte Doster mit bekümmerter Miene.

»Wieso?«, fragte Jonas, den leeren Blick starr hinaus auf den dunklen, leicht gekräuselten See gerichtet.

Der renommierte Hirnforscher öffnete seinen Mantel, zog aus der Innentasche eine Zeitung hervor, klappte sie auseinander und hielt sie Jonas vor die Augen. »Na, zum Beispiel deshalb, mein junger Freund«, sagte er mit einem leichten Beben in der Stimme.

Jonas Wildberger traf fast der Schlag, als er den Aufmacher und das große Foto auf der Titelseite des Boulevardblattes sah. »Nun auch noch der Sohn des Mörders in der Gosse«, stand da in großen Lettern gedruckt. Das Foto zeigte eindeutig ihn. Umrahmt von Mülltonnen lag er grotesk verrenkt vor einer Hinterhofmauer.

»Ach du Scheiße«, war alles, was ihm zu diesem zutiefst entwürdigenden Anblick einfiel. Danach verstummte er für eine Weile, wiegte nur fassungslos den Kopf hin und her. Immer wieder fuhr er sich durch seine vom Regen feuchten Haare.

Tröstend legte Wolfgang Doster einen Arm um Jonas'

Schulter und zog den schlaffen Oberkörper zu sich heran. Ein markanter Geruch, der eindeutig von medizinischen Desinfektionsmitteln stammte, stieg Doster in die Nase.

»Mensch, Junge, was machst du für Sachen«, sagte er sanft. »Warum hast du mir heute Morgen nichts davon erzählt?«

Er atmete tief und ließ einige Sekunden verstreichen. Da Jonas keinerlei Anstalten machte, die Frage zu beantworten, fuhr Doster fort: »Jetzt ist mir natürlich klar, weshalb du auf deinem eigenen Auto bestanden hast. Du wolltest nach der Beerdigung vor mir flüchten – was dir ja auch leider gelungen ist.«

Ein mildes Lächeln umspielte seine Lippen, während er kopfschüttelnd den Blick von Jonas' versteinertem, von Hautabschürfungen, Schwellungen und einem großen Hämatom gezeichneten Gesicht nahm. Er beobachtete die sich sanft im Wasser wiegenden Ruderboote, die an einem Ufersteg angekettet waren.

»Die abstruse Geschichte von deinem angeblichen Fahrradsturz habe ich dir sowieso nicht abgenommen. Deinen Versuch, mir diesen Bären aufzubinden, habe ich sofort durchschaut. Deine Mimik hat dich verraten.«

»Tut mir leid.«

»Schwamm drüber«, winkte Doster ab. »Als ich vorhin an einer Ampel stand und diese Zeitung an einem Kiosk entdeckte, war mir natürlich alles klar.«

Wolfgang Doster erhob sich von der kalten Holzbank, postierte sich vor seinen jungen Begleiter und stemmte die Hände in die Hüften. Dann fuhr er in vorwurfsvollem Ton fort: »Erklär mir bitte mal, wie dir so etwas passieren konnte. Wie kommst du überhaupt ins Bahnhofsviertel? Was um alles in der Welt hast du dort gewollt?«

Jonas Wildberger hatte den Oberkörper nach vorn

gebeugt. Seine Augen bohrten sich in die Zeitung, die inzwischen auf seinen Knien lag. Er war wie gelähmt und wäre aus lauter Scham am liebsten im Erdboden versunken.

Doster ließ ihm keine Ruhe. »Was wolltest du denn in diesem Bordell?«, bedrängte er ihn.

Jonas ignorierte die Fragen und verharrte weiter regungslos in seiner ungemütlichen Position. Erst als sein Patenonkel noch einmal die Fragen mit nahezu gleichem Wortlaut wiederholte, reagierte er – und zwar mit einer weiteren Notlüge: »Ich weiß es doch selbst nicht«, erwiderte er. »Ich bin in der Altstadt versackt und später im Krankenhaus aufgewacht. Ich habe einen totalen Filmriss und kann mich an nichts erinnern«, leierte er in einer roboterartigen, mit metallischem Unterton versetzten Sprache herunter.

»Junge, schau mich mal an«, befahl der Gehirnforscher.

In Zeitlupentempo streckte Jonas den Rücken durch, dabei wanderte sein Blick zentimeterweise an Dosters anthrazitfarbenem Kaschmirmantel empor, bis er sich schließlich in dessen leicht gerötetem Gesicht festhakte.

Der 56 Jahre alte Medizinprofessor, dem ein leichter Hang zur Extravaganz nachgesagt wurde, hob seinen Designerhut vom Kopf und wischte kleine, perlende Regentropfen von der breiten Krempe. Seine Miene verdüsterte sich noch mehr. Nach einem kräftigen Räuspern verkündete er: »Jonas, ich mache mir ernsthafte Sorgen um dich. So kann das mit dir nicht weitergehen. Saufen ist in deiner Situation garantiert kein probates Mittel, um dein Leben wieder in den Griff zu kriegen. Damit schaffst du deine Probleme nicht aus der Welt, sondern verdrängst sie nur. Das müsstest du eigentlich wissen. Du bist schließlich ein sehr intelligenter Mensch!«

Mit ausdruckslosem Gesicht ließ Jonas die Gardinenpredigt über sich ergehen. Erst als sein Patenonkel vorschlug, ihm Psychopharmaka zu verordnen, kehrte Leben in seinen erstarrten Körper zurück.

»Nein, dieses Teufelszeug kannst du behalten«, stellte er unmissverständlich klar. »So etwas schlucke ich nicht! Genauso wenig wie ich mir Schmerzmittel einwerfe, obwohl mir alle Knochen höllisch wehtun.«

»Ach so, allmählich beginne ich zu begreifen«, entgegnete Wolfgang Doster mit unverkennbarem Hohn in der Stimme: »Herr Wildberger junior will sich gar nicht helfen lassen. Womöglich will er sogar leiden. – Oder wie soll ich deine Verweigerungshaltung sonst deuten?«

Jonas schnaubte verächtlich. »Absichtlich leiden? Nein, Wolfgang, dazu hab ich wirklich keine Lust. Ich will …«

»Was willst du?«, unterbrach Doster scharf. »Dir ist wohl der Ernst deiner Lage nicht bewusst!«

»Wieso?«

Der renommierte Hirnforscher blies die Backen auf und ließ die Luft mit einem gewaltigen Stoßseufzer entweichen. »Ganz einfach, mein lieber Junge«, stellte er klar, »wenn du so weitermachst wie in den letzten Tagen, gehst du ganz schnell vor die Hunde! Und dann kann dir niemand mehr helfen, nicht einmal ich.«

»Ach, lass mich doch in Ruhe!«, blaffte Jonas genervt zurück.

»Nein, das werde ich mit Sicherheit nicht tun. Als dein Patenonkel muss ich Verantwortung übernehmen, und das werde ich auch tun.«

»Das brauchst du nicht, Wolfgang. Ich komme schon alleine klar.« Jonas streckte den schmerzenden Kopf nach hinten und dehnte seinen Brustkorb.

»Das bezweifle ich.«

Allmählich ging Jonas die Aufdringlichkeit Dosters auf die Nerven. »Sag mal, was soll das hier eigentlich werden?«, fragte er mit herausforderndem Blick. »Unternimmst du gerade einen weiteren Versuch, mir diese komische Konfrontationstherapie aufzudrängen, die du ja anscheinend so toll findest?«

Sein Gegenüber schüttelte stumm den Kopf.

»Oder soll ich nicht besser sofort mit dir in die Klinik fahren, damit du mir meine Sorgen und am besten auch gleich diese verfluchten Schmerzen mit deinem tollen Laser aus dem Gehirn brennst? Ist es das, was du willst? Mich als Versuchskaninchen für deine komischen Dr.-Frankenstein-Experimente verwenden?«

Wolfgang Doster war sichtlich irritiert. Betreten schwieg er vor sich hin.

Jonas dagegen geriet immer mehr in Rage. »Warum wolltest du mich eigentlich so dringend sprechen?«, blaffte er. »Nur wegen diesem bescheuerten Artikel hier?«

Er klopfte mit der flachen Hand auf die Boulevardzeitung, die nach wie vor auf seinem Schoß lag. »Die sollen in dem Schundblatt doch schreiben, was sie wollen. Das ist mir völlig egal!«

Wütend zerrte er die Zeitung von den Knien, knüllte sie zusammen und warf das Papierknäuel angewidert neben sich auf den Boden. Außer sich vor Zorn trampelte er darauf herum.

»Nein, das war nicht der Grund, weshalb ich dich dringend sprechen wollte«, sagte Doster. »Wie kommst du denn darauf? Ich würde dich doch niemals …«

Der Hirnforscher brach ab. Kopfschüttelnd setzte er seinen Hut wieder auf. Anschließend vergrub er die Hände in den Manteltaschen und begann, mit gesenktem Kopf auf der Stelle herumzutrippeln. Man merkte ihm deutlich an, dass er mit einem Gewissenskonflikt zu kämpfen hatte.

»Was gibt's denn sonst noch Wichtiges? Oder war das schon alles?«, fragte Jonas genervt.

»Nein, das war noch nicht alles.«

»Na los, drucks nicht weiter rum. Spuck endlich aus, was du mir zu sagen hast!«

Wolfgang Doster zog gemächlich die Hände aus den Manteltaschen, führte sie geradezu feierlich vor dem Unterbauch zusammen und sagte mit fester Stimme: »Mein Junge, du musst jetzt sehr stark sein.«

Entsetzt riss Jonas Augen und Mund auf. »Warum?«

Bevor der Medizinprofessor antwortete, sog er tief die nasskalte Luft ein. »Es ist wirklich sehr, sehr wichtig, was ich dir jetzt sagen werde.«

Wieder stockte Doster und nahm neben Jonas Platz. »Ich habe unendlich lange mit mir gerungen, ob ich es dir überhaupt sagen soll. Oder ob es nicht besser für dich wäre, wenn ich es auch weiterhin für mich behalten würde.«

Vor Erregung zitterte Jonas am ganzen Körper. »Ja, was denn?«, fauchte er.

Professor Doster räusperte sich. »Ich denke, als sein Sohn hast du ein Recht darauf, die Wahrheit zu erfahren. Und ich als dein Patenonkel habe die Pflicht, sie dir mitzuteilen. Vor allem deshalb, weil dein Vater …«

Er stoppte abrupt und legte die Hand auf Jonas' Oberschenkel. »Junge, ich weiß, dass du mir verboten hast, seinen Namen in deinem Beisein noch einmal in den Mund zu nehmen. Aber, glaube mir, es gibt keinen anderen Weg: Du darfst nichts mehr verdrängen, du darfst nicht mehr davor weglaufen. Du musst dich aktiv damit auseinandersetzen. Sonst zerstörst du dich selbst.«

Wie paralysiert starrte Jonas seinen Patenonkel an.

»Ich kann mir sehr gut vorstellen, wie es zurzeit in dir aussieht«, fuhr Doster fort. »Vor allem die bohrende Ungewissheit, weshalb er deine Mutter ermordet hat, nagt Tag und Nacht an dir. Sie lässt dich nicht mehr zur Ruhe kommen, sie lässt dich nicht mehr schlafen, nicht mehr arbeiten. Diese Ungewissheit erzeugt extreme Gefühlsschwankungen, bis hin zu ernsthaften Suizidgedanken. Sie treibt dich dem Alkohol in die Arme.«

Jonas schwieg weiter. Seine rotgeäderten Augen füllten sich mit Flüssigkeit, seine Kinn- und Mundpartie reagierte mit unkoordinierten Zuckungen. Er rang nach Atem und schniefte.

»Dein Gehirn wird erst dann wieder einigermaßen zur Ruhe kommen, wenn es verstehen kann, was passiert ist. Wenn es verstehen kann, warum er es getan hat. Und genau damit musst du dich jetzt auseinandersetzen.«

»Und du weißt, warum er es getan hat?«, schnaubte Jonas ungehalten.

»Ja.«

»Woher?«

»Ich weiß es deshalb, weil wir oft genug darüber gesprochen haben.«

Jonas schlug entgeistert die Hände vors Gesicht. Er wollte seine Fassungslosigkeit herunterschlucken, aber die Spucke in seinem Mund reichte dazu nicht aus. Er nahm seine zitternden Hände vom Gesicht und legte sie auf die Ohren, als wolle er fortan nichts mehr von all dem hören.

Doch sein Patenonkel gab keine Ruhe. »Junge, du musst jetzt sehr stark sein«, wiederholte er in noch eindringlicherem Tonfall. »Du musst dir anhören, was ich dir zu sagen habe. Du musst verstehen, wie es dazu kommen konnte. Wie es zwangsläufig dazu kommen musste.«

»Gut. Dann sag's mir endlich. Mir ist momentan sowieso alles egal«, presste Jonas mit letzter Kraft heraus.

»Nein, mein Junge, das geht nicht so einfach. Ich muss dir erst die Vorgeschichte erzählen. Okay?«

Mit einem knappen Nicken bekundete Jonas sein Einverständnis. Anschließend sank er in sich zusammen und kauerte wie ein Häuflein Elend in der rechten Ecke des Unterstandes.

Ansgar Wildbergers bester Freund schöpfte tief Luft, bevor er eine schier unglaubliche Geschichte erzählte: »Wie du vielleicht weißt, kennen dein Vater und ich uns eine sehr, sehr lange Zeit, genau genommen seit der Grundschule – die damals ja noch Volksschule hieß. Auch am Gymnasium haben wir zunächst dieselbe Klasse besucht, sind aber später getrennt worden. Überdies sind wir auch gemeinsam konfirmiert worden.«

Wolfgang Doster hielt inne, räusperte sich verlegen. »Das sind wohl eher nebensächliche Dinge.« In einer Denkpause brachte er die relevanten Ereignisse in eine chronologische Reihenfolge.

»Tja, wie hat alles angefangen?«, murmelte er leise vor sich hin. Nach einem sonoren Brummgeräusch schob er in normaler Lautstärke nach: »Es muss irgendwann zu Beginn der Oberstufe gewesen sein. Wir beschäftigten uns im Geschichtsunterricht gerade mit der Französischen Revolution.«

Doster erhob eine Hand, knetete ein paar Sekunden lang nachdenklich sein Kinn. Dann machte er eine unbestimmte, flatternde Bewegung. »Nein, nein, mein Junge, ich muss anders anfangen«, korrigierte er seine Vorgehensweise. »Du kennst ja sein Forschungsgebiet.«

Ein stummes Nicken.

»Auch wenn dich diese extrem spannende wissenschaftliche Disziplin – worüber er sich übrigens oft bei mir beklagt hat – eigentlich nie interessierte.«

Jonas legte die Stirn in Falten, schwieg aber weiter.

»Er hat sich leidenschaftlich mit Erkenntnistheorie beschäftigt und es auf diesem Gebiet auch sehr weit gebracht. Das weißt du ja alles.«

Erneut gab Jonas nur ein kurzes Nicken zur Antwort.

»Aber du hast bestimmt nicht gewusst, dass sein eigentliches philosophisches Faible die antiken Skeptiker sind.« Wolfgang Doster hob die Brauen. »Das waren überaus interessante Philosophen. Ich bin ebenfalls fasziniert von ihnen. Was diese Männer bereits vor über 2.000 Jahren an bahnbrechenden Gedanken hatten, ist einfach unglaublich!«

»Jetzt komm doch bitte endlich zur Sache«, drängte Jonas.

»Bin doch schon dabei«, gab Doster schnippisch zurück. »Er hat sich natürlich auch mit den anderen Koryphäen der Erkenntnistheorie intensiv beschäftigt, dabei vor allem mit …«

Weiter kam er nicht, denn wie aus dem Nichts tauchte ein schwarzer Labrador neben ihm auf und bellte ihn an. Erschrocken fuhr er zusammen und nahm reflexartig eine recht groteske Abwehrhaltung ein. Der Spuk war jedoch genauso schnell vorüber, wie er begonnen hatte. Aus Richtung des Parkplatzes ertönte ein schriller Pfiff – und schon war der Hund verschwunden.

Das Ereignis riss Jonas aus seiner bleiernen Lethargie. Er hob den Kopf und fixierte seinen Patenonkel mit stechendem Blick. »Was hat das verdammt noch mal mit Mutters Tod zu tun?«, fragte er mit bebender Stimme. »Warum redest du die ganze Zeit um den heißen Brei herum? Sag mir endlich, was du zu sagen hast.«

Nachdem er mehrmals gehustet hatte, antwortete Wolfgang Doster: »Es gibt da eine bedeutende Sache – oder besser gesagt Ursache.«

Der Medizinprofessor nagte nervös auf seiner Unterlippe herum und biss anschließend seine Zähne so fest aufeinander, dass sich das Spiel seiner Kaumuskeln deutlich abzeichnete. »So etwas wie einen Urknall. Etwas, das deinen Vater damals völlig verändert hat.«

Jonas verdrehte genervt die Augen. »Was denn für einen Urknall?«, fragte er ungehalten.

»Initialzündung wäre wohl der bessere Ausdruck dafür«, korrigierte Doster. Er schüttelte energisch den Kopf. »Nein, Jonas, auch wenn ich deine Geduld damit überstrapaziere, aber ich muss unbedingt noch mal zurück zu unserer gemeinsamen Schulzeit, zurück zur Französischen Revolution.«

Jonas stöhnte gequält auf. »Oh nein.«

»Doch, das ist unbedingt notwendig. Es ist ausgesprochen wichtig. In diesem Zusammenhang ist Ansgar nämlich eines Tages in einem Buch auf etwas gestoßen, das ihn so sehr faszinierte, dass er noch spät abends zu mir nach Hause kam.

Ich weiß die Passage natürlich nicht mehr wortwörtlich, aber an den Inhalt erinnere ich mich noch ziemlich gut: Irgendein Philosoph hatte die vielen Hinrichtungen in dieser bewegten Epoche zum Anlass genommen, darauf hinzuweisen, dass wir Menschen gewisser Erfahrungen und der damit verbundenen Empfindungen beraubt seien.«

»Was soll das alles? Ich will mir diesen Quatsch nicht weiter anhören«, protestierte Jonas und machte Anstalten, sich erheben.

Doch der Hirnforscher packte ihn an der Schulter und drückte ihn zurück auf die Bank.

»Pass auf, mein Junge, jetzt kommt's: Der Philosoph bedauerte, dass niemand von uns etwas über die Gefühle wissen könne, die ein Mensch auf der Guillotine empfindet, kurz vor und während das Fallbeil ihm den Kopf abschlägt. Dies sei sehr schade, aber nun leider nicht zu ändern, schließlich könne man den Getöteten ja nicht mehr über seine Gefühle befragen.«

Doster nickte einige Male stumm. Dann ergänzte er: »Ich weiß auch noch ganz genau, wie stolz ich damals auf mich war, weil ich die Erkenntnis dieses alten Philosophen in die Gegenwart übertragen konnte. Ich habe nämlich sinngemäß Folgendes gesagt: ›Ja, Ansgar, es stimmt schon: Wir können zwar versuchen, uns vorzustellen, wie man sich fühlt, kurz bevor und während man in einem Porsche mit Tempo 200 auf der Autobahn gegen einen Betonpfeiler prallt, aber wir werden wohl nie erfahren, wie es tatsächlich ist, wenn wir es nicht selbst erleben. – Aber was hätten wir schon davon?‹

Dein Vater packte mich daraufhin am Kragen und schrie mich wie ein Geisteskranker an: ›Mensch, Wolfgang, kapierst du das wirklich nicht? Damit würden wir die Tür zu einer Erkenntnisdimension aufstoßen, die uns sonst unser ganzes Leben über verschlossen bleibt!‹

›Und die wir mit ins Grab nehmen würden‹, hab ich ketzerisch ergänzt.

Wir haben uns auf den Balkon gesetzt, ein paar Bierchen getrunken, wild herumphilosophiert und immer wieder gebannt den grandiosen Sternenhimmel über uns betrachtet. Wir waren beide sehr ergriffen von diesem überwältigenden Anblick. Er hat uns nur allzu deutlich gemacht, wie winzig wir im Vergleich zu dieser Größe und Unendlichkeit sind und wie wenig wir eigentlich von den wirklich wichtigen Dingen wissen.

Viele Jahre später hat mir dein Vater als Erinnerung an diesen für uns beide wegweisenden Abend ein Zitat geschickt, das von Immanuel Kant stammt und das sich dieser auf seinem Grabstein einmeißeln ließ. Ich habe es damals auswendig gelernt und seitdem nie mehr vergessen:

»›Zwei Dinge erfüllen das Gemüt mit immer neuer und zunehmender Bewunderung und Ehrfurcht, je öfter und anhaltender sich das Nachdenken damit beschäftigt:

der bestirnte Himmel über mir und das moralische Gesetz in mir.‹«

Jonas Wildbergers Verstand weigerte sich, die ebenso naheliegenden wie entsetzlichen Schlussfolgerungen aus dem zu ziehen, was ihm eben zu Ohren gekommen war. Es dauerte eine Weile, bis er seine Denk- und Sprachfähigkeit wiedergefunden hatte. »Du willst mir damit doch nicht etwa sagen, dass …« Er brach ab und zog geräuschvoll die Nase hoch. Stockend und immer wieder nach Atem ringend vollendete er den Satz: »Dass er … Mutter … nur deshalb … umgebracht hat, … weil er wissen wollte, … wie er sich dabei … fühlt.«

Wolfgang Doster wollte den Arm um die Schultern seines Patenkindes legen. Doch Jonas ließ den Körperkontakt nicht zu, sondern schlug die Hand mit einer energischen Armbewegung weg. Er sprang wie von der Tarantel gestochen auf, packte nun seinerseits den weitaus älteren Mann an den Schultern und zog ihn von der Bank.

Trotz der enormen Kraftanstrengung verspürte Jonas in diesem Augenblick nicht den geringsten Schmerz. Er schüttelte den besten Freund seines Vaters wie einen abzuerntenden Zwetschgenbaum. Doster ließ den Tobsuchtsanfall seines Patenkindes widerstandslos über sich ergehen.

»Und da sprichst du auch noch von einem moralischen Gesetz – bist du völlig bescheuert?«, schrie Jonas dem Professor ins Gesicht.

Doch urplötzlich verrauchte die Wut, die Jonas unvermittelt übermannt hatte. Er lockerte seinen Griff und ließ die Hände schlaff herabhängen. Mit einer Körperhaltung, die von der Seite betrachtet stark an ein Fragezeichen erinnerte, stand er vor seinem Patenonkel. Kopfschüttelnd blickte er zu Boden und brabbelte litaneiartig »Wahnsinn, Wahnsinn, Wahnsinn« vor sich hin.

Mit ein paar Handgriffen brachte Wolfgang Doster seine Kleidung wieder in Ordnung.

Jonas hob den Kopf und fragte mit einem herzzerreißend traurigen Gesichtsausdruck: »Ist das wirklich wahr?«

Doster antwortete mit belegter Stimme: »Ja, mein Junge, das ist leider wahr. Wie oft hat Ansgar zu mir gesagt: ›Wolfgang, das wäre der totale Kick der Selbsterfahrung: zu fühlen, wie es ist, wenn man den Menschen tötet, den man am allermeisten liebt. Wenn ich daran nur denke, läuft es mir kalt den Rücken runter. Wie wäre es erst, wenn ich es täte? Was spürt man direkt vorher? Was spürt man genau in dem Moment, in dem man es tut – was danach? Das müssen unglaublich extreme, intensive Gefühle sein.‹ Jedes Mal, wenn er das sagte, haben seine Augen geglänzt.«

Der Hirnforscher presste seine schmalen Lippen so fest aufeinander, dass man sie nicht mehr sehen konnte. »Er war regelrecht besessen von dieser Vorstellung«, ergänzte er. »Aber ich …«

Wolfgang Doster schlug die Hände vors Gesicht und wiegte mit zusammengekniffenen Augen den Kopf ein paarmal hin und her. »Aber ich hätte es niemals für möglich gehalten, dass er so etwas Wahnsinniges tatsächlich tun würde. Nein, niemals – das musst du mir glauben, mein Junge. Bitte!«

Ein flehender Blick traf Jonas, der apathisch auf die leicht gekräuselte Wasserfläche starrte.

»Ich mache mir unheimliche Vorwürfe, dass es so weit kommen konnte«, verkündete Doster und fügte kleinlaut hinzu: »Vielleicht war ich sogar der Auslöser dafür.«

Jonas legte die Stirn in Falten. »Wieso denn das?«, fragte er verständnislos.

»Weil ich Hornochse ihm andauernd von unseren neuesten Forschungsergebnissen vorgeschwärmt habe. Er war total fasziniert davon.«

Als er den fragenden Gesichtsausdruck seines Patenkindes bemerkte, sah sich der renommierte Wissenschaftler zu einer Erläuterungen veranlasst: »Wir haben eine Entdeckung gemacht, die in ihren Konsequenzen von außerordentlicher Tragweite ist.«

»Was für eine Entdeckung?«, hakte Jonas nach.

Wolfgang Doster räusperte sich. »Es gibt starke Indizien dafür, dass unser freier Wille, auf den wir ja alle so unheimlich stolz sind, eine grandiose Illusion ist.«

Jonas war nun noch irritierter als zuvor.

»Die Sache ist eigentlich ganz einfach«, behauptete Doster: »Nehmen wir einmal an, ich lege zwei verschiedenfarbige Kugeln vor dir auf den Tisch und fordere dich auf, dich für eine der beiden Kugeln zu entscheiden.«

»Ja, und, was ist daran so spannend?«

Sein Gegenüber ließ sich von diesem Einwurf nicht aus dem Konzept bringen. »Du nimmst eine der beiden Kugeln und hältst sie mir hin. Du wirst selbstverständlich behaupten, dass du dich willentlich, also bewusst, für diese bestimmte Kugel entschieden hättest und diese Wahl ein Ergebnis deines freien Willens sei.«

»Natürlich«, entgegnete Jonas im Brustton der Überzeugung.

Doster klatschte in die Hände. »Und genau das ist die Illusion! Diese Entscheidungsprozesse werden von unserem Gehirn in Regionen getroffen, die dem Bewusstsein nicht zugänglich sind. Erst Millisekunden später zeigt unser Bewusstsein Aktivitäten und lässt uns vermeintlich das entscheiden, was unser Gehirn schon längst für uns beschlossen hat.«

»Wolfgang, sei mir nicht böse, aber ich habe wirklich keinen Bock auf irgendwelche wissenschaftlichen Fachvorträge«, motzte Jonas. Er fasste sich an den Kopf und massierte seine Schläfen. »Worauf willst du eigentlich hinaus?«

»Wie gesagt, dein Vater war davon sehr beeindruckt«, entgegnete der Hirnforscher. »Letzte Woche hat er zu mir gesagt: ›Wolfgang, das würde ja bedeuten, dass ein Mörder für seine Tat überhaupt nicht verantwortlich wäre, weil er ja nicht bewusst gehandelt hat, sondern quasi nur ausführendes Organ seines Gehirns war, das ihn zu dieser Tat gezwungen hat‹.«

Doster schlug sich mit der flachen Hand an die Stirn. »Verdammt, verdammt! Und ich hirnverbrannter Idiot hab auch noch gelacht, als er das sagte. Sehr wahrscheinlich war genau das der Auslöser dafür, dass er es getan hat.«

»Was du eben erzählst hast, ist ja wohl der blanke Irrsinn«, schimpfte Jonas. »Warum bist du damit noch nicht zur Polizei gegangen? Die suchen doch verzweifelt nach einem Motiv. Damit hätten sie endlich eines.« Jonas schüttelte fassungslos den Kopf. »Auch wenn dieses Motiv noch so irre ist.«

»Das kann ich nicht, Jonas. Bitte akzeptiere das. Mich verbindet sehr viel mit deinem Vater. Ich kann ihn nicht verraten.«

»Verraten?«, schnaubte Jonas verächtlich.

»Ja, das würde ich, wenn ich zur Polizei ginge.«

Beschwörend reckte Jonas die Arme in Richtung der nebelverhangenen, düsteren Wolkendecke. »Was für ein Wahnsinn! – Sag mal, verstehe ich das eigentlich richtig: Du sprichst den Mörder meiner Mutter von jeglicher Schuld frei? Du behauptest allen Ernstes, dass er moralisch nicht für das verantwortlich ist, was er getan hat? Weil er die Tat nicht bewusst ausgeführt hat, sondern sein Gehirn ihn regelrecht dazu zwang?«

Jonas vollführte mit der Hand eine Scheibenwischerbewegung. »Du bist doch völlig bescheuert!«, brüllte er.

»Nein, so einfach …«, setzte Wolfgang Doster zu einer Richtigstellung an.

Weiter kam er nicht, denn Jonas fuhr ihm scharf über den Mund. »Sei bloß ruhig!«, schrie er mit zornesgerötetem Gesicht. »Logischerweise dürfte er dann ja nicht dafür bestraft werden, oder?«

»Lass es mich bitte erklären.«

Jonas hielt sich die Ohren zu. »Nein, ich will nichts mehr davon hören! Ich halte diesen Wahnsinn einfach nicht mehr aus. Das ist zu viel für mich. Ihr seid doch alle vollkommen durchgeknallt!«

Dann machte er eine halbe Drehung und wollte losstürmen. Der Medizinprofessor versuchte ihn festzuhalten, indem er ihm in die Jacke griff. »Warte, Jonas, lauf nicht weg«, flehte er ihn regelrecht an.

Doch Jonas wehrte sich und schlug mit unkontrollierten Bewegungen wild um sich. »Lass mich in Ruhe, lass mich bloß in Ruhe!«, blökte er.

Er riss sich los und entfernte sich nun schon zum zweiten Mal an diesem diesigen, verregneten Dezembertag fluchtartig von seinem Patenonkel.

Wie von Sinnen lief Jonas in westlicher Richtung davon. Er stapfte durch den nassen, klebrigen Morast am Uferrand, stolperte über Äste und Steine, bis er schließlich die andere Uferseite des Gelterswoog erreicht hatte. Von dort aus folgte er im Laufschritt der Landstraße nach Hohenecken.

An einer Tankstelle kaufte er eine Flasche Cognac und machte sich damit auf den Rückweg zum See. Inzwischen war es dunkel geworden. Ein unmittelbar am Ufer entlangführender, mit Straßenlaternen ausgeleuchteter Spazierweg führte ihn zurück zu dem gemauerten Unterstand, von dem aus man bei guten Wetterverhältnissen eine grandiose Aussicht auf das idyllisch gelegene Naturgewässer und die angrenzende Waldlandschaft genießen konnte. Wolfgang Doster war längst verschwunden.

Erschöpft ließ Jonas Wildberger sich auf einer der Holzplanken nieder. Dann nahm er einen tiefen Schluck aus der dickbauchigen Cognacflasche. Innerhalb kürzester Zeit hatte er sich mehr als die Hälfte der brennenden Flüssigkeit einverleibt. Ab und an wischte er sich mit einer fahrigen Geste Cognacreste vom Mund. Es dauerte nicht lange und er hatte die ganze Flasche geleert.

Doch der Alkohol half ihm nicht bei seinen Problemen. Er betäubte lediglich die Sinne und umnebelte den Geist. Mit jedem Schluck, der seine rebellierenden Schleimhäute passierte, verstärkte sich die Schwermut, die sich wie eine dicke, schwarze Decke über ihm ausbreitete und seinen Lebenswillen zu ersticken drohte.

Je länger er seinen leeren Blick auf die dunkle Wasseroberfläche gerichtet hielt, umso stärker spürte er die magischen Kräfte, die von der Mitte des Sees her auf ihn einzuwirken schienen. Etwas Geheimnisvolles zog ihn an. Wie in Trance erhob er sich und trottete hinunter zu dem asphaltierten Spazierweg, auf dem er hierher gelangt war.

Als ob irgendjemand mithilfe einer Fernsteuerung die Befehlsgewalt über seinen Körper übernommen hätte, folgte er willfährig dem Weg, der ihm von einer mysteriösen Macht vorgegeben wurde – und der ihn in einen unberührten, als Naturschutzgebiet ausgewiesenen Bereich des Sees führte.

Nach etwa 300 Metern erreichte Jonas eine zum großen Teil von Schilf und Weidesträuchern eingesäumte Bucht. Unvermittelt stand er vor einem Ruderboot, das hinter dichtem Gestrüpp versteckt lag. Es war mit einem Seil an einer Birke festgebunden. Lethargisch löste er den Strick und bestieg mithilfe eines überhängenden Astes das kleine Boot. Dann setzte er sich auf das Querbrett und schob die Ruder in die Metallösen.

Wie ein Blitz aus heiterem Himmel kam es über ihn. Einem Berserker gleich schlug er die Ruderblätter in die unbewegte Wasserfläche und ruderte bis zur körperlichen Erschöpfung. Genauso überraschend wie der Anfall begonnen hatte, war er mit einem Mal zu Ende. Abrupt stoppte er die Gewaltaktion, legte keuchend die Paddel ins Boot und ließ sich treiben.

Er hatte keinerlei Orientierung mehr. Der Nebel war draußen auf dem See noch dichter als an Land. Von dem Aussichtsplateau aus hatte er zumindest noch die Lichter der Weglaternen und einige weiter entfernte, trübe Leuchtpunkte erkennen können. Vom Ruderboot erblickte er von alldem nichts mehr.

Jonas Wildberger hechelte wie ein zurückkehrender Jagdhund. Er ließ sich nach hinten auf die nassen Holzplanken sinken und legte die zitternden Arme auf dem Bootsrand ab. Dann schloss er die Augen.

Um ihn herum war es plötzlich ganz still, totenstill.

Er verspürte keinerlei Schmerzen mehr, hatte jedwedes Zeitgefühl verloren.

Das Tageslicht war erloschen und das rettende Ufer nicht sichtbar.

Doch das beunruhigte ihn in keiner Weise.

Er fühlte sich auf einmal unheimlich frei und erleichtert, als hätte man ihn von dicken, eisernen Ketten befreit.

Im schwarzgrauen Nebel verschwammen die Grenzen zwischen Wahn und Wirklichkeit, zwischen Leben und Tod.

Ein Mantel der Bedeutungslosigkeit legte sich über ihn.

Lächelnd kuschelte er sich in den flauschigen Stoff.

Die sanften Wogen schaukelten ihn in eine andere Welt hinein.

In eine Welt der Wärme und Geborgenheit.

10

JONAS

Donnerstag, 8. Dezember, 2 Uhr

Hallo, Tagebuch, da bin ich wieder.

Es passieren schon komische Dinge im Leben. Vor Kurzem sah es so aus, als ob ich nie wieder hierher zu dir zurückkehren würde.

Aber es ist anders gekommen. Frage mich nicht, warum. Ich weiß es nicht. Es ist einfach so. Vorhin auf dem See wollte ich Schluss machen, diesem ganzen verdammten Wahnsinn ein Ende setzen. Ich wollte ins Wasser springen und so lange schwimmen, bis ich die Orientierung verliere und keine Kraft mehr habe. Bei dem Nebel und den eisigen Wassertemperaturen hätte das bestimmt nicht lange gedauert.

Ich hab's wirklich versucht. Aber es ging nicht. Genau wie vor ein paar Tagen auf der Brücke. Ich konnte einfach nicht loslassen. Irgendetwas in mir hat sich auch diesmal geweigert, meinem Kopf zu gehorchen. Ich konnte nicht springen, habe mich krampfhaft am Boot festgeklammert. Dann war mir auf einmal so grottenschlecht. Ich glaube, ich habe mir die Seele aus dem Leib gekotzt.

Es war verrückt. Irgendeine geheimnisvolle Kraft wollte mich mit all ihrer Macht in die Tiefe ziehen. Doch eine andere hinderte mich daran und hielt mich zurück. Und sie hat gewonnen. Warum?

Na, wahrscheinlich, weil sie stärker war als die andere. Irgendwie logisch, oder?

So, jetzt geht's wieder einigermaßen. Ich war unter der Dusche und hab mir eine Kanne Kaffee gekocht. Jetzt ist mir endlich warm. Hannah ist nicht da. Sie ist garantiert bei ihrer Mutter. Gut so. Ich brauche meine Ruhe.

Obwohl es schon sehr spät ist, bin ich überhaupt nicht müde. Irgendwie ist es ein total geiles Gefühl, um diese Zeit hier zu sitzen und zu schreiben. Eben hab ich am Fenster gestanden und in die Nacht geschaut. Es ist unheimlich still und friedlich, irgendwie auch feierlich.

Ich fühle mich plötzlich wie neugeboren. Ich habe auch überhaupt keine Lust mehr auf Alkohol. Komisch.

Es ist Zeit für eine nüchterne Bilanz. Also: Wie sehen die Fakten aus?

Fakt 1: Ich mache gerade etwas durch, das ich nicht einmal meinem schlimmsten Feind wünschen würde. Ich habe vor fünf Tagen meine geliebte Mutter verloren und meinen V. auch. Er ist der Mörder meiner Mutter und sitzt in einer Irrenanstalt. Wahrscheinlich lebenslang – hoffentlich!

Fakt 2: Ich, das einzige Kind der beiden, habe in dieser Zeit zweimal versucht, diesem Wahnsinn ein Ende zu bereiten und mir das Leben zu nehmen. Angesichts der Situation ist das nicht unbedingt verwunderlich, finde ich. Aber ich konnte nicht sterben. Und zwar deshalb nicht, weil mich irgendeine Macht einfach nicht sterben lassen will. Egal wie es kommt, diese Option bleibt mir erhalten. Ich kann es immer wieder versuchen. Wie sagt man im Volksmund so schön: Aufgeschoben ist nicht aufgehoben. Zumindest die Freiheit, es zu versuchen, kann mir keiner nehmen!

Konsequenz 1: Weil ich nicht sterben kann, muss ich weiterleben, ob ich nun will oder nicht. Nur: Wenn ich schon nicht sterbe, will ich ab jetzt wieder richtig leben – und zwar besser als an diesen fürchterlichen letzten Tagen, an denen ich nur gelitten habe.

Ich denke, Wolfgang hat recht, wenn er meint, dass ich nur dann weiterleben und vielleicht sogar dauerhaft damit leben kann, wenn ich verstanden habe, wie es so weit kommen konnte. Egal, wie irre das alles auch ist, was er mir vor ein paar Stunden erzählt hat.

Konsequenz 2: Ich werde mich von nun an auf eine Reise begeben. Auf eine ungewisse Reise. Auf eine Reise, von der ich weder weiß, wie lange sie dauern wird, noch, wo sie enden wird. Und ob sie mich überhaupt jemals an ein Ziel führen wird. Eine Spurensuche in einem völlig unbekannten Terrain.

Ich muss offensiv an die ganze Sache herangehen. Deshalb wird die erste Station meiner Reise der Versuch sein, Struktur in meine Gedanken zu bringen – und hoffentlich auch in mein Handeln.

Wenn ich es mir ernsthaft vornehme, dürfte es mir eigentlich nicht sonderlich schwerfallen, schließlich bin ich durch meinen Mathematikerjob in analytischem Denken geübt. Im Beruf hatte ich bisher ja immer alles unter Kontrolle. In meinem Privatleben auch.

Bis zu diesem verfluchten Samstag, an dem mein Leben radikal auf den Kopf gestellt wurde. An diesem Tag ist der feste Rahmen, der mir Halt gab, auseinandergebrochen.

Mir sind die Zügel, mit denen ich mein Leben in der Spur gehalten habe, völlig aus den Händen geglitten. Ich habe mich nur noch treiben lassen.

Damit ist jetzt Schluss!

Ich will nicht mehr!

Ich will nicht, dass es so weitergeht wie in den letzten Tagen, an denen ich vollkommen die Kontrolle über mein Leben verloren habe. – Basta!!!

Wolfgang hat vorhin versucht, mir zu erklären, warum mein V. meine Mutter ermordet hat. Er hat mir also das Tatmotiv präsentiert, wie die Kripoleute das nennen. Nachdem er mir diesen Wahnsinn erzählt hatte, wollte ich eigentlich sofort zur Polizei gehen und es ihnen sagen. Aber das konnte ich merkwürdigerweise nicht.

Warum nur?

Vielleicht … Verdammt, ich weiß wirklich nicht, was ich in diesem Augenblick gedacht habe. Es war alles so chaotisch. Irgendwie ist das ganze Universum über mir zusammengestürzt. Ich konnte keinen klaren Gedanken mehr fassen.

Vielleicht hing es aber auch einfach nur daran, dass ich das Gefühl hatte, etwas nicht weitergeben zu können, das ich selbst nicht verstanden habe und auch jetzt noch nicht verstehe.

Vielleicht habe ich es auch deshalb nicht getan, weil ich schon zu diesem Zeitpunkt vorhatte, diesem Albtraum auf dem See ein Ende zu setzen.

Ich weiß es einfach nicht. Jedenfalls ist es ziemlich merkwürdig, dass ich immer noch zögere, mit meinem Wissen zur Polizei zu gehen. Schließlich wäre das Tatmotiv das berühmte i-Tüpfelchen für die Mordanklage gegen ihn. Damit wäre Mutter gerächt. Und ihr Mörder würde als gemeingefährlicher Irrer nie mehr die geschlossene Psychiatrie verlassen – lebenslange Sicherheitsverwahrung!

Warum stehe ich jetzt nicht auf und fahre zur Kripo, mache eine Aussage? Irgendjemand hat bestimmt Bereitschaft.

Vielleicht, weil ich mir noch ein wenig Bedenkzeit verschaffen möchte? Zum Beispiel bis morgen früh, wenn dieser aufdringliche Kommissar Tannenberg wieder Dienst hat? Quatsch, natürlich *heute* früh! Nur: Bedenkzeit wofür? Ich glaube nicht, dass ich bereits heute Nacht verstehen werde, was ich möglicherweise niemals verstehen werde. Vorhin habe ich's jedenfalls nicht begriffen.

Aber vielleicht will ich ja auch vermeiden, dass dieser Wahnsinn ans Tageslicht kommt und die sogenannte Öffentlichkeit die Wahrheit erfährt?

Vielleicht, weil ich Angst davor habe, dass die Sensationspresse eine Riesenstory aus der Geisteskrankheit meines V. macht, die natürlich auch auf mich zurückfallen würde – und auf Mutter! Das wäre für die ein gefundenes Fressen! Aasgeier wie dieser hinterhältige Journalist, mit dem ich mich vorgestern getroffen habe, warten ja nur auf so etwas. Dieses elende Dreckschwein hat bestimmt das fürchterliche Foto von mir gemacht. Genau: So muss es gewesen sein!

Stopp! Ich bin gerade wieder emotional geworden. Das darf ich nicht, das will ich nicht! Ich muss mich zwingen, rational zu bleiben!

Also weiter in der analytischen Arbeit: Vielleicht ist der Grund dafür, dass ich noch nicht bei der Kripo war, auch auf etwas ganz anderes zurückzuführen. Ja, richtig, es gibt noch eine weitere Erklärungsmöglichkeit: Vielleicht bin ich ja irgendwie mitverantwortlich für das, was passiert ist.

Habe ich mich nicht genügend um meinen V. gekümmert? Habe ich gewisse Signale, die auf seinen verwirrten Geisteszustand hindeuteten, nicht wahrgenommen – vielleicht, weil ich sie gar nicht wahrnehmen wollte?

Wann habe ich eigentlich das letzte Mal mit ihm geredet? Haben wir überhaupt richtig miteinander geredet in den letzten Jahren? Oder hat nicht jeder sein eigenes Leben gelebt. Haben wir, wenn wir uns trafen, nicht immer nur Floskeln ausgetauscht und sind uns sonst aus dem Weg gegangen?

Ehrlicherweise muss ich zugeben, dass ich den Kontakt zu ihm nicht gerade gesucht habe. Er war mir einfach zu provokativ. Immer diese blöden Sticheleien:

»Aha, der Herr Mathematiker gibt sich mal wieder die Ehre. Der leidenschaftliche Naturwissenschaftler, der sich ansonsten stets leidenschaftslos gebärdet. Dessen Freunde die toten Zahlen sind, nicht die lebendigen Menschen. Gleich nach deiner Geburt habe ich gesehen, was für ein introvertiertes Bürschchen uns da beschert worden war. Von daher war es nur folgerichtig, dass wir dich Jonas nannten. Jonas, die Taube. – Eines, mein Junge, kannst du mir glauben: Die Welt dieser grauen, tumben Vögel ist eine total öde, langweilige, stumpfsinnige. Ein Leben als stolzer und mutiger Adler, wie ich es bin, ist viel, viel interessanter und spannender. Aber du bist kein Adler, du bist eine Taube!«

Super! Und wo ist der stolze Adler jetzt? Zieht er hoch oben am Himmel stolz seine Kreise?

Nein! Er ist brutal abgestürzt und liegt mit gebrochenen Flügeln in einem Käfig.

Er ist eingesperrt!

Und zwar lebenslang!

11

Seit dem tragischen Tod seiner Mutter war es die erste Nacht, in der Jonas Wildberger für einige Stunden Schlaf fand. Als er gegen 9 Uhr in seinem Arbeitszimmer erwachte, blitzten bruchstückartige Erinnerungen an die Ereignisse des gestrigen Tages in seinem Bewusstsein auf. Sein von migräneartigen Kopfschmerzen gemartertes Hirn war zu geordneten Denkprozessen noch nicht in der Lage. Mühevoll schleppte er sich ins Bad, warf zwei Aspirin ein und schaufelte sich eiskaltes Wasser ins Gesicht.

Ein Blick in den Spiegel ließ ihn erschaudern: Stoppelbart, ein Klammerpflaster über der geschwollenen Unterlippe, das linke Auge blutunterlaufen und umrahmt von aufgequollener, bläulich verfärbter Gesichtshaut. Vorsichtig betastete er eine kahlrasierte Beule an seinem Hinterkopf, wo sich eine mit acht Stichen genähte Wunde befand.

Unschlüssig, was er nun tun sollte, betrachtete er eine Weile sein malträtiertes Konterfei. In diesem Augenblick erinnerte er sich daran, dass er in der Nacht den Entschluss gefasst hatte, sich nicht weiter in sein vermeintlich unausweichliches Schicksal zu ergeben, sondern die Initiative zu ergreifen und mutig in die Offensive zu gehen.

Nach einer mehr als überfälligen Körperpflege fühlte er sich schon bedeutend wohler. Seine Kopfschmerzen hatten sich zwischenzeitlich merklich reduziert. Auf einmal verspürte er ein Gefühl, das er schon fast vergessen hatte: Hunger. Und zwar einen Bärenhunger.

Die Küche war aufgeräumt. Folglich hatte seine Frau bei ihrer Mutter oder bei irgendeiner Freundin übernachtet, denn Hannah hatte die Angewohnheit, den Frühstückstisch erst abzuräumen, wenn sie nachmittags aus der Bank zurückkehrte.

Wie ein ausgehungerter Wolf vertilgte Jonas alles, was ihm in die Finger kam. Dazu trank er eine Kanne Kaffee, die ihn spürbar belebte und in ihm einen enormen Tatendrang hervorrief. Er kleidete sich an und warf noch einen Blick auf die Aufzeichnungen der letzten Nacht in seinem Tagebuch. Von neuem Lebensmut beseelt, nahm er die erste Etappe seiner Spurensuche in Angriff: den Weg zum Arbeitsplatz seines Vaters.

Das von Ansgar Wildberger Ende der 1980er-Jahre gegründete philosophische Forschungsinstitut war im alten Teil des weitläufigen Campus der Kaiserslauterer Universität angesiedelt. Und zwar genau dort, wo bis zu jener Zeit eine Pädagogische Hochschule untergebracht gewesen war.

Das Hauptgebäude in der Pfaffenbergstraße wurde seitdem vom Fachbereich Architektur genutzt. Die sozialwissenschaftlichen Fachbereiche mussten sich mit einem schmucklosen, dreistöckigen Nebenkomplex begnügen, der weit weniger an ein Universitätsgebäude als vielmehr an ein Altenheim der unteren Preiskategorie erinnerte.

Jonas durchquerte ein Kiefernwäldchen, das wie ein lebender Zaun den modernen, naturwissenschaftlichen Bereich der Kaiserslauterer Universität von dem Gelände der ehemaligen Pädagogischen Hochschule abtrennte.

Es ist schon irgendwie seltsam, sagte Jonas zu sich selbst, da arbeite ich seit Jahren höchstens 500 Meter Luftlinie von ihm entfernt und war noch nie hier oben bei ihm. Er kickte einen Kiefernzapfen weg und blieb stehen. Gedankenversunken blickte er hinauf in die mit Raureif überzogenen Baumkronen. Dann korrigierte er sich: Damals bei der Eröffnung seines Instituts war ich hier, aber da war ich ja noch ein kleiner Junge.

Das düstere Nadelwäldchen lichtete sich und Jonas erreichte den von asphaltierten Fußwegen, kleineren bräunlichen Rasenflächen und mächtigen Birken geprägten altuniversitären Campusteil. Er hatte zunächst Probleme, sich zu orientieren, denn die wie Reihenhäuser nebeneinander angeordneten Gebäude unterschieden sich von Weitem kaum voneinander.

Spontan entschied er sich für das rechte der vier baugleichen Häuser. Er schob dessen knarrende Holztür nach innen auf und blickte sich im Treppenhaus um. Zufälligerweise hatte er mit seiner Entscheidung genau ins Schwarze getroffen.

Links neben der Eingangstür entdeckte er einen Raumplan. Das Büro des Institutsleiters befand sich laut ihm im ersten Obergeschoss des Gebäudes. Obwohl Jonas natürlich wusste, dass ihm sein Vater hier und heute nicht über den Weg laufen würde, fühlte er sich trotzdem ausgesprochen unwohl in diesem Ambiente.

Widerwillig stieg er die Treppe empor. Etwa in der Mitte blieb er plötzlich stehen. Mit gerunzelter Stirn blickte er hinunter. Er war unschlüssig, ob er weitergehen oder nicht besser das Gebäude gleich wieder verlassen sollte. Doch dann nahm er all seinen Mut zusammen und trippelte die restlichen Stufen nach oben.

Vor der Zimmertür mit der Aufschrift »Prof. Dr. phil. Ansgar Wildberger, Institutsleiter« atmete er tief durch. Dann klopfte er leise an die Naturholztür. Als erwartungsgemäß niemand antwortete, schob er die Tür nach innen auf.

Erschrocken fuhr er zusammen, denn hinter einem ausladenden Schreibtisch saß eine circa 45-jährige, dunkelhaarige Frau, die ihm mürrisch entgegenblickte. Direkt neben ihr stand ein etwa gleichaltriger, leger gekleideter Mann. Er hatte die Arme auf den Tisch gestützt und starrte auf einen PC-Bildschirm.

»Haben Sie etwa den Aushang nicht gelesen, junger Mann?«, herrschte ihn die Frau mit vorwurfsvollem Unterton an. Danach sah sie sofort wieder auf den Monitor. »Die Veranstaltungen von Professor Wildberger sind für unbestimmte Zeit ausgesetzt«, erklärte sie Jonas, den sie offensichtlich für einen Studenten hielt.

Jonas antwortete nicht, sondern räusperte sich verlegen.

Nun bedachte der Mann den Störenfried mit einem genervten, grimmigen Blick. Doch mit einem Mal veränderte sich sein abweisender Gesichtsausdruck. Mit einem Fingerzeig machte er seine Kollegin auf ein Foto aufmerksam, das seit Jahren neben dem Computer des Institutsleiters stand.

Nun fiel auch bei ihr der Groschen. Sie nahm die Hände von der Computertastatur und rieb sie nervös aneinander. Danach erhob sie sich geschwind von dem Ledersessel, der ja eigentlich ihrem Vorgesetzten gehörte.

»Sie müssen Herr Wildberger junior sein. Gestatten Sie, dass ich uns vorstelle«, sagte der Mittvierziger, während er Jonas zur Begrüßung die Hand entgegenstreckte.

Jonas nickte reflexartig.

Der Institutsmitarbeiter wandte er sich um und wies auf seine Kollegin: »Das ist Frau Dr. Krames. Mein Name ist Schreiber. Wir sind …«

Weiter kam er nicht, denn die mit einem altmodisch anmutenden, schwarzen Kostüm bekleidete Frau fiel ihm ins Wort: »Entschuldigen Sie bitte, dass ich eben so unhöflich war, aber diese aufdringlichen Studenten sind manchmal eine regelrechte Landplage«, plapperte sie munter drauflos und reichte ihm nun ebenfalls die Hand.

Jonas ergriff die kräftige Frauenhand und erwiderte den festen Druck. Dabei fiel ihm auf, dass ein Damenbart die schön geschwungene, volle Oberlippe der Frau zierte. Nun stand die kaum mehr als 1,60 Meter große, rundliche Person direkt vor ihm – und er wusste nicht so recht, wohin er seinen Blick richten sollte. Denn natürlich konnte er unmöglich die seltsame Spielart der Natur, die er noch nie zuvor gesehen hatte, eingehender begutachten. Also riss er seinen Blick mit Gewalt davon los und schaute ihr tief in die dunkelbraunen Augen.

»Wir sind die engsten Mitarbeiter Ihres Herrn Vaters«, vollendete Helmut Schreiber unterdessen seinen Satz. Er legte eine kurze Besinnungspause ein, dann ergänzte er mit gesenkter Stimme: »Wir sind natürlich sehr betroffen angesichts der schrecklichen Ereignisse, die Ihnen widerfahren sind. Seien Sie unseres zutiefst empfundenen Mitgefühls versichert.«

Jonas bedankte sich für die ihm erwiesene Anteilnahme mit einem weiteren stummen Nicken. Ein paar Sekunden lang kehrte andächtige Stille in das Büro seines Vaters ein.

Warum redet dieser merkwürdige Kerl denn derart affektiert?, fragte sich Jonas. Und dann auch noch diese unrasierte alte Jungfer, die wie eine Gouvernante aus dem letzten Jahrhundert aussieht. Da muss man ja irgendwann verrückt werden, wenn man tagtäglich mit solch skurrilen Gestalten zusammenarbeitet.

»Was führt Sie denn zu uns, Herr Wildberger, wenn Sie mir bitte diese vielleicht etwas zu direkte Frage höflichst nachsehen möchten?«, sagte der großgewachsene, schlaksige Mann, während er einen Schritt näher an den Besucher herantrat.

Dadurch kam Jonas in den mehr als zweifelhaften Genuss seines über vergilbte Zahnreihen hinwegströmenden, rauchigen Atems, der auf häufigen Zigarettenkonsum schließen ließ. Reflexartig entzog sich Jonas diesem übelriechenden Odeur, indem er eine leichte Drehung nach links vollführte und sich an seinem überraschten Gegenüber vorbei in Richtung Schreibtisch in Bewegung setzte.

Elke Krames reagierte geistesgegenwärtig. Mit hochgezogenen Schultern und vorgestreckter Brust stellte sie sich ihm selbstbewusst in den Weg.

Verdutzt blieb Jonas stehen. »Was … was soll das?«, stammelte er mit weit aufgerissenen Augen.

»Es tut mir sehr leid, Herr Wildberger, aber ich muss Ihnen kraft meines Amtes als kommissarische Institutsleiterin hiermit eröffnen, dass ich Ihnen keinen Zugang zu den Forschungsergebnissen und Unterlagen Ihres hochgeschätzten Herrn Vaters gewähren kann«, verkündete Dr. Krames. »Zudem möchte ich Sie nun bitten, diesen Raum zu verlassen.«

Jonas' Gesicht erstarrte einen Moment, dann verwandelte es sich in eine zornige Maske. »Wieso tun Sie das?«, fragte er barsch.

»Wir müssen Sie darum bitten, Herr Wildberger. Denn alles, was sich in diesen vier Wänden befindet, ist Universitätseigentum und darf nur von der kommissarischen Institutsleitung gesichtet und ausgewertet werden. Und die Einzige dazu berufene Person steht leibhaftig vor Ihnen.«

»Aber …«

»Nichts aber, Herr Wildberger«, unterbrach Schreiber resolut. Seine strenge Miene duldete nicht den geringsten Widerspruch. »Ich kann nur wiederholen, was meine Kollegin eben gesagt hat: Es tut uns wirklich sehr leid, aber es gibt nun einmal besondere Umstände, welche uns zu dieser für Außenstehende sicherlich nicht unbedingt nachvollziehbaren Maßnahme veranlassen.«

»Welche besonderen Umstände denn?«, murmelte Jonas mit hilflosem, konsterniertem Gesichtsausdruck.

»Wir sind leider nicht befugt, Ihnen dazu weitergehende Auskünfte zu erteilen«, erklärte Schreiber.

»Wer hat Sie nicht befugt? Warum?«, wollte Jonas wissen.

Er erhielt keine Antwort, sondern wurde kommentarlos in den Flur eskortiert. Dr. Krames schloss hinter sich die Tür ab und ließ den Schlüssel in ihrer Kostümjacke verschwinden.

Derweil legte Helmut Schreiber tröstend eine Hand auf Jonas' Schulter. »Bitte haben Sie Verständnis für diese ...«

»Ich verstehe nicht«, unterbrach Jonas ihn.

»Dass Sie des Verstehens nicht mächtig sind, sollte Sie nicht sonderlich beunruhigen, Herr Wildberger«, entgegnete der enge Mitarbeiter des Professors höhnisch. »Es ist gewiss so, dass Sie mit dem allermeisten Material, das Sie hier bei uns finden würden, sowieso nichts anfangen könnten. Wenn ich mich recht entsinne, hat uns Ihr werter Herr Vater irgendwann einmal davon in Kenntnis gesetzt, dass Sie der naturwissenschaftlichen Fraktion angehören.«

Mit parallelen Handbewegungen zog Schneider eine imaginäre Wand in den Raum ein. »Somit steht zwischen Ihnen und uns eine massive Wand. Anders formuliert: Uns trennen Welten, um nicht zu sagen Galaxien.«

Dann huschte ein triumphales Lächeln über sein Antlitz. »Außerdem verwehrt selbst uns der Fluch der modernen Technik gegenwärtig den Zugang zu einigen wichtigen Datenbeständen Ihres Herrn Vaters. Viele seiner Dateien sind mit Passwörtern gesichert.«

Helmut Schreiber seufzte auf und ergänzte merklich leiser: »Aber schon morgen früh gibt sich ein von uns innig herbeigesehntes Spezialistenteam die Ehre, das hoffentlich in der Lage sein wird, uns die verschlossenen Türen zum Thesaurus Ihres Herrn Vaters zu öffnen.«

Daraufhin warfen sich die beiden Institutsbediensteten einen vielsagenden Blick zu und verschwanden mit fliegenden Schritten in Richtung des Treppenhauses.

Wie ein hilfloser Junge, dem gerade der Schulbus vor der Nase weggefahren war, stand Jonas noch eine Weile bewegungsunfähig vor dem Büro seines Vaters. Er war wie benebelt. Seine Gedanken drehten sich immerfort im Kreis. Krampfhaft versuchte er zu begreifen, was ihm da in den letzten Minuten Seltsames widerfahren war.

Warum stellen sich diese Leute nur so an? Wieso lassen sie mich nicht seine Unterlagen sehen? Was kann es denn bei einem Philosophieprofessor schon Geheimnisvolles zu verbergen geben?, fragte er sich kopfschüttelnd. Ich will doch nur zu verstehen versuchen, wie es dazu kommen konnte, dass er Mutter ermordet hat. Sonst nichts. Und irgendwo muss ich doch anfangen.

Jonas war sehr enttäuscht, schließlich hatte er große Hoffnungen in den ersten Zielort seiner Spurensuche gesetzt. Niemals wäre er auf die Idee gekommen, dass man ihm, dem einzigen Kind des Institutsleiters, den Zutritt zu dessen Büro verweigern würde.

Lethargisch verließ er das Institutsgebäude und schlenderte zu seinem Auto. Deprimiert und unschlüssig, was er nun machen sollte, grübelte er über Alternativen nach. Dabei tauchte in seinem Bewusstsein plötzlich der Name seines Patenonkels Wolfgang auf, seines Zeichens bester Freund und engster Vertrauter seines Vaters. Er startete seinen Wagen und fuhr geradewegs zu dem unterhalb der Goetheschule gelegenen Westpfalzklinikum, wo Wolfgang arbeitete.

12

Wolfgang Doster war fast am Ende seiner Vorlesung zum Thema »Grundlagen der Neurobiologie« angelangt, als sich wenige Meter von seinem Stehpult entfernt die Hörsaaltür öffnete und Jonas im Türrahmen auftauchte.

Verdutzt eilte der Medizinprofessor zu seinem Patenkind. Während Doster hinter der Tür verschwand, ging ein Raunen durch die Studentengruppe. Nach nicht einmal einer halben Minute kehrte er zurück und eröffnete seiner Zuhörerschar, dass er die Vorlesung aus zwingenden persönlichen Gründen vorzeitig beenden müsse.

Ungeduldig wartete Jonas, bis die letzte Studentin den Hörsaal verlassen hatte. Dann konfrontierte er den berühmten Hirnforscher mit der Frage, die ihn gegenwärtig am allermeisten beschäftigte: »Hast du irgendeine Erklärung dafür, warum mir eben im Institut die beiden Mitarbeiter deines besten Freundes den Zutritt zu seinem Büro verweigert haben?«

»Du warst im Institut?«, fragte Wolfgang Doster erstaunt.

»Ja, gerade eben. Eine Frau …« Jonas war so aufgeregt, dass ihm der Name partout nicht mehr einfallen wollte. »Verdammt, wie hieß die noch mal?«

Sein Patenonkel wusste, wen er meinte. »Krames, Elke Krames – eine vertrocknete alte Jungfer. Meinst du die?«

»Genau die meine ich.«

»Und dieser unsympathische Schneider war garantiert der andere, nicht wahr?«

»Ja.«

Doster schüttelte angewidert den Kopf. »Das sind wirklich zwei komische Gestalten«, stieß er angewidert aus. »Mit denen konnte ich auch nie etwas anfangen. Wie Ansgar es mit diesen beiden verschrobenen Vogelscheuchen aushalten konnte, war mir schon immer mehr als schleierhaft.«

»Hast du irgendeine Idee, warum sie mich nicht an seine Sachen lassen wollten?«, wiederholte Jonas seine Frage.

Der Medizinprofessor schlurfte nachdenklich zum Stehpult und schob die einzelnen Blätter seines Vorlesungsmanuskripts zusammen. »Jonas, ich denke, du solltest diese Anordnung nicht überbewerten«, meinte er. »Sie ist an Forschungsinstituten durchaus üblich – und darüber hinaus auch ziemlich sinnvoll.«

»Wieso denn das?«

»Na, mein Junge, die Gründe dafür liegen auf der Hand, wie ich meine: Zum einen hat unser Arbeitgeber, sprich das Wissenschaftsministerium, ein berechtigtes Interesse daran, dass unsere Forschungsergebnisse nicht in unbefugte Hände geraten. Und zum anderen ist es auch mir sehr recht, wenn zum Beispiel im Falle meines plötzlichen Todes mein Lebenswerk dort verbleibt, wo es hingehört und wo man auch in Zukunft höchst verantwortlich damit umgehen wird.«

Jonas hatte inzwischen auf einem der Klappsitze in der ersten Reihe Platz genommen und lauschte andächtig den Worten seines Patenonkels. »Du hast natürlich recht, Wolfgang«, stimmte er zu. »Das ist wirklich logisch. Warum habe ich nicht selbst daran gedacht?«

»Das ist ganz einfach zu erklären, mein Lieber: Du befindest dich zurzeit in einer Phase der radikalen Umorientierung. Dein bisheriges Leben war von Rationalität bestimmt. Schließlich bist du nicht wegen deines rationalen Denkens Mathematiker geworden. Richtig?«

Während Jonas mit den Schultern zuckte, blies er die Backen auf und ließ den Atem über die Lippen hinwegstreichen.

»Bedingt durch die dramatischen Ereignisse«, fuhr sein Patenonkel fort, »verschafft sich urplötzlich ein anderer Teil deiner Persönlichkeit Zutritt zu deiner Bewusstseinsebene. Und zwar der Teil, der die ganzen Jahre über tief im dunklen Keller deiner Seele eingesperrt war. Die Emotionalität hat sich mit Vehemenz zu Wort gemeldet und die von ihr so ungeliebte Ratio in den Kerker geworfen.«

Der renommierte Hirnforscher nahm einen Laserpointer vom Pult, ging zwei Schritte zur Seite und schoss einen kleinen leuchtend roten Punkt auf eine Leinwand, die vor Jonas aufgebaut war. Darauf wurde eine farbige Darstellung der verschiedenen Gehirnareale projiziert, die den Medizinstudenten zur optischen Veranschaulichung des Vorlesungsstoffes gedient hatte.

»Siehst du diesen braun eingefärbten Bereich hier?«, fragte Doster.

Jonas nickte mit fest aufeinandergepressten Lippen.

»Das ist unser Großhirn. Genau dort befindet sich unser Bewusstsein, das Zentrum menschlichen Denkens, Fühlens und«, er hielt inne und reckte den Zeigefinger in die Höhe, »vermeintlich selbstbestimmten, willentlichen, also wie man gemeinhin behauptet freien Handelns.«

Professor Doster war in seinen fachwissenschaftlichen Olymp emporgestiegen und dozierte weiter. »Nur ist dies eben eine gigantische Illusion, eine Selbsttäuschung ohnegleichen!«, schmetterte er in den leeren Hörsaal hinein.

»Zwar finden in der Großhirnrinde neurophysiologische Vorgänge statt, die wir vorschnell als freie Entscheidungsprozesse deuten«, erklärte der Hirnforscher weiter, »aber genau das stimmt nicht! Denn die Entscheidung darüber, welche Alternative wir letztendlich wählen, wird nicht hier gefällt, sondern hier.« Der rote Laserpunkt flog von einem roséfarbenen Bereich der Gehirnabbildung zu einem blau kolorierten, zentraler gelegenen Hirnareal.

»Hier in diesem, unserem Bewusstsein unzugänglichen Bereich wurde bereits Sekundenbruchteile zuvor entschieden. Und das heißt nichts anderes als Folgendes: Nicht wir entscheiden, sondern es entscheidet für uns.«

Der renommierte Hirnforscher legte die Stirn in Falten und knetete sein Kinn. »Aber ich glaube, das habe ich dir gestern Abend am See alles schon einmal erzählt, wenn ich mich richtig erinnere, oder etwa nicht?«

Jonas Wildberger schob die Unterlippe vor und hob die Schulterblätter.

»Na, ist ja auch egal. Jedenfalls sind diese wissenschaftlichen Fakten so eminent wichtig, dass es wirklich nicht schaden kann, wenn du sie dir noch einmal anhörst. Du musst diesen revolutionären Erkenntnisfortschritt unbedingt verstehen, Jonas, daran führt kein Weg vorbei«, sagte Doster mit einer geradezu beschwörender Klangfärbung versetzt. »Erst dann kannst du nachempfinden, welche Faszination die Untersuchungsergebnisse auf Wissenschaftler aller Disziplinen ausübt. Ich betone: aller wissenschaftlichen Fachrichtungen!«

Wolfgang Doster schöpfte tief Atem und stieß die Luft zischend aus. »Hier im limbischen System wird entschieden, was unser Bewusstsein zu entscheiden glaubt«, fuhr der Professor fort. »Die mit unserem Handeln verbundenen Absichten und Ziele sind somit nichts anderes als neuronale Illusionen, die das Verhalten nachträglich interpretieren. Oder anders ausgedrückt: Wir machen nicht das, was wir wollen, sondern wir wollen das, was wir machen. – Verstehst du, was ich meine?«

Jonas zog die Augenbrauen nach oben und wiegte seinen Kopf monoton hin und her.

»Dann eben noch einmal«, seufzte Jonas' Patenonkel. »Wir sind diesem«, er legte den Laserpointer auf dem Stehpult ab, hielt beide Hände an die Schläfen und trommelte mit den Fingerspitzen auf seinem Schädel herum, »faszinierenden mentalen Gebrodel in unserem Hirn, das aus zigmilliarden Neuronen besteht, willenlos ausgeliefert.«

Anschließend entfernte Doster die Hände von seinem Kopf und stützte sich auf dem Stehpult ab. »Das ist zwar eine für die menschliche Hybris mehr als schmerzliche, aber trotzdem unausweichliche Erkenntnis der modernen Hirnforschung«, dozierte er weiter, während er Jonas fixierte.

»Unser Gehirn fasst einen Entschluss, von dem wir meinen, ihn gefasst zu haben, obwohl wir letztlich nur das ausführen, was uns von ihm vorgegeben wurde. Und unser Gehirn konstruiert eine Wirklichkeit, von der wir meinen, dass sie die Realität sei, die aber nichts anderes ist als eine subjektive Illusion der objektiven Realität.«

»Die Wirklichkeit – eine subjektive Illusion der objektiven Realität?«, wiederholte Jonas gedehnt. Er verzog angewidert das Gesicht, als ob er gerade in eine Zitrone gebissen hätte. »Wolfgang, bitte hör auf damit«, flehte er. »Ich glaube, mir platzt gleich der Kopf.«

Professor Doster schmunzelte. »Ich weiß, mein Junge, es ist ziemlich starker Tobak, was ich dir da gerade kredenze. Aber bitte lass mich noch einmal versuchen, es dir zu erklären. Nur ein einziges Mal. Und zwar mittels zweier recht einfacher Experimente. Danach verschwinden wir beide in mein Zimmer, wo etwas sehr Interessantes auf dich wartet.«

»Gut, von mir aus«, knurrte Jonas, ohne dass sich seine gequälte Mimik auch nur einen Deut änderte.

Der Hirnforscher schoss den leuchtenden roten Punkt in einen gelb hervorgehobenen Bereich der schematischen Darstellung. »Also«, begann Doster gedehnt. »Man kann das Gehirn eines Menschen hier im Thalamus mit Stromimpulsen so reizen, dass er einen Finger bewegt. Wenn man anschließend fragt, ob die betreffende Person die Fingerbewegung geplant und gewollt ausgeführt habe, wird man erwartungsgemäß eine verneinende Antwort erhalten. Dieses Versuchsarrangement und das Ergebnis sind einleuchtend, nicht wahr?«

»Ja«, gab Jonas einsilbig zurück.

»Gut. Nun zu dem zweiten Experiment: Man kann die Fingerbewegung auch durch die Reizung in einem anderen Gehirnbereich auslösen.« Erneut machte der Laserpointer einen kleinen Satz und landete in einem bordeauxfarbenen Areal. »Und zwar hier im motorischen Kortex.«

Doster legte eine kurze Pause ein, in der er sich ausgiebig räusperte und einen großen Schluck aus einem Wasserglas trank, das noch auf seinem Rednerpult stand. »Und nun zum überraschenden Befragungsergebnis«, fuhr er anschließend fort. »Die Probanden behaupteten alle, dass sie die Bewegung willentlich durchgeführt haben, obwohl dies definitiv nicht der Fall sein kann. Überaus erstaunlich, findest du nicht?«

Jonas musste nicht antworten, sein Gesicht sprach Bände.

Wolfgang Doster dagegen war ganz in seinem Element. Seine funkelnden Augen weiteten sich, er klatschte freudig in die Hände. »Junge, habe ich dir eigentlich schon einmal die Geschichte vom körperlosen Gehirn erzählt?«, rief er in den Hörsaal hinein.

Jonas schüttelte den Kopf.

»Dann hör sie dir jetzt bitte an.« Der leidenschaftliche Wissenschaftler ging ein paar Schritte durch den Hörsaal. Mit ausladender Gestik sagte er: »Stell dir bitte einmal vor, du bist durch die unbemerkte Verabreichung eines Narkotikums in einen Zustand der tiefen Bewusstlosigkeit versetzt worden. Dein Körper wird nun in eine Spezialklinik gebracht, wo deine Schädeldecke aufgesägt wird.«

»Irre Vorstellung«, schnaubte Jonas.

Doster ignorierte den Einwurf. »Wissenschaftler entfernen behutsam dein Gehirn und legen es in eine Nährlösung. Dann schließen handwerklich versierte Neurochirurgen jeden einzelnen Nervenstrang deines Gehirns an einen Computer an, der über ein Programm zur Simulation von Nervenimpulsen verfügt und der die gleichen schwachen elektronischen Impulse an dein Gehirn aussendet, wie die, die bei tatsächlichen Nervenreizungen entstehen. – Kannst du mir bis hierhin folgen?«

Jonas hatte für seinen Patenonkel lediglich ein schiefes Grinsen übrig.

»Du hast es gleich geschafft, mein Junge«, versprach Doster. »So, und nun stellst du dir bitte folgendes Szenario vor: Dein Gehirn erhält zum Beispiel den sensorischen Input ›Spüren von warmem Duschwasser auf der Haut‹ oder ›Riechen von frisch gemahlenem Kaffee‹ oder ›Sehen und Fühlen der Morgenzeitung‹ oder ›Hören der Radionachrichten‹. – Wohlgemerkt handelt es sich bei diesen vermeintlichen Sinneseindrücken um von der Maschine erzeugte Illusionen! Denn tatsächlich liegt dein Gehirn ja in einer Nährlösung und hat keinerlei Verbindung zu den Sinnesorganen deines Körpers.«

Professor Doster schnäuzte sich geräuschvoll die Nase, danach ergänzte er: »Mein Junge, du bist doch ein abstraktlogisch denkender Mathematiker, nicht wahr?«

Jonas nickte stumm.

»Dann beantworte mir bitte folgende Frage: Könntest du, wenn du mit deinem körperlosen Gehirn in dieser Situation denken würdest, beweisen, dass es nicht so ist? Könntest du mit Sicherheit ausschließen, dass nicht tatsächlich irgendwelche Genies das erste Stadium ihres streng geheimen Forschungsprogramms abgeschlossen haben – und du die erste Testperson der praktischen Erprobungsphase bist? Sag schon: Könntest du oder könntest du nicht?«

Mit gerunzelter Stirn ließ Jonas seinen Kopf hin- und herpendeln. »Nein, das könnte ich logischerweise nicht.« Er bedachte den besten Freund seines Vaters mit einem Scheibenwischergruß. »Das ist doch ein absolut irres, unrealistisches Szenario! Ihr Hirnforscher seid doch alle verrückt, wahnsinnig, total durchgeknallt.«

Doster lachte schallend auf. »Mein lieber Junge, nun mal ehrlich: Sind wir nicht alle irgendwie verrückt – auf die eine oder andere Weise?« Er schaltete den Overhead-Projektor aus. »Glaube mir, Jonas, geistige Verwirrung ist etwas sehr Positives und Konstruktives. Das hat schon der alte Sokrates gewusst. Sie ist eine erfolgversprechende Basis für ein spannendes Leben.«

Der Hirnforscher ging zu seinem Patenkind, legte ihm mitfühlend eine Hand auf die Schulter. »Komm, wir verziehen uns in mein Arbeitszimmer. Da sind wir ungestört. Ich denke, ich braue uns erst mal einen starken Espresso. Den kannst du jetzt wohl gut gebrauchen.«

Bevor Wolfgang Doster an der Espressomaschine herumhantierte, überreichte er Jonas eine dünne Broschüre, deren Deckblatt mit dem Slogan ›*AB I*ns Klo damit!‹ und einer mit Schulbüchern gefüllten, handgezeichneten Toilettenschüssel verziert war.

»Unsere Bierzeitung zum Abitur vor fast 40 Jahren«, erläuterte der Medizinprofessor lächelnd. »Wie die Zeit vergeht. – Blättere bitte mal um. Du wirst staunen!«

Jonas befolgte die Anweisung. Von einem ganzseitigen Schwarz-Weiß-Foto blickten ihm zwei nebeneinanderstehende, offensichtlich stark angeheiterte junge Männer entgegen. Sie hielten jeweils eine Weinflasche in der Hand und hatten anscheinend alle Mühe, sich auf den Beinen zu halten.

»Das sind Ansgar und ich«, erklärte Doster grinsend. »Blätter doch bitte mal zwei oder drei Seiten weiter. Dort findest du einen Artikel deines Vaters, den er damals geschrieben hat. Ich weiß noch sehr gut, wie wir uns alle über ihn und seinen verrückten Beitrag lustig gemacht haben.

Übrigens: ›Marsi‹ war ein Schüler aus einer höheren Klasse, der sich damals mit uns Jüngeren einen Heidenspaß erlaubte. Er war so etwas wie ein Illusionskünstler: Während er vermeintlich mit dem Kopf gegen die Tür donnerte, trat er unten gegen die Tür. Nur ging das so rasend schnell vonstatten, dass man es fast nicht wahrnehmen konnte. Auch dein Vater und ich sind ihm damals auf den Leim gegangen.«

Jonas nahm die Worte seines Patenonkels nicht mehr bewusst wahr, denn er war bereits in den Artikel vertieft.

Wie wirklich ist die Wirklichkeit wirklich?

Viele Jahre haben wir Marsi bei seinen merkwürdigen Vorführungen zugeschaut. Als Sextaner haben wir gestaunt, als Tertianer gespottet und als Sekundaner haben wir uns über die Naivität der Sextaner amüsiert.

Doch was wäre, wenn seine Worte der Wahrheit entsprochen hätten? Natürlich nicht der Quatsch, dass er vom Mars kommt und keinen Schmerz verspürt, wenn er mit seinem Kopf gegen eine massive Eichenholztür knallt. Aber vielleicht lag er mit dem, was er uns allen erzählt hat, gar nicht so falsch: dass alles um uns herum ganz anders ist, als wir es sehen und es uns vorstellen. Vielleicht ist alles nur ein Traum: die Welt, unser eigene Existenz.

Vielleicht würde ein Lebewesen, das fähig ist, andere Dimensionen wahrzunehmen, alles ganz anders sehen. Vielleicht sollte man einmal versuchen, statt einer Zeitmaschine eine Dimensionsmaschine zu entwickeln, die es uns ermöglicht, in andere Dimensionen vorzudringen.

Mit dieser Maschine könnte man sich dann zum Beispiel in die vierte Dimension begeben, sich dort alles anschauen. Dann käme man zurück in unsere dreidimensionale Welt und könnte den Menschen erzählen, wie alles wirklich ist, und ihnen klarmachen, dass sie gar nicht in der Lage sind, die wirkliche Wirklichkeit wahrzunehmen, und nur in einer Illusion leben. Aber was würde man wohl mit solchen Wissenschaftlern machen?

Vielleicht gab es ja auch schon einmal Wissenschaftler, die fähig waren, in andere Dimensionen vorzudringen. Vielleicht wurden sie alle umgebracht, weil manche die Wahrheit nicht ertragen konnten. Aber würden diese Wissenschaftler ernsthaft behaupten können, dass sie nun einen objektiven Blick auf die Wirklichkeit hätten? Was wäre, wenn es eine fünfte Dimension gäbe, die wiederum der vierten Dimension beweist, dass sie nicht fähig ist, die Welt objektiv zu sehen. Was wäre, wenn es auch noch eine sechste Dimension gäbe?

Mit ein bisschen Fantasie kann man sich vorstellen, dass es Wesen geben könnte, die in einem zweidimensionalen Raum leben, sich also wie der Schatten eines dreidimensionalen Gegenstandes nur in den Dimensionen Länge und Breite bewegen können. Weil sie nur diese kennen, würde ihnen ihre Weltsicht garantiert als die absolut richtige, objektive erscheinen. Was würden diese Wesen davon halten, wenn ein anderes Lebewesen behauptete, es könnte deren tatsächliche räumliche Ausdehnung, Bewegung, also deren wirkliche Beschaffenheit, erkennen?

Dieses dreidimensionale Wesen würde dann sicherlich aufgefordert werden, seine Behauptungen zu beweisen. Da ihm das aber nicht möglich wäre, weil die zweidimensionalen Wesen nur mit einer beschränkten Wahrnehmungsfähigkeit ausgestattet wären und seinen Beweisversuchen nicht folgen könnten, würde dieses Lebewesen sicher entweder für geistesgestört erklärt oder gar umgebracht werden …

Mannomann, mir wird schwindelig, wenn ich versuche, mir vorzustellen, dass alles auch ganz anders sein könnte.

Wie sähe »unsere« Welt wohl aus, wenn man sie aus der Sicht eines Insektes wahrnehmen könnte?

Gäbe es auch dann das Rauschen eines im Wald umstürzenden Baumes, wenn keine Ohren da wären, um das Geräusch zu hören?

Ich muss jetzt Schluss machen, sonst drehe ich noch durch!

Ihr werdet euch bestimmt gerade fragen, warum ich das alles schreibe.

Ehrlich gesagt, weiß ich das nicht so genau.

Vielleicht deshalb, weil ich hoffe, dass wir – wenn uns klar wird, dass unsere Sicht der Dinge nicht unbedingt die richtige sein muss –etwas bescheidener und toleran-

ter gegenüber anderen Sichtweisen unserer »Wirklichkeit« werden ...

Das war's. Macht's gut, Jungs! Es war eine schöne Zeit mit euch!

Ich danke euch dafür, dass ihr mich trotz meiner Spinnereien so gnadenlos geliebt habt!

Euer Ansgar Wildberger

»Wie du siehst, war dein Vater schon damals ein total verrückter Kerl«, sagte Professor Doster mit leiser Stimme, nachdem Jonas den Artikel zu Ende gelesen hatte. »Schau mal, was er mir vor vielen Jahren einmal geschenkt hat.« Er drehte eine Marmorbüste, die auf seinem Schreibtisch stand, zu seinem Patenkind hin.

Kopfschüttelnd betrachtete Jonas den in Stein gemeißelten alten Griechen, bei dem es sich laut Inschrift um Ainesidemos handelte. In den Sockel der Büste war ein Zitat eingraviert: »So ist der Apfel für das Gesicht gelb, für den Geschmack süß, für den Geruch wohlriechend. Dieselbe Gestalt wird in verschiedenen Spiegeln jeweils anders gesehen. Daraus folgt, dass das Erscheinende nicht mehr so als anders ist.«

»Ja, ja, das weite Feld unserer Sinneswahrnehmungen«, murmelte Wolfgang Doster. »Dieses Thema hat Ansgar schon immer fasziniert. Ich glaube, er war regelrecht besessen davon. Es gibt auch kaum etwas Spannenderes, das kann ich dir sagen. Denn es ist leider tatsächlich so, dass wir mit unseren Sinnesorganen definitiv nicht in der Lage sind, die Realität abzubilden. Die über die verschiedenen sensorischen Kanäle eingehenden Informationen werden von unserem Gehirn einfach so aufbereitet, wie sie ihm am besten in den Kram passen – mal salopp formuliert.«

Es klopfte. Beide Männer wandten sich neugierig der Tür zu. Sie erblickten Dosters Sekretärin, die gerade mit ernster Miene im Türrahmen erschien.

»Herr Professor, haben Sie die Fachbereichsratssitzung vergessen?«, fragte sie mit energischem, vorwurfsvollem Tonfall.

Der Hirnforscher ließ sich von ihrem forschen Auftritt nicht aus der Ruhe bringen. Mit einer wegwerfenden Handbewegung verkündete er: »Das sollen die Herrschaften mal alleine machen. Ich habe jetzt keine Zeit für solche profanen Dinge.«

Während die Sekretärin kommentarlos auf dem Absatz kehrtmachte, bedachte Wolfgang Doster sein Patenkind mit einem verschwörerischen Augenzwinkern. Er wartete, bis die Tür ins Schloss gefallen war, dann sagte er: »Schön, dass du mich gerade jetzt besuchst. Ich habe nämlich nicht die geringste Lust auf diesen überflüssigen Bürokratenquark.« Prüfend taxierte er Jonas, der nach wie vor recht düster dreinblickte. »Entschuldige, mein Junge, ich habe dich bislang noch gar nicht richtig zu Wort kommen lassen.«

»Sag mal, Wolfgang, was hielt dein Freund eigentlich davon, dass ich Mathematik studiert habe?«, wollte Jonas wissen.

»Ähm, na ja«, war alles, was Doster zunächst über die Lippen kam. Er rutschte verlegen auf seinem Ledersessel herum. »Ach, ich weiß nicht. Über solche Dinge haben wir kaum gesprochen«, antwortete er ausweichend.

Doch Jonas ließ sich damit nicht abspeisen. »Das glaub ich dir nicht. Komm, rück raus mit der Sprache. Ich kann's mir sowieso denken.«

»Was kannst du dir denken?«, versuchte der Hirnforscher den Ball zurückzuspielen. Als er jedoch Jonas' ungeduldiges Mienenspiel sah, gab er sich geschlagen. »Er hat dich immer mit Blaise Pascal, dem berühmten Mathematiker und Philosophen, verglichen«, sagte Doster. Er stockte, machte keinerlei Anstalten weiterzusprechen.

»Und?«, drängte sein Gegenüber.

Wolfgang Doster kratzte sich am Kopf. »Na ja, Pascals Ärzte sollen ihm angeblich einmal verordnet haben, dass er sich stärker dem normalen Leben zuwenden müsse, sonst …«

»Sonst hätte schon bald sein letztes Stündlein geschlagen«, vollendete Jonas. »Ja, ja, ich kenne die Anekdote. Dein Freund hat sie mir oft genug während meiner Oberstufenzeit erzählt.«

»Ach, das wusste ich gar nicht«, reagierte Doster verwundert. Seine Miene verdüsterte sich. »Mein Junge, eins musst du mir glauben«, fuhr der berühmte Hirnforscher fort, »ich habe dich immer in Schutz genommen und versucht ihm klarzumachen, dass die Menschen eben verschieden …«

»Weißt du übrigens, wie Pascal die Empfehlung befolgt hat?«, warf Jonas dazwischen.

»Nein.«

»Er hat sich derart leidenschaftlich ins echte Leben gestürzt, dass er spielsüchtig wurde.«

»Interessant«, sagte der Professor schmunzelnd.

»Ich war vorgestern Nacht im Bahnhofsviertel bei einer Domina«, verkündete Jonas. Der Satz war ihm ungewollt über die Lippen gesprudelt, denn sofort legte er die Hand auf den Mund, als wollte er die Worte wieder hineinstopfen.

»Was? Wo warst du? Bei einer Domina?«, hakte Doster verdutzt nach.

Erst jetzt wurde dem jungen Mathematiker bewusst, dass man seine Aussage leicht missverstehen konnte, deshalb korrigierte er sich umgehend.

Er wedelte mit dem Finger. »Nein, nein, Wolfgang, natürlich nicht aus dem Grund, der dir gerade durchs Hirn schießt. Um Gottes willen! Nein, ein Journalist behauptete, dass dein bester Freund regelmäßig eine Domina besuchte – dieses perverse Dreckschwein!«

Aus Dosters Mimik konnte Jonas keinerlei Rückschlüsse darauf ziehen, ob die Information neu für ihn war.

»Diese Behauptung musste ich unbedingt überprüfen. Deshalb wollte ich die besagte Dame aufsuchen und befragen, aber leider konnte ich mein Vorhaben nicht in die Tat umsetzen.«

»Weil man dich vorher zusammengeschlagen hat.« Der Hirnforscher klatschte sich mit der flachen Hand an die Stirn. »Jetzt verstehe ich endlich!«, stieß er zischend aus. »Dieses fürchterliche Foto von dir in der Zeitung. Du bist bei deinem Exkurs ins Rotlichtmilieu irgendwem auf die Füße getreten. Warum hast du mir denn nicht von dieser verrückten Idee erzählt?«

Jonas schwieg betreten vor sich hin.

»Na ja, wahrscheinlich, weil es dir peinlich war«, brummelte Wolfgang Doster mehr für sich selbst bestimmt. »Kein Wunder.« Unvermittelt leuchteten seine Augen auf. »Mein Junge, du interpretierst da etwas völlig falsch.«

»Wieso?«, fragte Jonas.

»Na, ganz einfach: Dein Vater war nicht etwa zum eigenen Vergnügen – wenn man so etwas überhaupt als Vergnügen bezeichnen kann – bei einigen Dominas im Bahnhofsviertel, sondern aus rein wissenschaftlichen Beweggründen.«

»Was?« Jonas' Verwunderung stand ihm deutlich ins Gesicht geschrieben.

»Ja, du hast richtig verstanden, mein Junge. Ansgar hat in diesen Etablissements eine empirische Feldstudie durchgeführt. Mit anderen Worten: Er hat die Damen dieses Gewerbes, nebst einiger ihrer Kunden, intensiv über deren Grenzbereichserfahrungen befragt.«

Jonas Wildberger war wie gelähmt. Sein starrer Blick durchbohrte förmlich sein Gegenüber.

»Dein Vater ist nun einmal ein von Erkenntnisgier besessener Wissenschaftler. Und gerade die Erforschung solcher außergewöhnlichen Gefühlszustände, die subjektiven Empfindungen in Extremsituationen ...« Der Professor hielt kurz inne und schluckte hart. »Dieser extrem spannende Forschungsbereich ist Ansgars große Leidenschaft. Er hat darin seine Lebensaufgabe gesehen.«

Wolfgang Dosters blaugraue Augen füllten sich mit Tränen. Er schniefte. Um seine hängenden Mundwinkel herum zuckte es, sein Kinn zitterte. »Und nun ist ihm seine Passion zum Verhängnis geworden. Oh mein Gott.«

Er schlug die Hände vors Gesicht. Doch bereits Sekunden später hatte der Medizinprofessor seine Emotionen wieder im Griff. »Es ist wirklich verrückt, Jonas. Wenn ich nur geahnt hätte, auf welche Katastrophe sein Gefühlerkundungswahn, diese Gier nach Selbsterfahrung und nach Selbsterkenntnis hinausläuft. Ich hätte versucht, auf ihn Einfluss zu nehmen, ihn von diesem Wahnsinn abzuhalten. Das musst du mir glauben.«

Professor Doster machte eine beschwörende Geste. »Niemals habe ich in seinem Verhalten auch nur das geringste Anzeichen für so etwas Irres bemerkt. Wir haben uns drei Tage, bevor es passierte, zum Schachspielen getroffen. Abends bei ihm im Institut. Da verhielt er sich wie immer. Nicht einmal ein winziger Hinweis darauf, dass ihn irgendwelche Probleme oder Sorgen bedrückten. Nein, er war wie immer.«

Der renommierte Hirnforscher rang wie ein Asthmatiker nach Atem, während er den Kopf monoton hin und her wiegte. »Ich verstehe das alles nicht, ich verstehe es einfach nicht«, jammerte er. »Wenn ein Mensch ihn wirklich gut kennt, dann bin das doch wohl ich. Wenn ich daran denke, was wir schon alles gemeinsam unternommen und erlebt haben: Überlebenstraining in Alaska, Extremurlaube im Himalaja, Wüstendurchquerungen. Den Kilimandscharo haben wir zusammen bestiegen, sind auf dem Amazonas herumgepaddelt.«

Doster brach ab, atmete ächzend ein und aus. »Sicher war da stets auch eine gewisse Nähe zum Tod zu spüren, Ansgar hat auch immer ein bisschen mit der Gefahr gespielt. Ihm war es eigentlich nie gefährlich genug. Er hat immer nach einer weiteren Steigerung gesucht, wollte den Nervenkitzel bei diesen extremen Selbsterfahrungen noch mehr erhöhen, die wahnsinnig existenziellen Urgefühle noch einen Tick intensivieren. Ich musste ihn oft dabei bremsen. Manchmal hatte ich den Eindruck, dass er die Nähe des Todes deshalb suchte, um sich lebendiger zu fühlen. Irgendwann sagte er zu mir: ›Wolfgang, kann es nicht sein, dass erst das Spiel mit dem Tod das Leben lebenswert macht?‹«

Jonas Wildberger saß die ganze Zeit über regungslos auf seinem Stuhl. Wie ein von einem Märchenbuch gebanntes Kleinkind, das auf dem Schoß der Großmutter die Welt um sich herum vergessen hat, lauschte er andächtig dem, was der Hirnforscher über seinen Vater berichtete.

»Er hat das Schicksal häufig regelrecht herausgefordert«, fuhr Wolfgang Doster fort. Er stieß Luft durch die Nase. »Weißt du, was dieser verrückte Kerl einmal gemacht hat?«

Der Hirnforscher fuhr sich mit gespreizten Fingern durch die Haare. Dann sagte er: »Während des Studiums sind wir zusammen an die Costa Brava gefahren, zum Windsurfen. Ich glaube, wir besaßen damals die ersten Surfbretter, die es zu kaufen gab. Sündhaft teuer, aber dein Vater wollte unbedingt eins haben.

Ich weiß noch genau, wie wir abends mit zwei Flaschen Wein am Strand saßen und schweigend in die untergehende Sonne geblickt haben. Auf einmal sagte Ansgar: ›Morgen surfe ich rüber nach Afrika‹. Ich hab ihn natürlich nicht ernst genommen und mich halb totgelacht.

Und was war am nächsten Morgen? Dieser Wahnsinnige hat es doch tatsächlich probiert. Jedenfalls hat er es behauptet. Irgendwo draußen auf dem Meer brach der Mast seines Surfbretts. Er hatte großes Glück, dass ihn die Strömung an den Strand gespült hat – zehn Kilometer weiter südlich. Das …«

In diesem Moment wurde die Tür aufgerissen, ein Kollege des Medizinprofessors erhob barsch seine Stimme: »Wolfgang, das kannst du mit uns nicht machen, mit uns nicht. Du weißt ganz genau, dass wir heute unbedingt über die Kürzungsvorhaben des Ministeriums abstimmen müssen. Das duldet keinerlei Aufschub. Komm jetzt endlich! Du hast uns lange genug warten lassen.«

Wolfgang Doster war von diesem Anpfiff derart überrumpelt, dass er die neue Situation im ersten Augenblick gar nicht erfassen konnte.

»Los, komm jetzt endlich!«, forderte der Störenfried erneut.

»Ja, du hast recht. Ich bin gleich bei euch.«

Während Dosters Kollege grummelnd den Raum verließ, schob sich der berühmte Hirnforscher aus seinem Ledersessel in die Höhe, kramte in der Hosentasche herum und überreichte seinem Patenkind einen Schlüssel.

»Das ist der Generalschlüssel zu Ansgars Institut. Irgendwann haben wir unsere Ersatzschlüssel ausgetauscht, damit wir uns auch abends oder nachts problemlos besuchen können.«

Schweigend nahm Jonas den Schlüssel entgegen.

»Vielleicht willst du ja mal in seinem Büro vorbeischauen, wenn keiner da ist. Wer weiß, möglicherweise haben seine Mitarbeiter ja einen triftigen Grund dafür, dass sie dir den Zugang zu seinem Büro verwehren. Dein Vater hat mir bestimmt vieles anvertraut, aber ob er nicht doch irgendwelche Geheimnisse vor mir hatte, weiß ich nicht. Ganz auszuschließen ist das sicherlich nicht. Ansgar hat manchmal recht merkwürdige Andeutungen gemacht. Nach ein paar Gläsern Wein hat er zum Beispiel einmal verkündet: ›Irgendwann gibt's einen gewaltigen Knall in der Wissenschaft – und ich habe ihn verursacht.‹«

»Du hast keine Ahnung, was er damit gemeint haben könnte?«

»Nein, Jonas, leider. Vielleicht war es ja auch nur ein Scherz. Das weiß man bei ihm nie so genau.«

13

Jonas parkte sein Auto in unmittelbarer Nähe des alten Campusbereichs vor der Pestalozzischule. Um seine Nervosität in den Griff zu bekommen, atmete er ein paarmal kräftig durch. Aber es nutzte nichts. Sein Herzschlag raste weiter wie bei einer körperlichen Höchstleistung, die Hände zitterten und sein Mund war so ausgetrocknet, dass die Zunge am Gaumen festklebte.

Ein letzter tiefer Atemzug, dann stieg er aus seinem Wagen. Mit hektischen Blicken sondierte er die Umgebung. Doch zu dieser späten Nachtstunde war niemand mehr unterwegs. Es herrschte eine gespenstische Stille. Vorsichtig und fast geräuschlos drückte er die Fahrertür ins Schloss.

Mit schnellen Schritten überquerte er die Straße, spurtete die wenigen Treppenstufen hinauf zu dem Asphaltweg, den er am Morgen zuvor schon einmal benutzt hatte. Hinter dem ersten dicken Baumstamm verschwand er im Schatten.

Nach etwa hundert Metern schob sich das Institutsgebäude in sein Blickfeld. Diesmal ging er jedoch nicht zu dem beleuchteten Haupteingang, sondern verließ den Asphaltweg und verschwand im Wald. Er schlug einen weiten Bogen um das Gebäude und näherte sich der Rückfront.

Am Rande des Kiefernwäldchens blieb er stehen. Er schaltete seine Stablampe aus, lauschte in die Dunkelheit. Dann knipste er die Lampe wieder an und schickte einen kräftigen Lichtstrahl über eine bräunliche Rasenfläche hinweg zum unteren Teil der Hausfassade. Es dauerte nur wenige Sekunden, bis er eine dunkelgrün lackierte Kellertür entdeckte.

Er eilte hinüber zum Gebäude und schloss mit Dosters Generalschlüssel so geräuschlos wie möglich die Außentür auf. Sogleich stieg ihm ein modriger Geruch in die Nase. Obwohl zu dieser nachtschlafenden Zeit kaum damit zu rechnen war, dass sich jemand im Institutsgebäude aufhielt, ging er auch weiterhin äußerst behutsam zu Werke. Denn aus eigener Erfahrung wusste er, dass man bei Wissenschaftlern ungewöhnliche Arbeitszeiten nie ausschließen konnte.

Auf Zehenspitzen stieg er die Treppe hinauf und durchquerte einen langen Flur. Dann stand er endlich vor dem Arbeitszimmer seines Vaters. Vorsichtig schloss er auch diese Tür auf, warf einen Blick in das Büro und drückte, nachdem er sich vergewissert hatte, dass sich außer ihm niemand im Dienstzimmer seines Vaters aufhielt, die Tür ins Schloss.

Seine verkrampften Muskeln lockerten sich, die Schultern sanken nach unten und die Atemzüge wurden langsamer und tiefer. Durch das Fenster sickerte das schummrige Licht einer Parklaterne in den Raum. Jonas schaute sich um. Auf den ersten Blick konnte er keinerlei Veränderungen erkennen. Hier sah alles noch genauso aus, wie er es von seinem letzten Besuch in Erinnerung hatte.

Er setzte sich auf den schwarzen Ledersessel seines Vaters und legte beide Unterarme auf der kalten Schreibtischplatte ab. Anschließend faltete er die Hände wie betend ineinander, so als wolle er sich von höherer Stelle Mut und Unterstützung erbitten.

Während der Computer hochfuhr, ruhte sein Blick auf einer Porträtaufnahme seiner Mutter, die links neben einem großformatigen Flachbildschirm aufgestellt war. Daneben stand ein Foto, das ihn als jungen Studenten zeigte.

Jonas Wildberger war zwar Diplom-Mathematiker, doch schon während seines Studiums hatte er sich intensiv mit theoretischer Informatik beschäftigt. Trotzdem konnte man ihn nicht gerade als Computerexperten bezeichnen, schon gar nicht als einen, der in der Lage gewesen wäre, so mir nichts, dir nichts einen Passwortschutz zu knacken.

Seine einzige Hoffnung bestand darin, dass sein Vater irgendwo in seinem Büro das Codewort für den PC-Zugang versteckt hatte. Zuerst stöberte er in seinem Terminkalender. Danach durchwühlte er die auf dem Schreibtisch abgelegten Papiere und blätterte in den aufgestapelten Büchern.

Nachdem er selbst die Unterseiten von Drucker, Keyboard, Tower und Flachbildschirm inspiziert hatte, zog er alle Schubladen hervor und durchforstete sie ebenfalls. Doch nirgendwo fand sich ein Hinweis auf den Zugangscode. Sein leerer, frustrierter Blick bohrte sich in den Monitor, der weiterhin die Eingabe des Passwortes forderte.

Verdammt, verdammt, wie komme ich bloß da rein?, zermarterte sich Jonas das Hirn. Welches Passwort könnte er sich ausgedacht haben?

Er legte die Stirn in Falten und presste die Lippen zu einem dünnen Strich zusammen.

Bestimmt kein kompliziertes, sagte sich Jonas kopfschüttelnd. Da hätte er viel zu große Angst gehabt, dass er es vergessen könnte.

Grübelnd schaute Jonas zum Fenster hinaus. Vielleicht hat er sich ja ein Passwort ausgesucht, das er sich nicht aufzuschreiben braucht, weil er es sich gut merken kann. Welches wäre denn naheliegend?, fragte er sich. Unzusammenhängende Gedankenfetzen schossen unter seiner

Schädeldecke umher. Mutters Name? Wolfgangs? Meiner? Straßennamen?

Mit flinken Fingerbewegungen tippte er nacheinander alle Ideen, die sein Gehirn in rascher Folge produzierte, in das leere Feld ein. Aber jedes Mal, wenn er die Returntaste betätigte, erschien dieselbe ernüchternde Fehlermeldung.

Verzweifelt warf er die Hände vors Gesicht, rieb sich Stirn und Wangen so, als wollte er sie waschen. Nachdem er einen wüsten Fluch vor sich hingebrabbelt hatte, klatschte er sich unvermittelt mit beiden Handflächen auf die Wangen.

Wie aus dem Nichts tauchte eine Inspiration in seinem Bewusstsein auf.

Vielleicht hat er ja irgendein Fremdwort verwendet, eines, das genau dazu passt. Wozu passt? Zu seiner Arbeit? Zu seinem Leben?, sinnierte Jonas.

Er versuchte es mit allen möglichen Begriffen, die ihm in den Sinn kamen. Doch auch damit hatte er kein Glück. Urplötzlich klingelten ihm einige markante Sätze seines Vaters im Ohr, die er schon längst vergessen glaubte: »Auch wenn du dich jetzt darüber beklagst, wirst du eines Tages verstehen, weshalb ich dich auf ein humanistisches Gymnasium geschickt habe. Ich verspreche dir, dass du mir einmal sehr dankbar dafür sein wirst! Nur mit diesem klassischen Rüstzeug ausgestattet wirst du später in der Lage sein, die alten Philosophen in ihrer Originalsprache lesen zu können. Welch eine Gnade!«

Welch eine Gnade!, wiederholte Jonas in Gedanken. Abschätzig stieß er Luft durch die geschlossenen Zahnreihen. Das war keine Gnade, das war nur öder Lernstress, sonst nichts. Aber vielleicht bringt's mir ja jetzt etwas, dachte er.

»Versuchen wir es einfach mal mit Altgriechisch«, brummelte Jonas vor sich hin. »Vielleicht hat er sich ja zufälligerweise dasselbe Wort ausgesucht, mit dem ich meine Tagebuchdatei geschützt habe, nämlich ›Enigma‹.«

Er tippte das altgriechische Wort für »Geheimnis« ein und betätigte gespannt die Returntaste. Erneut erhielt er eine Fehlermeldung. Jonas schüttelte den Kopf, ballte seine Fäuste und trommelte frustriert auf der Schreibtischplatte herum.

»Gefühle, sinnliche Wahrnehmungen«, sagte er gedehnt, während seine Handballen weiter die Tischplatte bearbeiteten. »Nach Wolfgangs Aussage sind das seine absoluten Zentralthemen.«

Jonas hob die Augenbrauen, die oben verharrten. Er führte seinen Zeigefinger zum Mund, nagte nervös darauf herum. »Verdammt, was heißt noch mal ›Gefühl‹ auf Griechisch?« Er grübelte und grübelte.

»Emotion!«, schoss es ihm ins Hirn.

Mit fliegenden Fingern tippte er die sieben Buchstaben ein. Noch bevor die bekannte Meldung auf dem Monitor erschien, korrigierte er sich selbst: »Quatsch! Dieses Wort kommt vom lateinischen ›emovere‹.« Er machte eine wegwerfende Handbewegung. Trotzdem drückte er die Returntaste. Als er nun das erwartete Ergebnis erblickte, ergänzte er: »Und ist auch nicht das Passwort.«

Vielleicht hatten die alten Griechen ja gar kein eigenes Wort für »Gefühl«, dachte er. Gibt es einen Begriff, der gleichzeitig ›Gefühl‹, ›Empfindung‹ und ›Wahrnehmung‹ bezeichnet? Verdammt, wie viele Vokabeln habe ich seit meiner Schulzeit bereits vergessen?

»›Gefühl‹? – Klar: ›Pathos‹!«, sagte er leise. Abermals hämmerten die Fingerkuppen auf die entsprechenden Buchstabenfelder der Tastatur.

»Nein, nein. ›Pathos‹ bezeichnet ja auch etwas anderes: ›Leidenschaft‹, ›feierliche Ergriffenheit‹«, stellte er resigniert fest. »Verdammt! Was gab's da sonst noch für Worte mit einer ähnlichen Bedeutung? Mensch, denk nach!«, feuerte er sich selbst an.

Ein anderer Begriff leuchtete in seinem Bewusstsein auf: ›Aisthesis‹.

»Yeah, yeah, das ist es!«, platzte es aus ihm heraus, als er das Ergebnis seiner Eingabe auf dem Monitor entdeckte.

Was war das eben für ein Geräusch?, fuhr ihm der Schreck in alle Glieder. Ängstlich blickte er sich um. Er sprang auf, hastete zum Fenster und sondierte mit gehetzten Blicken die Umgebung. Anschließend schlich er zur Bürotür, öffnete sie vorsichtig, hielt den Atem an und lauschte angestrengt ins Gebäude hinein. Doch er hörte nicht das geringste Geräusch.

Erleichtert eilte er zurück zum Schreibtisch seines Vaters. Mit zitternden Fingern schob er einen CD-Rohling ins Laufwerk und begann, die Datenbestände zu übertragen. Mitten in den Kopiervorgang hörte er plötzlich aus Richtung des Asphaltwegs Stimmen.

Er schaltete den Monitor aus und löschte damit die einzige Lichtquelle des Raumes. Dann sank er auf die Knie, krabbelte auf allen vieren zum Fenster und spähte durch die Balkontür. Zwei dunkel gekleidete Wachmänner näherten sich mit gemächlichen Schritten dem Institutsgebäude.

Ich muss unbedingt die CD fertigbrennen!, pochte es unter seiner Schädeldecke. Hoffentlich reicht mir die Zeit.

Wie ein jagender Panther hechtete er geduckt zurück zum Schreibtisch und schaltete den Monitor wieder ein. Die wenigen Sekunden, die das Computerprogramm noch für den Kopiervorgang benötigte, erschienen ihm endlos. Als er endlich abgeschlossen war, zog er die CD aus dem Fach, steckte sie in seine Jacke und schaltete den Computer aus.

Er war gerade fertig damit, als vom Treppenhaus her knarrende Geräusche an sein Ohr drangen. Adrenalin durchflutete seinen Körper. Fieberhaft suchte er nach einem Ausweg. Er huschte zur Tür, legte ein Ohr ans Türblatt und lauschte mit zitternden Knien.

Schnell raus hier! – Nein, dann lauf ich ihnen direkt in die Arme. Verstecken? Wo? Verzweifelt blickte er sich um. Hier gibt's keine Möglichkeit, stellte er resigniert fest.

Vom Korridor her vernahm er zwei kräftige Männerstimmen, die von leicht quietschenden Schrittgeräuschen begleitet wurden.

Plötzlich hatte er eine zündende Idee.

Auf Zehenspitzen trippelte er zur Balkontür, öffnete sie behutsam ein wenig, schob sich durch den Spalt und schloss die Tür anschließend. Er hatte lediglich zwei Alternativen: vom Balkon herunterzuspringen beziehungsweise an einem Regenrohr hinunterzuklettern oder auf dem Balkon zu bleiben und zu warten, bis die Wachmänner wieder verschwunden waren. Und darauf zu hoffen, dass die beiden beim Inspizieren des Büros seines Vaters keinen Blick auf den Balkon warfen.

Er stand unmittelbar neben dem gefalteten Klappladen. Geistesgegenwärtig entriegelte er dessen Wandbefestigung und öffnete den Holzladen, bis er in einem 30-Grad-Winkel zum Haus stand. Die Eiseskälte, die langsam an seinen Beinen emporkroch, jagte ihm Schauerwellen über den ganzen Körper.

Aus Angst, sein warmer, dunstiger Atem könnte ihn verraten, sog er die kalte Winterluft durch die Nase ein und ließ sie anschließend vorsichtig durch ein kleines Loch im rechten Mundwinkel in den Halsausschnitt seines T-Shirts entweichen. Um nicht mit den Zähnen zu klappern, hielt er auch während dieser grotesken, mühevollen Prozedur die Zahnreihen fest geschlossen.

»Wieso ist das Zimmer des Professors denn nicht abgeschlossen?«, hörte er eine tiefe Stimme. »Das ist ja noch nie vorgekommen.«

»Und wieso steht der Fenstergriff quer?«, fragte der andere Mann in höherer Tonlage.

Jonas stockte der Atem. Er zog den Bauch ein, damit er seinen bebenden Körper noch enger an den Rauputz pressen konnte. Die Balkontür öffnete sich. Der Lichtkegel einer Stablampe wanderte über den gefliesten Balkonboden von links kommend direkt vor Jonas' Füße. Doch bevor er ihn erreichte, fiel er auf den leicht ausgestellten Klappladen, der als Schutz fungierte und Jonas vor Entdeckung bewahrte.

»Ach, das war bestimmt die Putzfrau«, beschwichtigte die tiefere Männerstimme. »Komm jetzt endlich, wir sind eh schon zu spät.«

Dann wurde die Tür mit einem satten Geräusch geschlossen und der Griff verriegelt. Jonas hörte noch, wie sich die beiden Wachmänner im Arbeitszimmer seines Vaters über das letzte Heimspiel des 1. FC Kaiserslautern unterhielten, dann wurden die Stimmen merklich leiser und entfernten sich.

Kurz darauf öffnete sich nur ein paar Meter Luftlinie von ihm entfernt die ebenerdige Institutstür, durch die die beiden Wachleute laut parlierend ins Freie traten. Jonas duckte sich und legte sich flach auf die glasierten Fliesen. Vorsichtig kroch er an den Rand des Balkons und beobachtete die dunkel gekleideten Männer, wie sie zum nächsten Gebäude spazierten. Jonas wartete geduldig, bis sie im Inneren des Hauses verschwunden waren, dann testete er erfolgreich seine Befähigung zum Fassadenkletterer.

JONAS

Freitag, 9. Dezember, 7 Uhr

Ich sitze jetzt seit drei Stunden an meinem Laptop und schaue mir die CD an, die ich vorhin im Institut gebrannt habe. Zwischendrin musste ich ab und zu mal eine Pause einlegen.

Mannomann, raucht mir der Kopf!

Was sich diese Geisteswissenschaftler so alles aus den Fingern saugen, ist einfach unglaublich. Die machen aus jedem kleinen Pups eine Riesensache. Und dann verpacken sie ihre angeblichen Erkenntnisse auch noch in diese aufgeblasene, unverständliche Schwafelsprache.

Dieses inhaltsleere Philosophengeschwätz macht mich krank. Nichts als theoretische Konstrukte. Das ist doch nichts anderes als pures hypothetisches Gelaber, ohne jegliche wissenschaftliche Beweiskraft. Verdammt, so etwas regt mich wirklich auf!

Wenn ich das ganze Textchaos einigermaßen überblicke, dann hat der Herr Professor alle möglichen Philosophen daraufhin abgeklopft, was sie zu Gefühlen, Sinneserfahrungen, Erkenntnisfähigkeit et cetera geschrieben haben – und zwar von der Antike bis heute. Alles total detailliert aufgelistet – und auch noch ausführlich von ihm kommentiert.

Ich habe davon kaum etwas verstanden, das muss ich zugeben. Ich kann mit diesem ganzen Kram einfach nichts anfangen. Aristoteles, Kant, Wittgenstein, Nietzsche – gut, die Namen kenne ich natürlich. Nur verstehen kann ich das nebulöse Geschwätz leider nicht. Na ja, ist vielleicht auch gut so.

Die von meinem V. ausgewählten Zitate waren zum Teil gar nicht so schlecht. Er hat sie in einer eigenen Datei abgelegt. Wenn man diese öffnet, erscheint in großer, fetter Schrift ein Satz Nietzsches:

»Ich sage euch: man muss noch Chaos in sich haben, um einen tanzenden Stern gebären zu können.«

Welch ein Satz! Welch eine Ironie des Schicksals! Was sage ich – Ironie? Zynismus des Schicksals!

Welches Schicksal? Wurde er etwa von irgendjemandem dazu gezwungen, meine Mutter zu ermorden?

Verflucht, wenn Wolfgang mit diesen Hirnforschungsexperimenten recht hat, ist mein V. womöglich gar nicht verantwortlich für das, was er getan hat, weil er nicht zurechnungsfähig war. Aus diesem Grund sitzt er ja wohl auch in der Psychiatrie!

Das ist doch der blanke Irrsinn! Wie soll eine Gesellschaft funktionieren, wie sollen Menschen auf engstem Raum zusammenleben, wenn keiner mehr für das verantwortlich ist, was er tut? Das wäre die reinste Anarchie, Barbarei pur!

Wer, wenn nicht er, ist verantwortlich für Mutters Tod? Etwa sein Gehirn?

Sein Arm, der ihr brutal das Messer in die Brust gerammt hat, war völlig unschuldig? Vielleicht weil er in diesem Moment ferngesteuert wurde. Nur von wem? Vielleicht von einem fremden Wesen?

Ein höhnisches Lachen.

Dann sind wir doch alle nichts anderes als willenlose Marionetten!!!

Aber wer hält denn die Fäden in der Hand? Gott? Der Teufel? Kybernetische Wesen aus einer anderen Galaxie?

Vielleicht existieren wir ja auch gar nicht, so wie er es in diesem Abizeitungsartikel geschrieben hat. Vielleicht können wir die Welt um uns herum nicht richtig wahrnehmen. Vielleicht ist wirklich alles nur ein Traum!

Eben bin ich auf eine Datei gestoßen, die ziemlich interessant – und ausnahmsweise auch einmal verständlich ist. Kein Wunder, es geht um Forschungsergebnisse aus den Naturwissenschaften zum Thema »Wahrnehmung von Tieren«. Einiges davon habe ich natürlich bereits gewusst.

Zum Beispiel war mir die Tatsache durchaus bekannt, dass unser Geruchssinn im Vergleich zu dem von Hunden weniger ausgeprägt ist. Dagegen war mir neu, dass Hunde durch ihren hervorragenden Geruchssinn in der Lage sind, Hautkrebs im Frühstadium zu erkennen oder bei Epileptikern frühzeitig zu merken, wenn der nächste Anfall bevorsteht.

Übrigens haben außer den Wirbeltieren und einigen Insekten die meisten Tiere keine Sinnesorgane, um Geräusche wahrzunehmen; sie können also nicht hören. Das wusste ich auch nicht. Dass sich Fledermäuse mithilfe von Ultraschall orientieren, ist ja Schulstoff der Mittelstufe.

Doch dass Elefanten und Wale im Gegensatz zu uns im Infraschallbereich ganz tiefe Töne hören können, wusste ich noch nicht. Elefanten sind angeblich in der Lage, in 50 Kilometern Entfernung die Fußstapfen eines in Not geratenen Artgenossen hören. Wahnsinn!

Manche Fische verständigen sich über elektrische Impulse, also eine Art von Funksprüchen. Bienen nehmen ultraviolettes Licht wahr und erkennen die Schwingungsebene von polarisiertem Licht. Dies ermöglicht ihnen, selbst dann, wenn sie nur ein winziges Stückchen blauen Himmel sehen, den aktuellen Sonnenstand zu bestimmen.

Brieftauben und andere Vögel haben Sensoren für das Magnetfeld der Erde, Grubenottern haben Sinnesorgane, mit denen sie Wärmestrahlen »sehen« und damit ihre Opfer orten können.

Und wir Menschen?

Wir sind nirgendwo Spezialisten.

Was uns als bewusste, objektive Wahrnehmung erscheint, ist – wenn das alles stimmt, was ich gerade in dieser Datei lese – kein objektives Abbild der Welt, in der wir uns so selbstbewusst und überheblich bewegen, sondern es ist vielmehr das Ergebnis diverser subjektiver Filter- und Verarbeitungsprozesse unseres Gehirns. Denn unser Gehirn bastelt uns aus den verschiedenen Sinneswahrnehmungen unsere dreidimensionale Wahrnehmung der Welt zusammen.

War mein V. schon als Abiturient den anderen weit voraus, als er diese merkwürdige Frage stellte: »Wie wirklich ist die Wirklichkeit wirklich?«

Wobei es auch bei uns Menschen Phänomene gibt, von denen ich nie zuvor gehört oder gelesen habe. Zum Beispiel diese Dinge, die in einer Datei mit dem Namen »Synästhetiker« stehen.

Klar: »Syn-aisthesis« = »Mit-Wahrnehmung« oder so ähnlich! Jetzt weiß ich auch, wieso er grade auf dieses Passwort gekommen ist!

Etwa jeder Tausendste von uns ist ein Synästhetiker, also ein Mensch, bei dem sich die normalerweise getrennten Sinneswahrnehmungen überlagern und vermischen. Was es alles gibt! Da hören Leute Farben, riechen Musik, schmecken Formen, sehen Töne et cetera. So etwas Irres kann ich mir zwar nicht vorstellen, aber es scheint dieses Phänomen tatsächlich zu geben!

Was ebenfalls verblüffend ist: Die neuesten Forschungsergebnisse stützen die These, dass solche Überlagerungen von Sinneseindrücken bei allen »normalen« Menschen in den ersten Lebensmonaten existieren. Anscheinend wird die Durchlässigkeit der sensorischen Eingangskanäle mit zunehmendem Alter mehr und mehr reduziert, bis dann irgendwann die einzelnen Sinne vollständig voneinander getrennt sind.

Die Begründung für diesen Automatismus leuchtet sogar einem Mathematiker wie mir ein: Die getrennten Kanäle ermöglichen logischerweise eine schnellere und umfangreichere Informationsübermittlung.

Am Ende dieser Datei steht der kursive Satz: »*Wie wäre es, wenn wir die Welt aus der Perspektive einer Fledermaus wahrnehmen würden?*«

Eine seltsame, aber nicht uninteressante Frage!

Ich bin jetzt zwar total verwirrt, aber ich muss schon sagen, dass ich auch ziemlich beeindruckt bin. Die Vorstellung, dass die Welt nicht so ist, wie wir sie sehen, weil es keine objektiven Gerüche, Farben, Töne und Geräusche gibt, hat durchaus etwas Prickelndes und Inspirierendes!

Oder dieses Zitat, das ich gerade gelesen habe:

»Es gibt noch nicht einmal objektive Helligkeit, weil die Fähigkeit, ›Licht‹ zu sehen, erst mit den Lebewesen in die Welt gekommen ist.«

Eine irre Erkenntnis!

Eben habe ich einen Hinweis auf eine Datei mit dem Namen »Jonas« entdeckt. Allerdings befindet sich diese nicht bei den kopierten Dateien von seinem Institutsrechner, sondern ist auf seinem privaten PC in meinem Elternhaus gespeichert.

Da muss ich sofort hin!

14

»Guten Tag, Herr Hauptkommissar. Exakt 15 Uhr. Ich bekunde Ihnen meinen aufrichtigen Respekt: Sie sind pünktlich wie die sprichwörtlichen Maurer«, wurde Wolfram Tannenberg vom Leiter der Forensischen Psychiatrie mit Handschlag begrüßt.

Während ihn der Kriminalbeamte irritiert musterte, fuhr Heinrich Gassenmeier fort: »Ich habe Frau Dr. Maldini gebeten, unserem Gespräch beizuwohnen. Sie ist ebenfalls in unseren aktuellen Fall involviert.«

Tannenberg nickte und reichte Laura Maldini die Hand. Er bedachte sie lediglich mit einem kurzen, schüchternen Blick aus den Augenwinkeln heraus. Ihm war durchaus bewusst, dass man sein Verhalten als unhöflich, arrogant oder als Zeichen eines schlechten Gewissens interpretieren könnte. Doch nichts dergleichen steckte dahinter. Seine Zurückhaltung war nichts anderes als eine reine Notwendigkeit, purer Selbstschutz, der ihn davor bewahrte, sich lächerlich zu machen.

Er hatte zwar vor einigen Jahren in Johanna von Hoheneck seine Traumfrau gefunden, trotzdem hatte er seine Befangenheit gegenüber hübschen Frauen nie ganz ablegen können. Seit seiner Pubertät machten ihn diese Geschöpfe nervös und verunsicherten, hemmten, blockierten ihn.

Obwohl er ihnen gegenüber nie irgendwelche Absichten hegte, bezauberte ihn ihre Schönheit derart, dass er sie am liebsten minutenlang angestarrt hätte – was er natürlich nicht tun konnte, schon gar nicht in einer Situation wie der gegenwärtigen.

»Herr Professor, ich möchte Ihre wertvolle Zeit nicht länger als nötig in Anspruch nehmen, deshalb …«, versuchte er sich abzulenken.

»Ach, Herr Tannenberg, machen Sie sich darüber mal keine Gedanken«, unterbrach ihn der Chef-Psychiater mit einer wegwerfenden Handbewegung. »Nehmen Sie erst mal Platz.«

Während sich Laura Maldini und der Kriminalbeamte auf die Besucherseite des ausladenden Schreibtischs setzten, ergänzte Gassenmeier lachend: »Wissen Sie, mein Lieber, im Gegensatz zu unseren Kollegen draußen in der freien Wildbahn befinden wir uns in einer ausgesprochen komfortablen Situation: Wir, und vor allem unsere Patienten, haben alle Zeit der Welt, sie können uns nämlich nicht weglaufen. Also fragen Sie uns ruhig Löcher in den Bauch.«

»Danke, Herr Professor, sehr freundlich«, entgegnete Tannenberg grinsend. Doch gleich darauf legte sich ein dunkler Schatten über sein Gesicht. »Im Mordfall Helga Wildberger gibt es eine fatale neue Entwicklung.«

»Inwiefern?«, fragte Laura neugierig.

»Dazu komme ich gleich«, gab der Leiter der Kaiserslauterer Mordkommission recht schroff zurück. Erschrocken über seinen barschen Ton, schob er mit bedeutend sanfterer Stimme nach: »Zuerst hätte ich noch eine Frage, die Sie oder der Herr Professor mir bitte beantworten möchten. Hat Ihr stummer Patient endlich sein Schweigen gebrochen?«

»Nein, Herr Tannenberg, leider nicht. Davon hätten wir Sie sofort in Kenntnis gesetzt«, entgegnete das Einstein-Double mit vorwurfsvollem Unterton. »Das sollte ein Mann mit Ihrer Berufserfahrung eigentlich wissen.«

»Ja, natürlich. Entschuldigung.« Der Kriminalbeamte räusperte sich verlegen.

»Was gibt es denn nun für eine fatale neue Entwicklung?«, fragte Laura Maldini in die entstandene Pause hinein.

Wolfram Tannenberg räusperte sich erneut. »Ich gehe davon aus, dass Sie heute Morgen nicht die Boulevardpresse gelesen haben, oder?«

Der Chef-Ermittler hielt kurz inne und wartete eine Reaktion der beiden Psychiater ab. Als sie wortlos den Kopf schüttelten, ergänzte er: »Die letzten Tage auch nicht?«

»Nein, Herr Hauptkommissar, das tun wir grundsätzlich nicht«, erklärte Gassenmeier, während er sich in seinem bequemen Bürosessel zurücklehnte und die Arme vor dem Oberkörper verschränkte. »Wir wollen uns bei der Arbeit mit unseren schwierigen Patienten in keiner Weise von den effekthascherischen Veröffentlichungen der Sensationspresse beeinflussen lassen. Reißerische Artikel dienen ja wohl kaum der Information der Leser, sondern bedienen deren niederen Instinkte und Gefühle.«

Wolfram Tannenberg nickte zustimmend.

»Und das ist so ziemlich das Gegenteil dessen, was wir für unsere Arbeit hier benötigen.« Heinrich Gassenmeier hob die Augenbrauen und stieß Luft durch die Nase aus. »Wissen Sie, wenn man wie wir tagtäglich mit den tiefsten Abgründen der menschlichen Seele konfrontiert wird, braucht man einen kühlen Kopf, viel Disziplin und vor allem Distanz zu dem Wahnsinn, zu dem unsere Mitmenschen leider in der Lage sind«, sagte er Psychiater.

»Und dann betrachten sich viele von uns auch noch als Krone der Schöpfung«, stimmte Tannenberg mit einem bitteren Lächeln zu.

»Wahre Worte, Herr Hauptkommissar«, bemerkte Laura Maldini von der Seite her. »Aber nun spannen Sie uns bitte nicht länger auf die Folter.«

»Ja, sie haben recht«, entgegnete der Kriminalbeamte. »Entschuldigen Sie, ich bin im Moment nicht sonderlich fit.«

Laura bedachte den Ermittler, der tiefe Falten um die müden Augen und den Mund hatte, mit einem einfühlsamen Blick.

»Ich habe heute Nacht nicht eine Minute lang geschlafen. In den letzten 24 Stunden war bei uns die Hölle los. Kurz vor Mitternacht ein Mord und heute Morgen gleich noch einer.«

»Wie?«, stieß Professor Gassenmeier irritiert aus.

Der Leiter des K 1 ermahnte sich gedanklich zur Konzentration. »Also, der Reihe nach«, begann er. »Sie haben dann bestimmt auch nichts von der Artikelserie mitbekommen, deren erster Teil vorgestern erschien?«

»Nein«, antworteten seine beiden Gesprächspartner wie aus einem Munde.

Tannenberg durchsuchte mit flinken Bewegungen die Taschen seiner parkaähnlichen Jacke. »Mist, jetzt habe ich doch tatsächlich die Zeitungen im Kommissariat vergessen. Ich faxe Ihnen die Artikel nachher schnell durch.«

»Nein, nein«, wehrte Professor Gassenmeier ab. »Das lassen Sie bitte aus den eben angeführten Gründen schön bleiben. Für uns sind solche Schundartikel wirklich wie für den Teufel das Weihwasser. Schildern Sie uns einfach den Inhalt dieser Artikel in Ihren eigenen Worten.«

»Gut, wie Sie wollen«, erklärte sich der Ermittler bereit. »Vorgestern, also am Mittwoch, hat die Regenbogenpresse den ersten Artikel veröffentlicht – auf der Titelseite, so auch gestern und heute. Als Aufmacher diente ein großes Foto, das Jonas Wildberger, den Sohn Ihres schweigsamen Patienten, im Bahnhofsviertel bewusstlos auf der Straße liegend zeigt. Überschrift: ›Nun auch noch der Sohn in der Gosse‹.«

»Diese widerlichen Aasgeier!«, konnte sich Laura Maldini nicht verkneifen.

»Es kommt noch schlimmer«, seufzte der Kriminalbeamte. »Gestern Morgen berichtet dieses Schmierblatt darüber, dass Ansgar Wildberger regelmäßig Dominas aufgesucht hätte.«

»Der arme Sohn«, sagte Laura mit bekümmerter Miene. »Als ob er nicht schon genug mit dem Tod seiner Mutter und der Täterschaft seines Vaters gestraft wäre. Und nun auch noch das.«

Du bist wohl doch nicht so abgebrüht, wie du es gerne wärst, mein liebes Mädchen, dachte Tannenberg. Von wegen emotionaler Distanz.

»In der gestrigen Ausgabe der Revolverzeitung wurde dem Leser das angebliche Mordmotiv präsentiert.«

Tannenberg lachte höhnisch auf. »Ausgerechnet diese Pressegeier kennen angeblich das Tatmotiv, nach dem wir seit einer Woche erfolglos suchen. Weil der liebe Herr Philosophieprofessor sich nicht dazu äußert.«

»Und, was steht da?«, drängte Laura Maldini.

»›Wahnsinn I‹ lautet die Überschrift. Und direkt darunter: ›Professor tötet geliebte Ehefrau nur, um zu wissen, wie man sich dabei fühlt‹.«

»Was?«, fragte Professor Gassenmeier, als ob er den Inhalt des Gesagten nicht verstanden habe. »Soll das etwa heißen, die glauben, Ansgar habe seine Frau allein deshalb ermordet, um seine Gefühle dabei zu erfahren?«

»Genau das behauptet dieser Journalist. Ich habe ihn heute Morgen in der Redaktion aufgesucht und ihn dazu befragt. Er beruft sich auf eine angeblich sehr glaubwürdige Quelle aus dem direkten persönlichen Umfeld Wildbergers, die er natürlich nicht preisgeben will.«

»Das ist doch ausgemachter Blödsinn«, kommentierte

der Klinikleiter und wandte sich kopfschüttelnd an seine Kollegin. »Oder was meinen Sie dazu, Laura?«

»Ist das nicht so ähnlich wie bei dieser Penthesilea?«

Tannenberg runzelte die Stirn. »Bei wem?«, fragte er verständnislos.

Der Psychiater erklärte dem Kriminalbeamten die Zusammenhänge, dann wandte er sich an seine junge Assistentin: »Nein, Laura, Penthesilea hat den geliebten Achilles nicht getötet, um ihre Gefühle dabei zu erkunden, sondern sie hat ein ›vernichtendes Gefühl‹ – wie Heinrich von Kleist es nannte – dazu benutzt, um sich damit zu töten. Dieses Gefühl war quasi die Tatwaffe für ihren Selbstmord.«

»Gefühl als Tatwaffe?«, bemerkte der Leiter des K 1 mit geschürzten Lippen. »Herr Professor, Sie erwarten nicht ernsthaft von mir, dass ich Ihnen gedanklich folgen kann, oder?«

Gassenmeier lachte. »Nein, Herr Hauptkommissar, das ist auch gar nicht nötig. Trösten Sie sich einfach mit der Erkenntnis, dass Sie es hier im Haus ausschließlich mit Verrückten zu tun haben.«

»Danke für den Hinweis«, scherzte Tannenberg.

Mit ernsterer Miene kehrte der Professor zum Ausgangsthema zurück: »Was stand noch in diesem Artikel?«, wollte er wissen.

»Na ja, zum Beispiel die Behauptung, Professor Wildberger sei regelrecht besessen von der Welt der Gefühle. Aber nicht nur im wissenschaftlichen Bereich, wo er angeblich alles untersuchte, was irgendwie damit zusammenhängt – egal, ob bei Menschen oder Tieren. Es …«

»Das ist schließlich auch ein sehr interessantes Forschungsgebiet«, warf Laura dazwischen.

»Mag ja sein«, kommentierte Tannenberg trocken. »Von seinen Forschungen haben wir natürlich schon gewusst, bevor die Presse darüber berichtete. Schließlich haben wir uns bei seinen Mitarbeitern ausführlich über die konkreten Inhalte seiner Arbeit informiert.«

»Haben diese Leute auch Kenntnis von privaten Dingen?«, fragte Laura Maldini.

Tannenberg schüttelte den Kopf. »Nein, über die Privatsphäre ihres Chefs wissen seine Mitarbeiter entweder wirklich nichts oder sie wollten uns keine Auskunft darüber geben. Ich hatte eher den Eindruck, dass Letzteres der Fall war.«

Der Kriminalbeamte machte eine flatternde Geste. »Aber fragen Sie mich bitte nicht, wieso ich diesen Eindruck hatte. Das war mehr so ein Gefühl.«

»Aha, ein Gefühl«, grinste Gassenmeier.

Tannenberg ignorierte den Einwurf. »Das Einzige, was wir in dieser Hinsicht erfuhren, ist, dass dieser Mann anscheinend über ein geradezu unheimliches Charisma verfügt, dem sich kaum jemand aus seinem beruflichen Umfeld entziehen konnte.«

»Das stimmt«, ließ Laura Maldini mit leiser Stimme verlauten. »Der Mann hat wirklich etwas Besonderes – auch wenn er noch kein einziges Wort gesprochen hat.«

Tannenberg registrierte die interessante Bemerkung der Psychiaterin, ging aber nicht darauf ein, sondern knüpfte an seine bisherigen Ausführungen an: »Ansgar Wildbergers Privatleben war angeblich geprägt von einer geradezu manischen Gier nach außergewöhnlichen Selbsterfahrungen. Der Mann muss sich freiwillig in alle möglichen Extremsituationen begeben haben.«

Als der Ermittler die verdutzt dreinblickenden Gesichter der Psychiater registrierte, ergänzte er: »Diesen Hinweis erhielt ich heute Morgen von besagtem Journalisten. Ich weiß ja nicht, ob das alles überhaupt stimmt. Aber wenn es so ist, muss dieser ominöse Informant Wildberger tatsächlich ziemlich nahestehen. Schließlich weiß er einige sehr private Dinge über ihn.«

»Vielleicht einer seiner Mitarbeiter?«, spekulierte Gassenmeier.

»Möglich. Aber natürlich kommt auch jemand aus der Familie oder aus dem engen Freundeskreis in Betracht«, sagte der Leiter der Kaiserslauterer Mordkommission.

Laura brummte skeptisch. »Warum sollte ausgerechnet einer seiner engsten Vertrauten solche Informationen an die Sensationspresse weitergeben?«

»Zum Beispiel, um ihn für die Ermordung seiner Ehefrau zu bestrafen«, gab Tannenberg zurück. Er hob die Brauen und zog das Kinn an den Hals. »Na ja, egal. Jedenfalls weiß dieser Unbekannte über das angebliche Mordmotiv Bescheid.«

»Falls die Spekulation überhaupt zutrifft«, wandte Gassenmeier ein. Er bedachte Tannenberg mit einem spitzbübischen Lächeln. »Vom Gefühl her glaube ich das eher nicht, Herr Kommissar.«

»Wenn Sie da Ihr Gefühl mal nicht täuscht, werter Herr Professor«, bemerkte der Chef-Ermittler schmunzelnd. »Aber Sie haben natürlich recht. Zunächst einmal handelt es sich bei dem vermeintlichen Tatmotiv um eine reine Hypothese – die zudem nicht von uns, sondern von der Sensationspresse ins Spiel gebracht wurde.«

Der altgediente Kriminalbeamte presste die Lippen zusammen und schüttelte den Kopf. »Ein 56 Jahre alter Philosophieprofessor, der süchtig nach Extremsituationen ist. Was es nicht alles gibt.«

»In der menschlichen Verhaltensvarianz gibt es leider nichts, was es nicht gibt, Herr Hauptkommissar«, griff der Psychiatrieleiter abermals die Wortwahl des Besuchers auf.

»Vielleicht ist das ja der neueste Kick in unserer erlebnishungrigen Freizeitgesellschaft«, fuhr er fort. »Es hat auch schon Leute gegeben, die ihren Mörder dadurch von Schuld freizusprechen versuchten, indem sie ihn schriftlich aufforderten, sie auf ihr Verlangen hin zu töten und anschließend ihr Fleisch zu verspeisen.«

Tannenberg grunzte. »Ja, davon habe ich auch schon gehört.«

»Die Gier nach Extremsituationen ist sicherlich ein hochinteressantes psychologisches Phänomen. Übrigens eins, das in der Bevölkerung durchaus weiter verbreitet ist, als man gemeinhin annimmt. Denken Sie nur einmal an die vielen Kamikazefahrer im Straßenverkehr, an Elitesoldaten, Extremsportler, Achterbahnfahrer, Bungee-Jumper, Feuerwehrleute ...«

»Polizisten«, ergänzte Laura mit einem süffisanten Lächeln.

»Richtig«, stimmte Professor Gassenmeier zu.

Wolfram Tannenberg verkniff sich einen angemessenen Kommentar, denn er wollte dieses Gespräch nicht weiter mit Belanglosigkeiten in die Länge ziehen. Schließlich hatte er den weiten Weg hierher auf die Sickinger Höhe nicht auf sich genommen, um seine Zeit noch länger mit nebensächlichem Geplauder zu vergeuden.

Deshalb lenkte er den Dialog zurück in konstruktivere Bahnen. »Wollen Sie denn nicht wissen, was in dem dritten Artikel steht, der heute Morgen erschienen ist?«, fragte er. Ohne eine Antwort abzuwarten, legte er nach: »Titelzeile: ›Wahnsinn II‹. Untertitel: ›Professor: »Ich bin nicht verantwortlich für diesen Mord!«‹«

»Was ist denn das schon wieder für ein Quatsch? Das hört sich ja an, als ob dieser Satz ein wörtliches Zitat von ihm sei«, zischte der Klinikleiter empört.

»Ja, die haben tatsächlich den Satz in Anführungszeichen gesetzt, als zitierten sie ihn wörtlich«, sagte Tannenberg.

»Das ist ja der Hammer!«, echauffierte sich Gassenmeier weiter. »Ansgar Wildberger hat bei uns keinen einzigen Ton gesagt, schon gar nicht zu einem Journalisten. Dafür verbürge ich mich. Er steht hier rund um die Uhr unter strenger Bewachung. Er kann noch nicht einmal pupsen, ohne dass wir es mitbekommen.«

»Auch bei uns auf der Dienststelle hat Wildberger eisern geschwiegen. Das hat sich der Zeitungsfritze garantiert alles nur aus den Fingern gesogen«, entgegnete Tannenberg.

Anschließend informierte er die beiden Psychiater über den Artikelinhalt, wie er ihn in Erinnerung hatte. Professor Gassenmeier brummte eine Weile nachdenklich, bevor er antwortete: »Auch wenn es Sie vielleicht schockieren mag, Herr Hauptkommissar, aber dieser Journalist hat durchaus recht, mit dem, was er schreibt.«

Wolfram Tannenberg starrte den Klinikleiter fassungslos an. »Mit diesem Quatsch?«, zischte er.

Der Chef-Psychiater nickte. »Ja, der Mann ist auf dem neuesten wissenschaftlichen Stand«, verkündete er.

»Das will und kann ich einfach nicht glauben.«

»Dem ist aber so«, erwiderte das Einstein-Double. »Die neuesten Ergebnisse der Hirnforschung stellen unsere bisherigen Vorstellungen von der menschlichen Entscheidungsfreiheit völlig auf den Kopf. Und sie stellen die Verantwortlichkeit eines Menschen für seine Taten infrage – auch die eines Mörders.«

Für ein paar Sekunden breitete sich eine geradezu gespenstische Stille in Gassenmeiers Arbeitszimmer aus. Einzig das Ticken einer Wanduhr war zu hören.

»Das ist ja der absolute Wahnsinn!«, brach Tannenberg als Erster das beklemmende Schweigen. »Dann liegt nach Ihrer Meinung dieser windige Journalist mit seinem Geschmiere also richtig?«

»Durchaus, Herr Hauptkommissar. Aber Sie sollten die Sache nicht allzu ernst nehmen«, versuchte Gassenmeier ihn zu beruhigen. »Es handelt sich dabei nach wie vor um nichts anderes als wissenschaftliche Spekulationen, die allerdings in der Scientific Community einen sehr interessanten interdisziplinären Diskurs ausgelöst haben.«

Der Professor lächelte. »Selbstverständlich bleibt unser Rechtssystem davon unberührt. Solch einen folgenschweren Paradigmenwechsel kann sich unsere zivilisierte Gesellschaft weder ernsthaft wünschen noch leisten. Das wäre ja wohl ein Rückfall in barbarische Urzeiten. Nein, nein, keine Sorgen, mein Lieber. Jagen Sie weiter Ihre Mörder, damit man sie vor Gericht bringen und verurteilen kann.«

Erleichtert blies Wolfram Tannenberg die Backen auf und ließ den Atem stoßweise entweichen.

»Gott sei Dank, Herr Professor, dass ich meinen Arbeitsplatz behalte und weiter Gewaltverbrecher jagen darf. Das werden wir auch tun, darauf können Sie sich verlassen, egal, was irgendwelche Hirnforscher entdeckt zu haben glauben. Genauso wie wir diesen Verrückten einbuchten werden, der vor ein paar Stunden seine Mutter umgebracht hat – weil er wissen wollte, wie er sich dabei fühlt.«

»Was?«, schoss es aus Lauras Mund heraus.

»Ja, Frau Dr. Maldini, wir haben einen Nachahmungstäter verhaftet, der nach eigenen Angaben heute Morgen diesen bescheuerten Artikel gelesen hat. ›Dieser Artikel hat mich zu dem Mord inspiriert‹, sagte er. Genau das waren seine Worte!«

»Um Himmels willen«, rief Professor Gassenmeier aus, dem der Schock über diese Information deutlich ins Gesicht geschrieben stand.

»Außerdem faselte er andauernd davon, dass er überhaupt keine Schuld daran trage, weil er angeblich gar nicht anders konnte, als so zu handeln. Sein Gehirn habe es entschieden, ohne ihn zu fragen. Ich werde noch irre!«

Tannenberg hielt einen Moment inne und blickte kopfschüttelnd zur Decke. »Aber es ist ja schließlich auch kein Wunder, dass solch eine Dumpfbacke durchdreht«, fuhr er mit bebender Stimme fort. »Wenn ein Professor seine angeblich über alles geliebte Frau umbringt und in der Presse gleich eine wissenschaftliche Begründung dafür geliefert wird, dass er eigentlich gar nicht für das verantwortlich ist, was er getan hat – dann braucht man sich über Nachahmer wirklich nicht mehr zu wundern.«

Der Kommissariatsleiter klatschte sich mit der flachen Hand ein paarmal an die Stirn. Anschließend sprang er wie von einer Tarantel gestochen in die Höhe und stützte die Arme direkt vor dem Psychiater auf den Schreibtisch. »Es gibt nur eine Möglichkeit, wie wir noch Schlimmeres verhindern können«, behauptete er.

»Und die wäre?«, fragte Gassenmeier, der seinen kurzzeitigen Schock inzwischen überwunden hatte.

Tannenberg richtete sich auf und verschränkte die Arme vor dem Oberkörper. »Deswegen bin ich gleich nach der Vernehmung dieses Irren zu Ihnen gefahren«, sagte er. »Wir müssen unbedingt versuchen, Wildberger davon zu überzeugen, dass er ein Statement abgibt, in dem er die ganze Sache grundlegend anders darstellt. Sonst haben wir bald noch mehr von diesen Idioten, die durchdrehen und reihenweise ihre nächsten Familienangehörigen umbringen.«

»Ich verstehe«, bemerkte Laura Maldini, »Sie möchten Ansgar überreden, der Öffentlichkeit ein anderes Tatmotiv zu präsentieren.«

Wolfram Tannenberg drehte sich zu ihr um. »Genau, Frau Dr. Maldini. Und zwar ein wirklich glaubwürdiges, zum Beispiel ›Eifersucht‹. Am besten in Form eines Zeitungsinterviews, das man hier bei Ihnen durchführen könnte. Wir müssten uns allerdings damit beeilen, denn die Zeit drängt. Wer von uns kann schon vorausahnen, was dieser Journalist noch so alles aus seinem Hut zaubert.«

»Na, ich weiß nicht, ob das eine so gute Idee ist. Schließlich müsste Professor Wildberger damit einverstanden sein«, wandte Gassenmeier ein. »Außerdem müsste er sein Schweigen beenden. Und ob er das tut …« Er zuckte ratlos mit den Schultern und bedachte seine junge Mitarbeiterin mit einem fragenden Blick. »Laura, Sie waren doch einige Male bei unserem Patienten. Welche nonverbalen Signale sendet er aus?«

»Tja, Herr Professor, es ist sehr merkwürdig«, antwortete Laura. »Ich bin noch nie einem Menschen begegnet, der sich so cool und abgebrüht verhalten hat. Da ist absolut nichts, was sich interpretieren ließe. Mimik und Gestik lassen keinerlei Rückschlüsse auf sein psychisches Befinden zu.

Egal, was ich zu ihm gesagt habe – kein Ansatz eines Hinweises darauf, wie es in ihm aussieht. Er ist wie ein Eisblock. Wenn Ansgar mir stoisch gegenübersaß, habe ich mich manchmal gefragt, ob er nicht alles durchschaut und mit mir spielt. Ich muss ehrlich eingestehen, dass ich nicht weiß, ob wir diese Nuss jemals knacken können.«

»Ich weiß ja auch nicht, was wir tun sollen«, meinte Hauptkommissar Tannenberg frustriert. »Aber ich hege die vage Hoffnung, dass ihn dieser Nachahmermord zur

Besinnung bringt und er uns endlich erzählt, was an diesem Morgen passiert ist. Es gibt da nämlich ein paar Ungereimtheiten.«

»Wieso?«, fragte Laura.

»Na ja, die bittere Ermittlungsrealität sieht leider so aus, dass wir abgesehen von ein paar Indizien nichts Greifbares gegen ihn in der Hand haben. Bislang konnten wir weder Tatzeugen ermitteln noch hat er ein Geständnis abgelegt. Wenn er weiter bei seiner Strategie bleibt und strikt den Mund hält, befürchte ich, dass ein cleverer Anwalt bei einem Gerichtsverfahren einiges für seinen Mandanten herausholen könnte, vielleicht sogar einen Freispruch.«

»Einen Freispruch?«, fragte Laura verdutzt.

Tannenberg schob die Unterlippe vor und nickte. »Ja, dieser Richterspruch ist durchaus drin. Sie glauben ja gar nicht, zu welchen abstrusen Urteilen manche Richter gelangen.« Er seufzte. »Recht haben und Recht bekommen sind vor deutschen Strafgerichten leider zwei Paar Schuhe.«

»Seine Strategie?«, kam Laura auf eine Aussage Tannenbergs zurück. »Sie sind also der Meinung, dass uns Ansgar Wildberger den traumatischen Schockzustand nur vorspielt und eiskalt sein Schweigen als Mittel einsetzt, um möglicherweise ungeschoren eine Mordanklage zu überstehen?«

»Warum denn nicht, Frau Dr. Maldini? Können Sie das etwa völlig ausschließen?«, entgegnete der Ermittler.

»Nein, das können wir natürlich nicht«, klinkte sich der Psychiatrieleiter in den Dialog ein.

»Schön, dass Sie das auch so sehen, Herr Professor«, entgegnete Tannenberg. Dann wandte er sich wieder an Laura. »Genauso wenig können wir zum gegenwärtigen Zeitpunkt ausschließen, dass Helga Wildberger sich selbst getötet hat.«

»Wie? Das wird ja immer nebulöser«, bemerkte Gassenmeier.

»Das ist zwar sicherlich nicht die häufigste und schon gar nicht die angenehmste – in Anführungsstrichen natürlich! – Form der Selbsttötung, aber sie ist immerhin möglich. Wir haben es gestern an einer Puppe ausprobiert. Es funktioniert! In der jüngeren Kriminalgeschichte gibt es tatsächlich einige Fälle, bei denen sich jemand mit einem Messerstich ins Herz selbst getötet hat.«

»Davon habe ich auch schon gehört«, stimmte das Einstein-Double zu.

»Und die von der Kriminaltechnik auf dem Küchenmesser sichergestellten Fingerabdrücke Wildbergers«, fuhr Tannenberg fort, »könnten ganz einfach daher stammen, dass er in reflexartig in Panik das Messer herausziehen wollte und es deshalb fest angefasst hat.

Vielleicht hat Wildberger das sogar mehrmals hintereinander getan, weil er unschlüssig war, ob er es tun sollte oder nicht. Am Ende zog er es dann doch nicht heraus. Jedenfalls könnten dadurch die Fingerspuren seiner Frau vollständig vernichtet worden sein.«

»Das alles sind doch nur wilde Spekulationen, total an den Haaren herbeigezogen«, wandte Laura energisch ein. »Welches Motiv sollte die Frau gehabt haben, sich selbst zu töten? Ich dachte, die Befragungen haben ergeben, dass Ansgar die Ermordete sehr geliebt hat und die Ehe intakt war.«

»Ja, das stimmt zwar«, pflichtete ihr der Kriminalbeamte bei. »Aber, was meinen Sie wohl, wie oft wir schon hinter einer vermeintlich glücklichen Fassade ein wahres Sodom und Gomorra entdeckt haben.«

Laura Maldini legte die Stirn in Falten und fuhr fort, ohne auf diese Bemerkung einzugehen: »Am Ende behaupten Sie auch noch, dass sie ihrem Mann auf diese Weise einen Mord unterschieben wollte, den er gar nicht begangen hat. Damit er hinter Gitter kommt.«

»Das könnte man durchaus so sehen, Frau Dr. Maldini.«

Laura verzog den Mund zu einem schiefen Grinsen. »Mein lieber Herr Hauptkommissar, ist das nicht ein bisschen arg weit hergeholt?«

Tannenberg taxierte die attraktive Psychiaterin aus den Augenwinkeln heraus. »Dass Sie mich nicht falsch verstehen, Frau Dr. Maldini, ich will Sie nicht von irgendetwas überzeugen. Ich will nur andeuten, welche Argumente sein Verteidiger in die Waagschale Justitias werfen wird. Und das wird er mit Sicherheit tun. Außerdem wird er genüsslich darauf hinweisen, dass wir kaum Stichhaltiges gegen seinen Mandanten in der Hand halten, solange dieser den Mord nicht gesteht. Ich glaube übrigens nicht, dass er das tun wird. Meines Erachten liegt ein Freispruch mangels Beweisen tatsächlich im Bereich des Möglichen.«

Der Leiter des K 1 richtete einen besorgten Blick über Gassenmeiers Kopf hinweg auf das Albert-Einstein-Poster. »Die Anklage würde bei einem reinen Indizienprozess auf tönernen Füßen stehen. Wie solch ein Verfahren ausgehen wird, ist unkalkulierbar. Da kann man von vornherein nichts ausschließen. Zumal es darüber hinaus auch noch die mögliche – ich betone abermals: mögliche! – Täterschaft eines unbekannten Dritten gibt.«

»Das auch noch?«, fragte Professor Gassenmeier mit gequälter Miene.

»Ja, leider. Denn die ebenerdig zum Garten hinausführende Terrassentür war, wie wir definitiv wissen, sperrangelweit geöffnet.«

»Mitten im Winter?«, gab Laura zu bedenken. »Das ist schon merkwürdig.«

»Na ja, vielleicht wollte einer der beiden Eheleute kurz die Küche durchlüften«, bemerkte der Klinikchef mit ruhiger Stimme.

»Oder Wildberger wollte durch die Tür flüchten, hat sich dann aber anders entschieden«, meinte Tannenberg.

»Es existiert noch eine andere Möglichkeit, Herr Hauptkommissar«, bemerkte die junge Psychologin.

»Und welche?«

»Na die, dass entweder Ansgar oder seine Frau selbst dem Mörder die Tür öffnete.«

Während Tannenberg antwortete, schaute er Laura tief in ihre dunklen Augen. »Sicher, Frau Dr. Maldini, zurzeit haben wir es leider noch mit einer Menge Hypothesen zu tun und können kaum etwas Handfestes vorweisen.«

Er wartete eine Reaktion der beiden Psychiater ab, als diese aber ausblieb, schob er ein weiteres, ernüchterndes Ermittlungsergebnis nach: »Aus dem gerichtsmedizinischen Befund geht eindeutig hervor, dass der Tatzeitpunkt ziemlich exakt eine halbe Stunde vor dem Eintreffen des gemeinsamen Sohnes Jonas liegt. Und da, wie gesagt, die Balkontür offen stand, hätte theoretisch jeder über die Terrassentür ins Haus eindringen können, die Frau ermorden und anschließend das Haus wieder unerkannt verlassen. Klar, oder?«

Die beiden Psychiater nickten.

»Wenn der alte Wildberger die Tat begangen hat, wovon ich persönlich ausgehe, weiß keiner außer ihm selbst, was sich in der Küche tatsächlich abgespielt hat. Falls er aber nicht der Täter ist, besteht die Möglichkeit, dass er bei dem Mord anwesend war und …«

»… und den wahren Täter gesehen hat«, vollendete Laura.

»Richtig. Aber warum schweigt er dann so eisern?«, stellte Tannenberg in den Raum.

»Vielleicht weil er den Täter decken will?«, spekulierte Gassenmeier.

»Könnte nicht auch sein Sohn …?«, fragte Laura, ließ den Rest aber unausgesprochen.

»Nichts ist unmöglich, Frau Dr. Maldini. Obwohl mir diese Variante ehrlich gesagt eher abwegig erscheint«, bemerkte der Leiter der Kaiserslauterer Mordkommission.

»Darüber hinaus existiert noch eine weitere Möglichkeit«, legte Tannenberg nach. »Der alte Wildberger könnte natürlich auch erst später in die Küche gekommen sein, als seine Frau bereits tot war.«

Der Chef-Ermittler stöhnte leidend auf. »Um es auf den Punkt zu bringen: Wir haben Fragen über Fragen, auf die sehr wahrscheinlich nur ihr schweigsamer Patient die Antworten kennt.«

Der Klinikleiter fuhr mit den Fingern durch seine dichten grauen Haare und strich sich anschließend mit einer flüchtigen Bewegung über den buschigen Schnauzbart. »Nun gut, Herr Hauptkommissar, ich denke, dass wir angesichts der vielen ungeklärten Fragen jetzt unserem stummen Patienten einen überraschenden Besuch abstatten sollten. Vielleicht haben wir ja Glück und er plappert plötzlich munter drauflos.«

Gassenmeier schälte sich aus seinem Ledersessel und schritt zur Tür. Laura Maldini und Tannenberg folgten ihm in gemessenem Abstand.

Auf dem Weg zu Ansgar Wildberger fasste der Kriminalbeamte einen folgenschweren Entschluss. Ohne seine Begleiter darauf vorzubereiten, konfrontierte er, gleich nachdem er das Krankenzimmer betreten hatte, den schweigsamen Patienten schonungslos mit dem Mord des Nachahmungstäters.

Wie auf Knopfdruck verwandelte sich das eingefrorene

Gesicht des Philosophieprofessors in eine schmerzverzerrte Grimasse. Schwer atmend griff er sich an die linke Brust und sackte ächzend auf seinem Stuhl zusammen. Tannenberg alarmierte sofort einen Arzt. Mit akuten Herz-Kreislauf-Problemen wurde Ansgar Wildberger in die notfallmedizinische Abteilung der Klinik verlegt.

15

Jonas Wildberger öffnete quietschend das Türchen zum Garten seiner Eltern. Kopfschüttelnd schweifte sein Blick über den vor seinem Elternhaus verstreuten Unrat. Natürlich erinnerte er sich daran, dass er dieses Chaos angerichtet hatte, schließlich hatte er hier vor ein paar Tagen wie ein Berserker gewütet. Aber bis eben war er der Überzeugung gewesen, alles, was er während seines Amoklaufs in den Garten geworfen hatte, in den Container verfrachtet zu haben.

Ursprünglich war er nur hierher zurückgekehrt, um den Computer seines Vaters zu inspizieren. Als er jedoch die Überreste seines blindwütigen Aktionismus sah, schämte er sich zutiefst. Zuerst suchte er den Container, doch der war inzwischen abgeholt worden. Dann eilte er hinüber zu einem unverschlossenen Geräteschuppen, schnappte sich mehrere Abfalltüten und sammelte hastig den Unrat ein.

Nachdem er die Müllsäcke im Schuppen verstaut hatte, betrat er sein Elternhaus. Er stieg die Treppe hinauf zum Arbeitszimmer seines Vaters, dem er nun binnen weniger Tage bereits den zweiten Besuch abstattete.

In dem nahezu quadratischen Raum sah es aus, als ob eine Horde Vandalen darin gehaust hätte. Peinlich berührt stapfte Jonas Wildberger über die Bücher- und Aktenberge hinweg. Dann stellte er den auf dem Boden liegenden Bürosessel wieder auf und schob ihn an seinen angestammten Platz.

Gott sei Dank habe ich bei diesem Amoklauf wenigstens seinen PC verschont, dachte Jonas erleichtert, während der Computer hochfuhr.

»Mist, Mist, Mist – schon wieder ein Passwort!«, schimpfte er.

In diesem Moment hatte er eine Eingebung. Er hämmerte auf die Tastatur.

»Wow!«, stieß er freudig aus.

Schon sein erster Versuch hatte voll ins Schwarze getroffen, denn Ansgar Wildberger benutzte doch tatsächlich für seinen Privatcomputer und den im Institut dasselbe Passwort.

Das hellblau unterlegte Monitorbild war nahezu vollständig von kleinen, ockerfarbenen Ordner-Symbolen übersät. Jonas wusste im ersten Moment überhaupt nicht, wo er anfangen sollte.

Mit einem doppelten Mausklick öffnete er aufs Geratewohl hin einen Ordner, der die Bezeichnung »Empirie« trug. Nach einem weiteren Doppelklick auf eine mit »Domina-Projekt: E« beschriftete Textdatei erschienen seitenlange Interviewtranskripte.

Er sprang zum Ende des Interviews. Dort entdeckte er eine Legende, nach der die Abkürzung »E« für »Evelyn« und »AW« für »Ansgar Wildberger« stand. Bei Evelyn handelte es sich anscheinend um eine 35 Jahre alte Berufsprostituierte, die seit acht Jahren als Domina arbeitete.

In diesem Anhang fand sich auch eine detaillierte Auflistung der verschiedenen von Evelyn praktizierten Sado-Maso-Techniken. Jonas scrollte zurück an den Anfang und überflog Teile des Textes. Seinem Eindruck nach interessierten den Interviewer vorwiegend die Schmerzempfindungen, Sinneswahrnehmungen, Gedanken und Gefühle der Domina-Kundschaft vor, während und nach Beendigung der diversen Prozeduren.

Dann hat er diese Dominas tatsächlich aus rein wissenschaftlichen Beweggründen aufgesucht, dachte Jonas. So ein verrückter Kerl. Doch urplötzlich machte sich Ernüchterung in ihm breit, sein Lächeln erlosch. Na ja, wer weiß, ob da nicht trotzdem einiges gelaufen ist mit diesen Nutten.

Angewidert schloss Jonas die Datei und öffnete eine andere. Sie trug den Namen »Schizophrenie-Studie«. Darin ging es, dem Anschein nach zu urteilen, um ein Forschungsprojekt, das Wildbergers Institut gemeinsam mit der Landespsychiatrie durchgeführt hat.

Wieder handelte es sich dabei um die wissenschaftliche Erforschung der Wahrnehmungen und Empfindungen von Menschen in Extremsituationen; diesmal allerdings waren die Forschungsobjekte keine grenzerfahrungsgierigen Freier, sondern psychiatrische Patienten, die an einer Persönlichkeitsspaltung litten.

In einem einführenden Artikel begründeten dic Projektleiter Ansgar Wildberger und Heinrich Gassenmeier die interdisziplinäre Bedeutung der von ihnen ins Leben gerufenen Studie:

Im Phänomen der Schizophrenie überschneiden sich philosophisches und psychiatrisches Erkenntnisinteresse. Wie allgemein bekannt, leben von dieser Krankheit betroffene Patienten in einer anderen, sehr subjektiven Welt: Sie hören Stimmen, welche die eigenen Handlungen kommentieren, die jedoch objektiv überhaupt nicht vorhanden sind.

Sie haben Halluzinationen, die das Riechen, das Sehen, aber auch alle andere Sinne betreffen. Diese vermeintlichen Sinneswahrnehmungen sind zwar ebenfalls nicht nachprüfbar, werden jedoch von diesen Menschen als ausgesprochen real empfunden.

Schizophrenie-Patienten schwanken permanent zwischen emotionalen Extremen: Völlig übersteigerte Erregung kann von der einen zur anderen Sekunde in das absolute Gegenteil umschlagen. Und zwar in einen Zustand, in dem die Verbindungen zur Umwelt vollständig gekappt sind. In diesem Extremzustand reagieren diese Menschen selbst auf Schmerzreize nicht mehr.

»Irre«, murmelte Jonas.

Der nächste Ordner, dem er sich zuwandte, war mit der Bezeichnung »Erfahrungskataster« gekennzeichnet. Mit diesem Begriff konnte Jonas zunächst nichts anfangen, denn das Wort »Kataster« war ihm lediglich im Zusammenhang mit Immobilien geläufig.

Jonas koppelte sich in der nächsten halben Stunde vollständig von der Außenwelt ab. Er war derart intensiv in die sehr persönlich gehaltenen Texte seines Vaters eingetaucht, dass er wahrscheinlich noch nicht einmal bemerkt hätte, wenn jemand den Raum betreten hätte.

Aus den angegebenen Jahreszahlen schlussfolgerte Jonas, dass Ansgar Wildberger etwa im Alter von 16 Jahren damit begonnen hatte, alle möglichen Erlebnisse, Gedanken, Gefühle et cetera in Tagebuchform festzuhalten.

Er fand darin die ergreifende, romantische Schilderung der ersten unglücklichen Liebe seines Vaters. Er las Passagen, in denen Ansgar über die Sorgen und Nöte eines jungen Menschen berichtete, der sich selbst recht früh als Außenseiter wahrnahm, obwohl er den eigenen Angaben zufolge von einem großen Freundeskreis umgeben war.

Jonas' Augen weiteten sich bei einer detaillierten Auflistung junger Damen, mit denen sein Vater anscheinend während seiner Schul- und Studienjahre eine gewisse Zeit lang liiert gewesen war – inklusive aller möglichen amourösen Einzelheiten.

Einige der geschilderten Erlebnisse waren ihm aus Erzählungen seines Vaters bereits im Wesentlichen bekannt: An die euphorischen Berichte über dessen Meditationserfahrungen, die er während eines Japanurlaubs mit Wolfgang Doster in einem Shaolinkloster gemacht hatte, erinnerte er sich recht gut. Ebenso an die ausführlichen Schilderungen von Hochgebirgstouren, Bungeesprüngen und anderen Extremerfahrungen.

Aber er entdeckte auch Dinge, die ihn so sehr verwunderten, dass er ihnen keinen rechten Glauben zu schenken vermochte. So berichtete sein Vater unter anderem etwa davon, dass er, wenn er sich dienstlich in anderen Städten aufgehalten habe, des Öfteren wildfremde Leute beschimpft und bedroht hatte – nur um seine eigenen Gefühle dabei zu beobachten und analysieren.

Einige Male war er dabei angeblich in lebensbedrohliche Situationen geraten. Ansgar Wildberger hatte seine Ängste, aber auch seine Erregungszustände anschließend jeweils in einer sechsstufigen Skala eingeordnet. Diese selbst herbeigeführten, nicht ungefährlichen Situationen nannte er »Thrills«.

Dazu gehörten auch einige durchaus als kriminell zu bezeichnende Aktivitäten, wie zum Beispiel das Abbrechen von Mercedessternen oder das Zerkratzen von Luxusautos. Solchen Exzessen folgten stets entsprechende Einträge in die sich wie ein roter Faden durch die Dateien ziehenden emotionalen Ratingskalen.

Anscheinend hatte Ansgar Wildberger während seiner wilden Studentenjahre einer weiteren, ebenfalls sehr ungewöhnlichen Manie gefrönt. Staunend entdeckte Jonas eine Tabelle, in der sein Vater die von ihm in Gaststätten erbeuteten Reliquien – so seine eigenen Worte – akribisch aufgelistet hatte. Es handelte sich dabei um WC-Schilder, die er seinen Angaben zufolge regelmäßig von Toilettentüren abmontiert hatte.

Die Gier nach außergewöhnlichen Selbsterfahrungen hatte Ansgar Wildberger offenbar auch irgendwann in Kontakt zu Drogen gebracht. Wenn man seinen Aufzeichnungen Glauben schenken durfte, beschränkten sich diese Aktivitäten allerdings auf wenige Anlässe, bei denen er ausschließlich sogenannte »weiche Drogen« konsumiert hatte.

Einem anderen »Thrill«-Bereich schien er sich jahrzehntelang ebenso leidenschaftlich wie erfolgreich gewidmet zu haben: einem Spiel, das man wohl treffender als »Zocken« bezeichnet hätte. Passend zu seiner Sucht nach Grenzerfahrungen betätigte er sich an der Börse in hochriskanten Anlageformen, die er mit dem Etikett »No risk – No fun« versah.

Darüber hinaus war Ansgar Wildberger nach eigener Darstellung nicht selten Gast in Spielcasinos oder privaten Spielclubs. Auch darüber hatte er pedantisch Buch geführt: Gewinne, Verluste – selbstverständlich kommentiert mit seinen jeweiligen emotionalen Befindlichkeiten.

Jonas benötigte dringend eine Pause. Er rieb sich die Augen, gähnte ausgiebig. Anschließend trottete er zum Fenster, öffnete es und sog in gierigen Zügen die eiskalte Luft in seinen überhitzten Körper. Er tat dies so hastig, dass er husten musste. Als er hinunter in den Garten blickte, wurde er von einem Déjà-vu-Erlebnis heimgesucht.

Es war an einem heißen Sommertag gewesen, in dem Jahr, als Jonas die Mittelstufe des humanistischen Gymnasiums abgeschlossen hatte. Während des gemeinsamen Frühstücks mit seinen Eltern verkündete sein Vater, dass er einen Gartenteich anlegen wolle. Und zwar sofort. Kauend erhob er sich, schnappte sich im Keller eine Schaufel und begann, das Erdreich auszuheben. Jonas ging nach dem Frühstück hinauf in sein Zimmer, da er ein Buch fertiglesen wollte.

Doch die Geräusche, die durch das geöffnete Fenster zu ihm empordrangen, waren derart markant, dass er sein Buch zur Seite legte und sich neugierig ans Fenster stellte. Gebannt beobachtete er seinen Vater, wie dieser mit hochrotem Kopf immer und immer wieder die Schaufel in den Rasen hineinrammte und anschließend Erde und Grasbüschel mit Schwung in den Schubkarren warf.

Jedes Mal, wenn der Schubkarren maximal beladen war, schob er ihn mit kleinen, trippelnden Schritten zur Grundstücksgrenze, kippte ihn aus und rannte zurück. Während er sich wie ein Galeerensträfling bis zur völligen körperlichen Erschöpfung abrackerte, schnaubte, ächzte, fluchte, stöhnte er so laut, dass einige Nachbarn verwundert am Zaun beziehungsweise an den Fenstern ihrer Häuser erschienen.

Noch vor dem Mittagessen war er mit seiner Berserkerarbeit fertig. Er holte sich zwei Flaschen Bier aus dem Kühlschrank, ließ sich auf der Treppe nieder und leerte sie mit zitternden Händen in einem wahren Sturztrunk. Jonas war damals zu ihm gegangen und hatte sich neben ihn gesetzt.

Selbst jetzt, nach mehr als zehn Jahren, roch Jonas die Alkoholfahne, die ihm damals aus dem Mund seines Vaters entgegengeweht war, als dieser zu ihm gesagt hatte: »Mein Junge, das sind die Augenblicke, in denen sich ein Mensch am wohlsten und zufriedensten fühlt. Merk dir das für später: Solche intensiven Glücksgefühle erlebt man nur, wenn man bereit ist, an die Grenzen seiner Belastbarkeit zu gehen. Manchmal muss man sie sogar überwinden, um diesen unglaublichen Kick zu spüren.«

Kopfschüttelnd schlurfte Jonas zurück zum Schreibtisch seines Vaters. Er dachte daran, dass er ihn noch mehrmals in dieser Verfassung erlebt hatte, zum Beispiel, wenn er nach stundenlangen Mountainbiketouren körperlich völlig verausgabt auf der Terrasse saß, Bier trank und schweigend in die Leere starrte.

Er erinnerte sich auch daran, dass er irgendwann einmal versucht hatte, gemeinsam mit seinem Vater Sport zu treiben. Aber gleich der erste Versuch war an Ansgars Verbissenheit und seiner Rücksichtslosigkeit gegenüber seinem untrainierten Sohn gescheitert.

In Windeseile rechnete Jonas zurück, wann der Gartenteich gebaut worden war, und öffnete die mit der entsprechenden Jahreszahl versehene Datei. Er entdeckte tatsächlich einen am 12. August geschriebenen Eintrag:

Was für ein symbolträchtiges Bild: Jonas steht mit ausdruckslosem Gesicht oben am Fenster und staunt Bauklötze. Er hat absolut nichts verstanden von der tieferen Bedeutung dessen, was ich getan habe – habe tun müssen! Nichts, aber auch gar nichts hat er verstanden.

Er hat nicht das geringste Gespür für die existenzielle Dramatik, die in vielen unserer Alltagshandlungen verborgen liegt. Obwohl er doch eigentlich längst im richtigen Alter dafür ist, um sich mit philosophischen Fragen zu beschäftigen. So wie Wolfgang und ich. Wir haben uns schon als 15-Jährige die Köpfe über die Probleme des modernen Menschen in einer unwirklichen, feindlichen Welt heißgeredet.

Aber in Jonas brennt kein Feuer, da glimmt noch nicht einmal der Funken eines Furors, der in ihm wütet, der ihn verängstigt, der sein Denken so stark infiziert, dass er fortan nicht mehr ruhig schlafen kann. Da ist nichts, rein gar nichts! Sein Kopf steckt in einer Taucherglocke. Was soll ich nur mit ihm machen? Wie kann man einen Jugendlichen für die wichtigsten Themen der menschlichen Existenz interessieren, wenn er selbst keine existenzielle Betroffenheit verspürt?

Ach, Jonas, du hast leider überhaupt nichts von meiner Sensibilität geerbt!

(Siehe auch die Jonas-Datei im »Sensitive-Ordner«.)

Auf diesen überraschenden Querverweis reagierte Jonas heftig. Sein Pulsschlag schnellte in die Höhe und er zitterte vor Erregung.

Die ersten Aufzeichnungen bezogen sich auf den Zeitraum vor Jonas' Geburt. Die ungeplante Schwangerschaft seiner Frau hatte Ansgar Wildberger dazu inspiriert, sich intensiv mit der Frage vorgeburtlicher Wahrnehmungsprozesse zu beschäftigen. Ein Satz darin lautete:

Was gäbe ich dafür, wenn ich mich in den Mutterleib hineinbeamen und erfahren könnte, was dieser Fötus hört, schmeckt, fühlt …

Ziemlich bald war Ansgar Wildberger zur Auffassung gelangt, dass es aufgrund der naturgegebenen, äußerst schwierigen Erhebungsbedingungen nur wenig Sinn ergab, sich mit dem ungeborenen Leben zu beschäftigen. Wissenschaftlich weitaus interessanter erschien ihm die Erforschung des Säuglingsalters. Deshalb sah er der Geburt seines Kindes mit großer Vorfreude entgegen.

Jonas las die in poetischem Stil verfasste, ergreifende Schilderung seiner eigenen Geburt. Kinn- und Mundpartie zuckten dabei, Tränen schossen ihm in die Augen und verklärten seinen Blick.

Das hätte ich ihm niemals zugetraut, so kalt und reserviert, wie er sich mir gegenüber oft verhielt. Wie man sich doch in einem Menschen täuschen kann, sagte Jonas zu sich selbst, während er mit zusammengekniffenen Lippen den Kopf schüttelte und dabei aus dem Fenster blickte.

Den lautstarken Zwist einiger Elstern, die ein paar Meter von ihm entfernt im winterkahlen Geäst eines alten Zwetschgenbaums ein Höllenspektakel veranstalteten, registrierte er lediglich als Hintergrundgeräusch. Seine Wahrnehmung war weitgehend von der Umwelt abgekoppelt und konzentrierte sich auf die Aufnahme und Verarbeitung des gelesenen Textes.

Jonas las die nächsten Seiten quer. Sie trugen die Überschrift »Die Mär vom dummen ersten Vierteljahr«. Ansgar Wildberger versuchte darin, das nach seiner Meinung weit verbreitete Vorurteil zu widerlegen, Säuglinge zeigten in den ersten drei Monaten ihres Lebens lediglich angeborene Reflexe. Nach einer ausführlichen Analyse neuerer Forschungsergebnisse und anhand eigener Untersuchungen kam er in einem Resümee zu folgendem Schluss:

Das immer noch vorherrschende Bild eines »passiven Säuglings« bedarf dringend einer umfassenden Revision. Die Wahrnehmungsfähigkeit eines Säuglings ist weitaus differenzierter, als man bisher annahm. So ist bereits bei Neugeborenen die Geschmackswahrnehmung in wesentlichen Zügen vorhanden, sie können hören, Gerüche und Farben unterscheiden und verfügen über die Fähigkeit zu erkennen, dass ein Objekt dieselbe Größe besitzt, unabhängig davon, in welcher Entfernung es sich befindet …

Woher wollen die denn so etwas wissen?, fragte sich Jonas mit gerunzelter Stirn.

Da ihn der mit Fachbegriffen gespickte Text ermüdete, klinkte er sich an dieser Stelle aus. Er kniff seine brennenden Augen zusammen, rieb sie und gähnte ein paarmal wie ein Raubtier.

Dann lenkte er seinen Blick zurück auf den Monitor. Er nahm die Maus, scrollte nach unten.

Fallbeispiel: Kaffeetisch – Jonas/04

Jonas ist jetzt vier Monate alt, fast auf den Tag genau. Es ist Sonntag. Meine Eltern besuchen uns zur Kaffeezeit. Jonas sitzt auf dem Schoß seiner Großmutter. Wir beide, also Helga und ich, sitzen ihm gegenüber auf der anderen Seite des Tisches. Unruhig springen seine Blicke von seiner Mutter zu seinem Vater und zurück.

Was geht jetzt wohl in seinem kleinen Köpfchen vor? Was nimmt er wahr, was fühlt er, was denkt er? Hat er vielleicht Angst, weil wir zwei Meter von ihm entfernt sind und ihn keiner von uns beiden auf dem Schoß hat? Registriert er die Hände seiner Großeltern, den anderen Geruch, die andere Stimme? Natürlich! Nur in welcher Form? Wie unterscheidet er diese Eindrücke von den gewohnten?

Seine Großmutter führt ihre Tasse zum Mund. Jonas reißt seinen Blick von uns los, folgt mit großen Augen der Tasse. Nun unterhalten sich die Erwachsenen. Mein Vater schaltet das Radio an, weil er die Nachrichten hören möchte. Jonas verfolgt interessiert die sprechenden Gesichter, die Bewegungen, dreht den Kopf zum Radio hin.

Ab und zu wendet er den Blick ab und schließt die Augen. Was denkt er in diesen Zeitfenstern? Ich gewinne den Eindruck, als benötige er die kleinen Auszeiten, um die Wahrnehmungen zu verarbeiten, bevor er seine Aufmerksamkeit wieder auf etwas Neues richten kann.

Versuche ich mich in Jonas' Kopf hineinzuversetzen, stellt sich eine entscheidende Frage: Wie kann er die für ihn neuen Eindrücke, dieses auf ihn einströmende gewaltige Chaos aus Bildern, Geräuschen, Bewegungen und so weiter ordnen, obwohl er noch keine Sprache kennt, mit deren Unterstützung er die vielen verschiedenen Sinneseindrücke strukturieren könnte? Wie sieht Denken ohne Sprache aus? Können wir uns das überhaupt vorstellen?

Feldversuch: Visuelle Klippe – Jonas/09

Versuchsaufbau: große, nicht spiegelnde Glasplatte in Tischhöhe. Auf der einen Hälfte klebt direkt unter dem Glas eine schwarze, undurchsichtige Folie. Die andere Hälfte bietet freien Blick bis zum Fußboden.

Im Alter von zwei Monaten hatte ich Jonas mit dem Gesicht nach unten über die Glasplatte gehalten, seine Herzfrequenz dabei gemessen. Merkwürdigerweise war sie über dem »Abgrund« geringer als über der »sicheren Seite«. Im Abstand von jeweils einem Monat habe ich diese Versuchsreihe wiederholt. Heute (Jonas ist inzwischen neun Monate alt) hat er zum ersten Mal »richtig« reagiert: Sein Pulsschlag war über dem »Abgrund« deutlich erhöht. Als ich so getan habe, als wollte ich ihn fallen lassen, hat er wie wild gestrampelt. Nun hat er also endlich Angst vor Abgründen entwickelt …

Den Rest dieses Textes und die weiteren Fallbeispiele überflog Jonas nur. Er nahm seinen ungläubigen Blick vom Flachbildschirm und lehnte sich zurück. Dann schob er den Ledersessel ein Stück vom Schreibtisch weg, schlug die Beine übereinander und verschränkte seine Arme vor der Brust.

»Du elender Mistkerl hast mich als Forschungsobjekt missbraucht«, zischte er wütend vor sich hin. »Das gibt's ja gar nicht! Du warst rein wissenschaftlich an mir interessiert. Ich war für dich lediglich ein Mittel zum Zweck! Unglaublich!

Jetzt ist mir auch mit einem Mal klar, weshalb du mir gegenüber kaum Gefühle gezeigt hast: Du hast dich absichtlich zurückgehalten – um die Untersuchungsergebnisse so wenig wie möglich zu verfälschen. Wolltest die wissenschaftliche Distanz wahren, nicht wahr?

Endlich habe ich eine Erklärung dafür, weshalb du stundenlang mit Argo gespielt, geschmust, gesprochen hast, während du mich gleichzeitig am langen Arm verhungern ließest. Dieser blöde Köter war dir wichtiger als dein eigener Sohn!

Wieder höre ich deine Stimme im Ohr: ›Argo, was gäbe ich nur dafür, wenn ich wüsste, wie es in deinem Kopf aussieht.‹ Und wie es in meinem Kopf aussah, wie ich mich fühlte, war dir scheißegal!«

Jonas Wildberger sprang mit zornesgerötetem Gesicht vom Schreibtischsessel seines Vaters auf und trat wütend gegen den Drehteller des Stuhls. Der Ledersessel schoss an die Wand und prallte fast zurück in seine Ausgangsposition.

Nein, das stimmt nicht, korrigierte Jonas seinen letzten Gedanken. Du hast dich für meine Gefühle interessiert, sogar sehr interessiert. Wie oft hast du mich mit dieser bescheuerten Frage bedrängt: »Jonas, was fühlst du jetzt gerade? Los, beschreibe deine Gefühle, sag mir, wie's in dir drinnen aussieht!«

Anfangs gehorchte ich dir, doch irgendwann machte

ich völlig dicht, hab dir nichts mehr darüber erzählt, gar nichts mehr!

Ich weiß noch gut, wie du mich einmal in eine Achterbahn geschleppt hast, obwohl du wusstest, dass ich panische Angst vor Höhe habe. Ich habe dich angefleht, nicht mitfahren zu müssen. Es war dir egal. Du hast es gewollt, also musste ich es tun.

Ich werde dieses Bild nie vergessen: Ich stehe hinter der Achterbahn und kotze mir die Seele aus dem Leib – und du hältst einen kleinen Block und einen Stift in der Hand und fragst mich andauernd, wie ich mich während der Fahrt gefühlt habe, wo meine Angst am größten gewesen sei …

»Du Scheißkerl hast mich vergewaltigt!«, schrie Jonas. Er schnaubte vor Verachtung. »Vergewaltigung einer schutzlosen kindlichen Seele aus egoistischem Forscherwahn. Was für ein Wahnsinn!«

Wie Rumpelstilzchen stapfte Jonas ein paar Minuten lang durch das Arbeitszimmer seines Vaters. Je länger er über das Chaos hinwegstieg, das er selbst angerichtet hatte, umso mehr beruhigte er sich. Kopfschüttelnd kehrte er zurück zum Computer.

So ein verrückter Kerl. Er war besessen von Erkenntnisgier, dachte er, während er weiter in der »Jonas-Datei« herumstöberte. Er entdeckte weitere aufschlussreiche Eintragungen, die ihn in die längst vergessen geglaubte Welt seiner Kindheit und Jugend zurückholten und ihn nicht selten schmunzeln ließen, manchmal aber auch erbosten.

Weil er unmöglich das gesamte Material in einem Durchgang sichten konnte, huschte er über die Seiten hinweg und erreichte schließlich das Ende, den letzten Text, den Ansgar Wildberger in dieser Datei geschrieben hatte:

Frei nach Ludwig Wittgenstein:
Meine Sprache begrenzt meine Welt

Diesen Satz sollte man Jonas über sein Bett hängen! Er hat gestern sein Abiturzeugnis erhalten: Naturwissenschaften sehr gut – Deutsch mangelhaft! Treffender kann man seine extrem einseitige Begabung wohl kaum dokumentieren.

Er lebt in einer kalten, rationalen Welt, die vorwiegend aus Zahlen und Symbolen besteht, in einer abstrakten Welt der Ziffern und toten Worte, der kurzen, sterilen Sätze, in der die Substantive und Verben regieren, Adjektive hingegen keinen Platz haben. Er besitzt kein Sprachgefühl, er reiht die Worte ohne jegliches Geschick, ohne jegliches Gespür für Sprachästhetik oder Poesie aneinander – wie leblose mathematische Formeln.

Ist solch ein unsensibler, introvertierter Mensch überhaupt in der Lage, tiefer gehende Empfindungen zu entwickeln? Wie soll er jemals seine Gefühle einem anderen Menschen gegenüber mitteilen? Wie nimmt solch ein gefühlsarmer Mensch zum Beispiel Kunstwerke oder die Ästhetik der Natur wahr? Nimmt er sie überhaupt wahr?

16

JONAS

Freitag, 9. Dezember, 16 Uhr

Ich hielt es nicht mehr aus. Mir platzte fast der Kopf. Ich musste raus. An die frische Luft. Durchatmen.

Schnell hab ich den ganzen Kram auf eine CD kopiert. Danach fuhr ich zum Gelterswoog und lief los, immer tiefer in den Wald rein, so schnell ich konnte den ersten Berg hinauf.

Als ich oben ankam, ging's mir schon viel besser. Die Kopfschmerzen waren auf einmal wie weggeblasen und ich konnte endlich wieder einigermaßen klar denken.

Ich weiß nicht, wie lange ich nur dastand und hinunter auf den Gelterswoog schaute. Ich habe die ganze Zeit über das nachgedacht, was er am Schluss geschrieben hat. Über meine Deutsch-Fünf im Abitur und meine Sprache, dass ich angeblich kaum Adjektive verwende.

Bedeuten die Grenzen meiner Sprache wirklich die Grenzen meiner Welt?

Ich habe versucht, mir bei meinem Spaziergang alle möglichen Einzelheiten zu merken und Dinge zu sehen, die ich vorher vielleicht noch nie wahrgenommen habe – einfach deshalb, weil ich nicht auf sie geachtet habe.

Oft bin ich stehen geblieben und fragte mich dann: Was siehst du, was hörst du genau in diesem Augenblick? Wie könntest du das, was du gerade wahrnimmst, mit Worten beschreiben?

Und das ist dabei herausgekommen:

Als ich loswanderte, fiel mir etwas auf, das ich noch nie bewusst registriert hatte: Der Waldboden war stocksteif gefroren und erzeugte beim Kontakt mit meinem festen Schuhwerk ein merkwürdig bizarres Geräusch. Das kam daher, weil sich aufgrund der frostigen Temperaturen die feuchten Waldwege in eine knochenharte und bei Sohlenkontakt laut knackende Unterlage verwandelt hatten.

Vor allem an den Stellen, an denen sich markante Reifenprofile abzeichneten, hörte ich ein unerwartet lautes und hochtönendes Geräusch, das nicht vergleichbar ist mit dem moderaten, gleichmäßigen Knirschen, das Schuhe bei der Kompression kalten Pulverschnees erzeugen.

Ich sah Veränderungen in der Natur, die nur bei Minusgraden möglich sind: Eiszapfen, die wie gläserne Stalaktiten von den Felsen herabhingen und sich mit ihren vom Boden emporwachsenden Pendants zu frostigen Totempfählen verbanden.

Ich sah gefrorene Wasserpfützen mit darin plastisch eingeschlossenen Aststückchen, Tannenzapfen, Steinen, dürren Grashalmen und milchigen Luftblasen.

Ich sah in diesem verzauberten Märchenwald scheinbar aus dem Nichts hervorquellende Kapriolen des frühwinterlichen schneelosen Frostspiels, die ich spontan »Eisschaum« getauft habe: manchmal an modrigen, auf dem Boden liegenden Holzprügeln, aber auch an morschen, abgestorbenen Baumstümpfen – einmal nur zentimeterlang und oben aufgesetzt wie ein weißes Sahnehäubchen. Ein anderes Mal in einer Länge von einem Meter wie ein langer, eisiger Muff vollständig ein Baumstück ummantelnd, aber immer mit der gleichen, äußerst fragilen Struktur.

Betrachtet man solch ein wundersames Frostgebilde aus der Nähe, sieht man ein eindrucksvolles, schaumartiges Gebilde. Es besteht aus Tausenden winzig kleiner, hauchdünner Eisfäden, die sofort bei der Berührung mit einer warmen Hand schmelzen, auf den Fingern aber seltsamerweise kaum Feuchtigkeit hinterlassen.

Man gewinnt bei einer intensiven Begutachtung den Eindruck, dass sich diese frostigen Exponate nach einem vorgegebenen, geheimnisvollen Bauplan entwickeln, der anscheinend auch für die matschigen Waldwege Verwendung findet. Denn auch dort entdeckt man diese dünnen Eisfädchen, die auf merkwürdige Weise die oberste Schlammschicht von der dunklen Muttermasse abheben, auf ein ein, zwei oder drei Zentimeter dickes weißes Podest stellen und so ein eisiges Polster zwischen die schmutzig braune Erde schieben.

Dann habe ich mich auf einen Baumstumpf gesetzt und mich umgeschaut. Genau in diesem Augenblick wirbelte ein heftiger Windstoß Blätter und ließ sie Pirouetten durch die eisige Luft tanzen. Direkt neben mir hingen lamettaartige, raureifüberzogene Taufäden von den kahlen Ästchen herunter. Manche von ihnen waren am unteren Ende aufgesplittet und erinnerten den von der Magie der Naturästhetik verzauberten Betrachter an überdimensionale Y-Chromosomen.

Gut so, du Sprachästhet? Oder besser noch ein bisschen gestelzter und noch ein bisschen komplizierter? Und noch ein bisschen »poetischer« und mit noch mehr Adjektiven gespickt?

Natürlich kann man so schreiben. Aber muss das wirklich sein? Es geht doch auch viel einfacher. Warum soll man sich krampfhaft irgendwelche Kunstbegriffe aus den Finger saugen? Dadurch wird der Text nur viel schwieriger zu lesen und zu verstehen. Wem dient so was?

Wir Naturwissenschaftler jedenfalls können es uns nicht leisten, unsere zentrale Botschaft in einem Meer von aufgeblasenen Worthülsen zu verstecken. Wir müssen in unseren Texten schnell und konkret auf den Punkt kommen. Wir können nicht wie ihr sogenannten Geisteswissenschaftler seitenlang inhaltsleer um ein Thema herumschwafeln. Wir müssen mit überprüfbaren Fakten und Begriffen arbeiten, die jeder von uns sofort versteht, die man sich nicht erst stundenlang gegenseitig erläutern muss.

Wahrscheinlich hast du ja recht, wenn du behauptest, dass wir Naturwissenschaftler die Welt um uns herum ein wenig anders wahrnehmen als ihr. Weil wir eben eine andere Sprache verwenden, und diese eigene Sprache bestimmt natürlich auch unser Denken.

Ja, sicherlich nehmen wir die Welt rationaler und nüchterner wahr als ihr. Aber ob uns dadurch etwas fehlt? Da bin ich mir ehrlich gesagt nicht so sicher. Ich denke, eher ist das Gegenteil der Fall. Entstehen die meisten zwischenmenschlichen und sozialen Probleme nicht durch diese übertriebene Emotionalisierung?

Na ja, ist jetzt auch egal. Jedenfalls ist die Frage, was wohl im Kopf eines Babys vorgehen mag, das seine Umgebung ohne jegliche Sprachkenntnisse wahrnimmt, zugegebenermaßen auch für einen »gefühlskalten« Naturwissenschaftler wie mich sehr interessant.

Wie denkt man wohl ohne Worte? Was habe *ich* damals gedacht, als ich so klein war? Wie habe *ich* die Welt erlebt?

Es ist schon komisch. Ich sitze hier an meinem Schreibtisch, trinke in aller Ruhe eine Tasse Kaffee und beschäftige mich zum ersten Mal in meinem Leben mit der wissenschaftlichen Arbeit meines Vaters. Und das ausgerechnet zu dem Zeitpunkt, an dem er in der Psychiatrie sitzt – als geisteskranker Mörder meiner Mutter!

Und das Verrückteste an der ganzen Sache ist, dass ich, je mehr ich von ihm und seiner wissenschaftlichen Besessenheit erfahre, ihn umso mehr verstehe. Die Tatsache, dass er mich als Forschungsobjekt für seine Studien benutzte, ist eigentlich nicht besonders verwunderlich. Das hätte ich an seiner Stelle wahrscheinlich genauso getan. Er hat wohl gar nicht anders gekonnt, schließlich bot sich ihm dadurch eine geradezu einzigartige Möglichkeit.

Vielleicht sollte ich sogar stolz darauf sein, dass er seine Feldstudien mit mir durchgeführt hat. Das beweist doch wohl auch, dass er sich sehr für mich interessiert hat. Und die Tatsache, dass er sich während dieser Zeit mir gegenüber emotional etwas zurückgehalten hat, müsste gerade mir als Wissenschaftler einleuchten. Schließlich musste er es tun, um die Erhebungsbedingungen so wenig wie möglich zu verfälschen.

Außerdem wäre es ja wohl Mutters Aufgabe gewesen, ihn zu bremsen, wenn er dabei über die Stränge schlug. Warum hat sie das eigentlich nicht getan? Warum hat sie mich nicht besser vor ihm beschützt? Bekam sie nichts davon mit?

Hat es sie nicht interessiert? Ich kann mich jedenfalls nicht daran erinnern, dass sie sich eingemischt hätte. Na ja, vielleicht habe ich's ja vergessen. Irgendwann hat er dann damit aufgehört, mich andauernd zu fragen, was ich sehe, wie ich mich fühle, was ich denke.

Warum hat sie eigentlich nicht versucht, Vater vor sich selbst zu schützen? Warum unternahm sie nichts, um ihn aus diesem Strudel herauszuziehen, in den er sich, besessen von seiner Manie, immer tiefer hinabziehen ließ? Das muss sie doch gemerkt haben! Dann wäre es bestimmt gar nicht erst so weit mit ihm gekommen! Und sie würde noch leben!

Aber Mutter war immer nur passiv, ertrug alles stumm, rebellierte nie. Vielleicht hing es ja daran, dass sie nie einen Bezug zu seiner Arbeit aufbauen konnte. Ich kann mich nicht erinnern, dass sie jemals Interesse daran gezeigt hätte.

Vielleicht hing es aber auch damit zusammen, dass sie ihm intellektuell in keiner Weise gewachsen war. Das wusste sie natürlich. Vielleicht verhielt sie sich ihm gegenüber deshalb so unterwürfig. Na ja, ist jetzt wohl auch egal. Jedenfalls akzeptierte sie widerstandslos seinen Freiheitsdrang und seine vielen Marotten.

Irgendwo schrieb er, er sei ein Adler. Wenn er ein Adler ist, dann war sie wohl eher eine Taube: ein duldsames, naives Lebewesen, das nie jemandem etwas zu Leide getan hat, das aber auch nie …

An dieser Stelle beendete Jonas abrupt seinen Tagebucheintrag. Er hatte mit halbem Ohr vom Flur her Schritte gehört. Erst in diesem Augenblick wurde ihm bewusst, dass er die Tür seines Arbeitszimmers nicht verschlossen hatte. Er reagierte blitzschnell. Noch bevor Hannah den Raum betrat, hatte er sein elektronisches Tagebuch geschlossen und stattdessen eine seiner wissenschaftlichen Dateien geöffnet.

»Hallo, Jonas. Du arbeitest wieder?«, fragte Hannah mit leiser Stimme, als sie die kryptischen mathematischen Zeichen und Formeln auf dem Bildschirm entdeckte.

In Erwartung einer abweisenden Reaktion legte sie ihm vorsichtig die Hände auf die Schultern. Doch zu ihrer großen Verwunderung beantwortete Jonas diese zärtliche Geste völlig anders, als von ihr befürchtet, denn er wehrte sie nicht ab, sondern umfasste ihre beiden Hände und streichelte sie sogar.

»Die sind ja eiskalt«, sagte er mit sanfter Stimme, während er seinen Kopf zu ihr hinwandte.

»Draußen ist es auch ziemlich kalt«, entgegnete Hannah lächelnd. »Du arbeitest wieder?«, wiederholte sie ihre Frage.

»Ja, mein Schatz, ich habe auf einmal wieder richtig Lust dazu«, schwindelte Jonas. »Am Montag gehe ich zurück an die Uni.«

Hannah konnte ihr Glück kaum fassen. Dicke Tränen der Freude schossen aus ihren Augen und perlten über ihr gerötetes Gesicht. Jonas umschlang ihre Taille, zog sie langsam zu sich auf den Schoß. Hannah warf die Arme um seinen Hals, drückte ihren bebenden Körper ganz fest an ihn und vergrub ihren Kopf in der Kuhle zwischen Ohr und Schlüsselbein.

Während Hannah hemmungslos weinte, streichelte Jonas zärtlich über ihre braune Lockenpracht und wiegte sie wie ein trostbedürftiges Baby sanft hin und her. Mit der Zeit beruhigte sich Hannah. Schnüffelnd sog sie den würzig-herben Duft ihres Ehemanns ein und rieb sich vorsichtig an seiner mit piksenden Bartstoppeln gespickten Wange. Zwischen den einzelnen Atemzügen produzierte sie ab und an Geräusche, die an das wohlige Schnurren eines verschmusten Kätzchens erinnerten.

Es dauerte nicht lange, bis die kuschelige Zweisamkeit in ein wildes Liebesspiel mündete. Doch kurz bevor es zur Verschmelzung der beiden vor Erregung zitternden Körper kam, hielt Hannah inne.

»Schatz, wir dürfen nicht.«

»Wieso?«, gab Jonas keuchend zurück.

»Ich habe eine Pillenpause eingelegt.«

»Dann wirst du jetzt eben schwanger. Das wäre doch toll!«

»Was?«, war das Letzte, was Hannah sagen konnte, denn Jonas erstickte sie förmlich mit seinem leidenschaftlichen Begehren. Glücklich schloss sie die Augen und tauchte gemeinsam mit ihm ein in die aufschäumenden Wogen der Sinnlichkeit.

Einige Zeit später kuschelten die beiden wie frischverliebte Turteltäubchen auf der Wohnzimmercouch. Hannah lag eng an ihren Mann geschmiegt, als wolle sie ihm damit signalisieren, fortan nie mehr von seiner Seite zu weichen. Jonas hatte den Arm um sie gelegt, streichelte sie zärtlich. Sein versonnener Blick ruhte auf ihren in eine flauschige Decke gehüllten weiblichen Körperrundungen.

»Sag mal, Jonas, hast du das vorhin wirklich ernst gemeint?«, fragte Hannah vorsichtig. Man konnte deutlich einen zweifelnden Unterton hören.

»Was?«

Hannah räusperte sich dezent, bevor sie hauchend antwortete. »Das mit dem Baby.«

Jonas richtete den Oberkörper ein wenig auf und verlieh dadurch seiner Aussage einen geradezu feierlichen Charakter. »Natürlich habe ich das ernst gemeint, mein Schatz.«

»Wirklich?«, flüsterte Hannah.

Jonas lachte. »Ja, wirklich! Das ist mein voller Ernst! Du darfst es mir ruhig glauben.«

Hannah hatte offensichtlich immer noch einige Probleme mit dem ebenso überraschenden wie radikalen Wandel ihres Ehemannes.

»Aber du hast mir doch noch vor Kurzem gesagt, dass du keine Kinder haben willst«, meinte sie sanft. Sie stockte, schluckte hart und ergänzte: »Auch später keine haben willst.«

»So, habe ich das? Daran kann ich mich überhaupt nicht mehr erinnern«, erwiderte Jonas schmunzelnd.

»Über dieses Thema solltest du keine Scherze machen, Jonas. Du weißt ganz genau, dass ich mir nichts sehnlicher wünsche als eigene Kinder.« Hannah seufzte tief. »Es ist mir schwer genug gefallen, deine ablehnende Einstellung wenigstens einigermaßen zu akzeptieren.«

Sie schniefte und ergänzte mit gebrochener Stimme: »Aber ich hab's irgendwie geschafft. Weil ich dich über alles liebe. Und deshalb darfst du nicht mit mir und meinen Gefühlen spielen.«

»Um Gottes willen, mein Schatz, ich will doch nicht mit deinen Gefühlen spielen. Dafür liebe ich dich viel zu sehr«, bekundete Jonas mit bekümmerter Miene.

Hannah konnte nicht glauben, was sie da hörte.

»Nein, es ist mir ernst mit dem, was ich gesagt habe«, schob Jonas nach. »Ich möchte mit dir Kinder haben, mindestens zwei – und zwar so schnell es geht.« Er versuchte, die Decke von Hannahs nacktem Körper zu ziehen. »Komm, lass es uns gleich noch einmal probieren.«

Hannah umklammerte die Decke, wehrte ihn brüsk ab. »Lass mich!«

Jonas gab sofort nach. »Entschuldige, das war doch nur Spaß.«

»Was war Spaß? Das mit dem Baby?«, jammerte sie gekränkt, während sie sich in die andere Ecke der Ledercouch flüchtete.

»Nein, natürlich nicht«, entgegnete Jonas betroffen.

Hannah verstummte und grübelte über ihr weiteres

Vorgehen nach. Schwermut legte sich über ihr sensibles Gemüt, denn sie konnte beim besten Willen nicht glauben, was ihr Mann gerade so vollmundig verkündet hatte.

Das ist bestimmt nur so eine Laune von ihm, dachte sie frustriert. Ich kann ihn und das, was er gegenwärtig so alles von sich gibt, nicht ernst nehmen. Schließlich befindet er sich in einer psychischen Ausnahmesituation. Da ist es schließlich kein Wunder, wenn man in die eine oder andere Richtung gefühlsmäßig überreagiert.

Die letzten Tage war er völlig deprimiert, hat seinen Kummer mit Alkohol zu betäuben versucht und ist dabei sogar in der Gosse gelandet. Und heute ist er auf einmal wie umgedreht, ein ganz anderer Mensch. Ist total liebevoll, romantisch, zärtlich, rücksichtsvoll. So, wie ich ihn eigentlich noch nie erlebt habe. So, wie ich ihn mir immer gewünscht habe.

Und jetzt will er plötzlich sogar Kinder haben. Zum ersten Mal, seit ich ihn kenne. Wie verlässlich ist dieser Entschluss? Vielleicht ist Jonas ja schon in ein paar Minuten oder in ein paar Tagen oder in ein paar Wochen wieder wankelmütig, will, dass ich unser Baby abtreibe. Das würde ich nicht verkraften. Das würde unsere Beziehung niemals aushalten.

Kann ich ihm meine Ängste mitteilen?, fragte sie sich verzweifelt. Nein, das kann ich nicht. Jetzt, wo er wenigstens ein paar Stunden lang diese schreckliche Sache verdrängt hat, endlich mal wieder ein bisschen unbeschwerter, vielleicht sogar glücklich ist. Das würde bestimmt einen Rückfall bei ihm auslösen.

»Ich glaube, ich weiß, was du gerade denkst«, behauptete Jonas.

Hannah legte die Stirn in Falten und blickte ihn verwundert an. »Und was denke ich?«

»Du fragst dich garantiert, ob du das, was dein Mann zurzeit von sich gibt, überhaupt ernst nehmen kannst. Ob er überhaupt zurechnungsfähig ist, wo er doch vor einer Woche beide Elternteile verloren hat. So einer kann eigentlich nicht normal sein. Mit so einem kann man doch kein gemeinsames Kind haben. – Stimmt's?«

»Nein, nein, ... Jonas, nein«, stammelte Hannah verblüfft.

»Aber ein klein bisschen habe ich deinen wunden Punkt getroffen, nicht wahr?«

Hannah kniff die Lippen zusammen, nickte schweigend. Tränen schossen ihr in die Augen und liefen über die rosigen Wangen.

»Siehst du«, sagte Jonas mit der Andeutung eines Lächelns.

Hannah fiel ihm schluchzend um den Hals.

»Du brauchst wirklich keine Angst zu haben, dass ich diesen Entschluss revidieren werde. Ich habe in den letzten Tagen sehr viel über mich gelernt und intensiv über Dinge nachgedacht, an die ich vorher keinen Gedanken verschwendet habe. Ich sehe seither die Welt mit ganz anderen Augen.«

»Worüber hast du denn nachgedacht?«, wollte Hannah schniefend wissen.

»Zum Beispiel über den Sinn unseres Lebens.« Ihr Ehemann lächelte versonnen. »Und – was eng damit zusammenhängt – über die Notwendigkeit, eigene Kinder in die Welt zu setzen und dadurch Verantwortung für andere Menschen zu übernehmen. Was wäre eine Welt ohne Kinder?«

»Ich kann es noch immer nicht glauben, Jonas. Ich bin so unheimlich glücklich!«

»Ich auch, mein Schatz, ich auch«, entgegnete er und

hauchte seiner strahlenden Frau einen zärtlichen Kuss auf den Mund.

Ein paar Sekunden lang wanderte das Schweigen zwischen den beiden hin und her.

In die andächtige Stille hinein sagte Jonas kopfschüttelnd: »Es ist schon irgendwie komisch, aber es ist nun einmal so: Der Tod meiner Mutter ist die Ursache dafür, dass mein Leben jetzt erst richtig beginnt.«

Er warf den Kopf ins Genick, blickte zur getäfelten Zimmerecke empor und stieß geräuschvoll Luft durch die Nase. »Was für ein Wahnsinn!«

»Ach, Jonas, ich hab dich so fürchterlich lieb«, erklärte Hannah ergriffen.

Sie tupfte sich die Tränen von ihren Augen und Wangen. Anschließend putzte sie sich die Nase. Sie ächzte ein paarmal, bevor sie sagte: »Weißt du, ich bin eben auch ein gebranntes Kind.«

Jonas warf ihr einen fragenden Blick zu. »Inwiefern?«

Mit einer fahrigen Geste strich sich Hannah eine Haarsträhne aus dem Gesicht. Ihre vielsagende Mimik zeugte von einem enormen Leidensdruck, der sie quälte. »Ich habe es dir noch nie erzählt«, flüsterte sie.

»Was denn?«

Hannah Wildberger schluckte so hart, als ob ihr etwas in der Kehle steckte. Ohne auf seine Frage einzugehen, schob sie nach. »Weil ich mich so unheimlich vor dir geschämt habe.«

»Aber warum denn? Wofür geschämt?«

Erneut ignorierte sie seine Frage. »Eigentlich habe ich dich sogar angelogen«, ergänzte sie kleinlaut. Als sie mit einem ängstlichen Blick den sich verfinsternden Gesichtsausdruck ihres Mannes bemerkte, schob sie geschwind nach: »Aber … aber das war ja eine Notlüge.«

»Komm, jetzt sag mir bitte endlich, um was es überhaupt geht.«

»Um Vater«, entgegnete Hannah mit belegter Stimme. »Um meinen Vater.«

»Was ist mit deinem Vater? Ich denke, der ist bei einem Unfall gestorben, als du noch ganz klein warst. Hast du mir nicht mal erzählt, er wäre Seemann gewesen und bei einem Sturm von Bord gespült worden?«

Hannah senkte den Blick zu Boden. Dann schloss sie die Augen und ließ den Kopf wild hin- und herpendeln. »Nein, nein, das stimmt alles gar nicht«, wimmerte sie. Jonas' Ehefrau schluchzte herzerweichend auf. »Das hat Mama alles nur erfunden.«

Jonas zog den bebenden Körper zu sich heran. »Was ist denn nun wirklich mit ihm passiert?«, fragte er sanft.

»Ach, Jonas, es ist so traurig. So …« Sie brach ab, schlug die Hände vors Gesicht.

»Komm, Schatz, red's dir endlich von der Seele. Das hilft bestimmt.«

Hannah räusperte sich und schöpfte tief Atem. »Er ist erst viel später gestorben. Genau in dem Jahr, in dem wir uns kennengelernt haben. Nur …«

»Aber warum hast du mir das denn nie erzählt?«, warf Jonas verständnislos dazwischen. »Wieso diese komische Geheimniskrämerei? Und warum überhaupt diese – wie du sagst – ›Notlüge‹?«

»Weil Mama es so wollte.«

Jonas runzelte die Stirn. »Und warum wollte sie das?«

Hannah konnte nicht antworten, sie wurde von einem weiteren heftigen Weinkrampf durchgeschüttelt. Ihr Ehemann verstand zwar immer noch nicht den Grund für ihre sehr emotionale Reaktion, aber er wartete geduldig, bis sie wieder in der Lage war, weiterzusprechen.

»Du weißt doch, dass wir gleich nach der Grenzöffnung in den Westen gezogen sind«, fuhr Hannah fort. Sie lächelte bitter, ehe sie ergänzte: »In den ›goldenen‹ Westen, wie Mama immer sagt. Das habe ich dir ja erzählt.«

Jonas antwortete mit einem stummen Nicken.

»Ich war damals erst neun Jahre alt. Mama hatte sich ein Jahr zuvor von Papa getrennt. Und als sie mir gesagt hat, dass er über Bord gespült worden sei und das Meer ihn nicht mehr hergegeben habe, habe ich ihr das natürlich geglaubt. Nur war das eben eine Lüge.«

»Eine Lüge?«

»Ja, eine Lüge!«, fauchte Hannah. »Mein Vater war zu diesem Zeitpunkt noch überhaupt nicht tot. Sie wollte nur, dass ich das glaube.«

Jonas zuckte verständnislos mit den Schultern und machte eine fragende Geste. »Weshalb hat sie denn diese Geschichte erfunden? Ich verstehe das alles nicht.«

Hannah sog tief Luft in ihre Lungen. »Das hat sie mir nie gesagt.«

»Hast du sie denn nicht danach gefragt?«

»Doch, aber sie wollte mir keine Antwort darauf geben. Was meinst du wohl, wie ich gestaunt habe, als zehn Jahre später plötzlich mein Vater vor unserer Tür stand. Zuerst habe ich ihn gar nicht erkannt. Ich dachte, er sei irgendein verwahrloster, armer Penner, der uns anbetteln wollte.«

Hannah Wildberger nagte eine Weile auf ihrer Unterlippe herum. »Er sah so erbärmlich aus«, jammerte sie. »Er hatte kaum noch Zähne im Mund und roch fürchterlich. Erst als er mich mit meinem Namen ansprach, wurde mir klar, wer er ist.« Sie schniefte, während sie um die richtigen Worte rang. »Es war so schrecklich. Er stand vor mir und heulte wie ein kleines Kind.«

»Du Arme«, versuchte Jonas irgendetwas Tröstliches zu sagen.

»Da Mama nicht zu Hause war, habe ich ihn natürlich reingelassen. Er hat mir die ganze Geschichte erzählt, und zwar die wahre Geschichte, so wie es damals wirklich war. Dass Mama, ohne ihm etwas davon zu sagen, einfach mit mir verschwand. Ohne Abschied, ohne neue Adresse.

Und weil Mama das alleinige Sorgerecht für mich hatte, hat ihm niemand Auskunft über unseren neuen Wohnort gegeben. Da er daraufhin anfing, aus Kummer zu trinken, verlor er schon bald seine Arbeit – was für ein Drama! Dann zog er auf eigene Faust los, um mich zu suchen.«

Zitternd griff sie Jonas' Hand. »Das musst du dir mal vorstellen. Papa hat mich die ganzen Jahre über gesucht. Überall in Deutschland. Da ist es wirklich kein Wunder, dass ihn das alles völlig aus der Bahn geworfen hat, oder?«

Wieder reagierte Jonas nur mit einer stummen Kopfbewegung.

Hannah blickte ihrem Mann tief in die Augen. »Und dann sah er Mama zufällig am Bahnhof und folgte ihr. Als er mich endlich fand, setzte ihm der Stress mit Mama so zu, dass er ein paar Wochen später starb – als Penner! Nun weißt du, warum ich mich dir gegenüber so sehr geschämt habe, dass ich dich angelogen habe.«

»Oh Gott!«, entgegnete Jonas betroffen. »Und deine Mutter hat dir die ganzen Jahre über nicht die Wahrheit gesagt?«

»Nein, keinen einzigen Ton. Und als Vater dann tot war, hat sie mir immer und immer wieder eingetrichtert, dass er gar nicht mehr mein Vater gewesen sei, weil er für uns schon in der DDR gestorben sei. Sie hat mich beschworen, niemals etwas von dieser Geschichte zu erwähnen, sonst wäre unsere schöne neue Existenz mit einem Schlag zerstört. Sie hatte Angst, dass du mich dann nicht heiraten würdest.«

»Was für ein Quatsch!«, zischte Jonas. »Ich hätte dich hundertprozentig auch geheiratet, wenn ich davon gewusst hätte! Wie kommt sie nur darauf, dass so etwas für mich eine Rolle spielen könnte?«

Hannah zuckte mit den Schultern. »Das weiß ich nicht.«

»So ein Granaten-Schwachsinn«, ereiferte sich Jonas weiter.

Nachdenklich runzelte Hannah die Stirn. »Aber ich bin Mama nicht wirklich böse. Sie hat es nur gut mit mir gemeint. Sie wollte immer nur das Beste für mich. Sie hat mich eben fürchterlich lieb.«

JONAS

Samstag, 10. Dezember, 1.15 Uhr

Ich kann schon wieder nicht schlafen. Obwohl ich eigentlich hundemüde sein müsste, nach all dem, was wir beide miteinander veranstaltet haben. Es war wirklich toll. Spitzenklasse! Hannah war so gut drauf – Wahnsinn! Und dann auch noch das tolle Essen – und der Wein.

Am Schluss war's richtig schön kitschig: Ich habe sie sogar ins Schlafzimmer getragen. Hannah schlief fast augenblicklich ein.

Ich hingegen habe mich nur im Bett herumgewälzt. Mein Kopf gönnte mir einfach keine Ruhe. Andauernd schossen irgendwelche wirren Gedanken durcheinander.

Hannah war so lieb, so verspielt, so fröhlich, so offen. Was sie sich alles von der Seele geredet hat. Als sie mir die Notlüge über ihren Vater beichtete, ist sie richtig rot geworden. Ihr schlechtes Gewissen muss sie unheimlich belastet haben. Wegen einer Notlüge!

Streng genommen habe ich vorhin auch gelogen, als ich ihr sagte, dass ich am Montag wieder arbeiten gehe. Das ist mir einfach so rausgerutscht, wahrscheinlich, weil ich sie beruhigen wollte. War dann ja auch so was wie eine Notlüge.

Aber wenn ich jetzt darüber nachdenke, verspüre ich tatsächlich große Lust, am Montag an die Uni zu gehen und mit unserem aktuellen Projekt weiterzumachen. Die brauchen mich auch dringend. Ohne mich kommen sie überhaupt nicht weiter. Ich habe meine armen Kollegen diese Woche ganz schön hängenlassen.

Auch Hannah habe ich in der letzten Zeit viel Kummer bereitet. Aber damit ist jetzt Schluss! Jetzt fängt ein neues Leben an! Ich habe mich neu in sie verliebt. Sie ist meine Traumfrau. Das glaubte ich früher zwar auch schon, aber nun *weiß* ich es.

Ich liebe sie über alles. Ich möchte Kinder mit ihr haben. Mindestens zwei, wie ich es ihr vorhin gesagt habe. Denn ein Einzelkind hat es viel zu schwer auf der Welt. Ich seh's ja an mir.

Wie schnell sich alles gedreht hat. Noch vor Kurzem konnte ich nicht mehr leben, wollte nicht mehr leben. Weil ich glaubte, dass es nach all dem nicht mehr weitergehen kann. Dass ich Mutters Tod nicht ertragen und nie mehr lachen könnte, nie mehr glücklich sein würde. Doch wie durch ein Wunder ist genau das jetzt eingetreten. Ich bin so froh und glücklich, dass ich lebe!

Ich hätte Lust, für Hannah ein Liebesgedicht zu schreiben. Versuchen könnte ich's ja mal.

Ach was, Blödsinn!

Jonas Wildberger schloss sein elektronisches Tagebuch und stöberte in den Datenbeständen seines Vaters. Er las nur kurz in die meist schwer verständlichen, philosophischen Texte hinein, dann sprang er in eine andere Datei. Mit der Zeit überkam ihn die Müdigkeit. Seine Lider wurden schwer, das Monitorbild verschwamm vor seinen Augen. Er schüttelte den Kopf und reckte gähnend die Glieder.

Er ließ den Mauszeiger hinunter zur Taskleiste wandern, dorthin, wo sich der Computer herunterfahren ließ. Dabei streifte sein schlaftrunkener Blick eine Textdatei mit der Bezeichnung »Helga«. Mit einem Mal war er hellwach

Was er nun zu Gesicht bekam, war die romantische, anrührende Schilderung einer großen Liebe, die Liebesgeschichte seiner Eltern.

Von dem Tag an, an dem er seine spätere Ehefrau zum ersten Mal sah, zeichnete Ansgar Wildberger alles Wichtige in einem Tagebuch auf, dessen Inhalt er später in Computerdateien übertrug: seine emotionale Aufgewühltheit, die ihn in den endlosen Stunden bis zum Wiedersehen kaum mehr essen und schlafen ließ, die von extremer Unsicherheit geprägte Phase der zögerlichen Annäherung – und schließlich der erste, zärtliche Kuss, über den er seitenlang schwelgte und den er zum Anlass für eine Unzahl von Liebesgedichten nahm.

Gespannt durchforstete Jonas die sehr emotionalen, poetischen Texte, die zwar, was man den Datierungen entnehmen konnte, im Laufe der Jahre in immer größeren zeitlichen Abständen geschrieben worden waren, die aber unvermindert ein beredtes Zeugnis über die intensiven Gefühle Ansgars gegenüber seiner Frau ablegten.

Jonas scrollte zum Ende der Datei. Die letzte Textpassage war kursiv gesetzt:

Fast mein ganzes Leben lang forschte ich über die faszinierende Welt der Gefühle, klopfte alle Wissenschaftsbereiche zu diesem Thema ab, führte exzessive Selbsterfahrungen durch. Mein Erkenntnisstreben brachte mich nicht selten an den Rand der Illegalität, um nicht zu sagen der Kriminalität, manchmal sogar darüber hinaus.

Obwohl ich wirklich nahezu alles ausprobiert habe, fehlt mir eine *existenzielle Grunderfahrung auch weiterhin: zu wissen, wie man sich fühlt, was man spürt, was man wahrnimmt, wenn man mit vollem Bewusstsein den Menschen ermordet, den man am allermeisten liebt – in meinem Falle also Helga.*

Wenn ich es nicht tue, werde ich es nie erfahren. Natürlich habe ich schon oft versucht, mir vorzustellen, wie es wohl wäre, wenn ich sie von Angesicht zu Angesicht töten würde, wie ich mich vorher, währenddessen, danach fühlen würde. Wie es wohl sein würde, mit diesem vorsätzlich begangenen Mord zu leben. Ob ich damit überhaupt weiterleben könnte.

Aber dieses Gedankenspiel ist keine Primärerfahrung, sondern eine spekulative Projektion meines Gehirns, die niemals auch nur annähernd an das heranreichen kann, was ich fühlen werde, wenn ich diese Grenzerfahrung real erlebe.

Seit Monaten diskutiere ich mit Wolfgang über die neuesten Ergebnisse der Hirnforschung. Ist, wie er meint, der freie Wille des Menschen wirklich nur eine grandiose Illu-

sion? Mich lässt dieser Gedanke einfach nicht mehr los. Denn falls es tatsächlich so wäre, würde dies bedeuten, dass ich für diese mörderische Tat moralisch nicht verantwortlich wäre – weil ich ja keine Chance hatte, mich dagegen zu wehren. Denn mein Gehirn und nicht ich hätte diese folgenschwere Entscheidung gefällt.

Ein weiteres Faszinosum ist die Antwort auf die Frage, ob mein Gehirn es überhaupt zuließe, dass ich Helga töte. Wobei sich dann natürlich sofort eine weitere Frage stellt, nämlich die, ob ein Mensch, dessen Gehirn ihn nicht davon zurückhält, einen geliebten Menschen zu ermorden, überhaupt noch eine Existenzberechtigung hat.

Meines Wissens hat bislang noch niemand eine Probe aufs Exempel durchgeführt. Ist es deshalb nicht geradezu meine Pflicht als Wissenschaftler, diesen neuen, steinigen, höchst ungewissen Weg als Erster zu beschreiten? Die Wissenschaftsgeschichte ist voll von mutigen Forscherkollegen, die ein hohes persönliches Risiko eingingen, um zu neuen Erkenntnissen zu gelangen – ohne die der menschliche Fortschritt schließlich niemals möglich gewesen wäre.

»Keiner kann anders, als er ist«, hat Wolfgang in der letzten Zeit oft gesagt. Wenn das wirklich die Quintessenz ist, dann kann ich doch gar nicht anders, als das zu tun, was ich tun muss: den Menschen töten, den ich am meisten liebe …

»Dann kann ich doch gar nicht anders, als das zu tun, was ich tun muss: den Menschen töten, den ich am meisten liebe«, wiederholte Jonas murmelnd das, was er gerade gelesen hatte.

»Wahnsinn! Vielleicht kann ich ja auch nicht anders – und muss Hannah töten. Um herauszufinden, wie ich mich dabei fühle und um zu wissen, ob mein Gehirn so etwas Irres zuließe.«

17

Je tiefer Jonas während der restlichen Nachtstunden in die Gedankenwelt seines Vaters eintauchte, umso dringlicher wurde sein Bedürfnis, so schnell wie möglich mit ihm darüber zu sprechen. Noch vor Sonnenaufgang schlich er sich deshalb auf Zehenspitzen aus der Wohnung und fuhr zu der auf der Sickinger Höhe gelegenen Landespsychiatrie. Seit zwei Stunden schneite es kräftig.

Da er nicht wusste, in welchem der Gebäude die Forensische Psychiatrie untergebracht war, stellte er seinen PKW mitten in die Klinikzufahrt und bedeutete dem Pförtner, ihm die Schranke zu öffnen. Doch der ältere Mann hinter der Scheibe schüttelte den Kopf und forderte ihn mit unmissverständlichen Gesten dazu auf, seinen Wagen sofort aus diesem Bereich zu entfernen.

Genervt parkte Jonas sein Auto am Straßenrand und eilte in die Pförtnerloge.

»Ich muss dringend zu meinem Vater«, blökte er dem mürrisch dreinblickenden, mit einer dunkelblauen Uniform bekleideten Mann entgegen.

»Gemach, gemach, mein junger Freund. In Ihrem Alter sollte man eigentlich gelernt haben, dass man zuerst einmal höflich grüßt, wenn man einen Raum betritt, in dem sich ein anderes menschliches Wesen aufhält.«

Mit einem kurzen »Morgen« reagierte Jonas auf den Rüffel, wiederholte dann aber sein Anliegen: »Ich muss sofort zu meinem Vater und mit ihm sprechen, sonst gibt es eine Katastrophe.«

»Eine Katastrophe?«, spottete der ältere Herr. »Warum

übertreibt ihr jungen Leute nur immer so schamlos? Außerdem habt ihr überhaupt keine Geduld.«

»Nee, Geduld hab ich im Moment wirklich keine«, blaffte Jonas zurück. Er machte auf dem Absatz kehrt und stürmte zur Tür. »Dann gehe ich eben zu Fuß«, schleuderte er trotzig in Richtung des verdutzten Pförtners.

»Stopp, stopp, junger Mann! Wenn Sie das jetzt tun, begehen Sie Hausfriedensbruch und ich bin gezwungen, meine Kollegen vom Sicherheitsdienst zu verständigen.« Er zeigte auf ein Walkie-Talkie in seiner linken Brusttasche. »Die sind ruckzuck hier, kann ich Ihnen versichern«, drohte der Mann. »Das wollen Sie doch nicht, oder?«

Der untersetzte, etwa 60-jährige Portier erhob sich gemächlich von seinem Stuhl und schritt auf den über einen Kopf größeren Eindringling zu. Während er selbstbewusst das Kinn in Jonas' Richtung reckte, verengten sich seine Augen zu schmalen Schlitzen. »Sie werden doch wohl Verständnis dafür aufbringen, dass hier nicht jeder kommen und gehen kann, wie und wann er will«, erklärte der Pförtner barsch. »Das ist schließlich eine Nervenheilanstalt mit einer angeschlossenen Gefängnisabteilung und keine Fußgängerzone.«

Der Portier grunzte empört. »Wo kämen wir denn da hin, wenn jeder frei nach Gusto auf dem Gelände rumspazieren würde?«

Jonas ließ die Schultern sinken und nickte resigniert. »Sie haben ja recht, guter Mann. Aber ich muss wirklich dringend zu meinem Vater«, wiederholte er mit flehendem Gesichtsausdruck.

»Zu wem wollen Sie denn eigentlich?«, fragte sein Gegenüber mit lang gezogenen Worten.

»Ich hab's doch schon gesagt: Ich will zu meinem Vater«, betonte Jonas.

Schlagartig wurde ihm bewusst, dass der ältere Herr natürlich nicht wissen konnte, wer sein Vater war. Deshalb schob Jonas schnell nach: »Ich möchte zu Ansgar Wildberger, Professor Ansgar Wildberger.«

Der Pförtner schien mit diesem Namen durchaus etwas anfangen zu können. Seine Augen leuchteten auf. »Ach, Sie wollen zu dem verrückten Herrn Professor, der seine Frau brutal ermordet hat und nun schweigt, wie ein Grab. Dann sind Sie also der Sohn, dem die Mutter geraubt wurde. Stand ja alles ausführlich in der Zeitung.« Er streckte die Hand aus. »Mein aufrichtiges Beileid.«

Jonas presste die Lippen zusammen, griff aber die faltige Hand.

Doch dann verdüsterte sich die Miene des Portiers. »Es tut mir leid, aber ich darf Sie nicht auf unser Klinikgelände lassen. Ich käme in Teufels Küche. Und eine Entlassung in meinem Alter kann ich nicht riskieren.«

»Warum dürfen Sie mich nicht zu ihm lassen?«, stieß Jonas verzweifelt aus. Er presste die Handflächen aufeinander und machte eine flehende Geste. »Bitte, bitte, machen Sie eine Ausnahme. Es geht wirklich um Leben und Tod. Ich verrate Sie auch nicht.«

Der grauhaarige Mann schüttelte entschieden den Kopf. »Nein, das geht beim besten Willen nicht, mein junger Freund.«

»Warum kann ich ihn nicht einfach ganz offiziell besuchen?«, insistierte Jonas weiter wie ein uneinsichtiges Kind.

»Na, weil Sie dafür eine von der Staatsanwaltschaft ausgestellte Besuchserlaubnis brauchen. So leid es mir für Sie tut, aber wir haben nun einmal unsere Anweisungen.«

Jonas legte mit schmerzverzerrtem Gesicht den Kopf ins Genick und verlagerte nervös sein Gewicht von einem Fuß auf den anderen. »Oh nein«, stöhnte er, »können Sie denn nicht ein einziges Mal eine Ausnahme machen? Bitte. Es ist wirklich sehr, sehr wichtig für mich.«

Der Pförtner zuckte entschuldigend mit den Achseln und schüttelte abermals den Kopf. »Das glaube ich Ihnen ja gerne, aber ich kann nichts für Sie tun. Es gibt keinen anderen Weg als den schon erwähnten, formalen über die Staatsanwaltschaft, akzeptieren Sie das doch bitte endlich.«

Jonas wurde immer deprimierter. »Könnte ich wenigstens mit dem Psychiater oder Psychologen reden, der für ihn zuständig ist?«, fragte er mit leiser Stimme.

»Junger Mann, es ist Samstag«, entgegnete der Pförtner. »Soviel ich weiß, hat am Wochenende zwar immer einer der Psychiater der geschlossenen Abteilung Rufbereitschaft, die sind aber zu Hause und nicht in der Klinik.«

Nachdenklich legte der Grauhaarige den Kopf zur Seite. »Am Nachmittag kommt allerdings manchmal einer von ihnen hier vorbei.«

Jonas' Augen leuchteten erwartungsvoll auf.

Sein Gegenüber warf einen schnellen Blick auf seine Armbanduhr. »Aber um diese Uhrzeit werden die Leute bestimmt noch schlafen oder sie frühstücken gerade mit ihren Familien.«

In Jonas' Hirn keimte eine Idee auf: »Dann fahre ich jetzt zurück in die Stadt zur Kripo, zu diesem Kommissar Tannenberg. Der hat mich regelrecht bekniet, dass ich mit Vater rede. Der kann mir bestimmt kurzfristig eine Besuchserlaubnis besorgen.«

»Ja, sicher, der hat ja einen direkten Draht zur Staatsanwaltschaft«, kommentierte der Pförtner. »Versuchen Sie doch am besten einfach mal Ihr Glück.« Er fischte sich mit seinen gelblichen Fingern eine Zigarette aus der Packung und entzündete sie. »Wollen Sie auch eine?«

»Nein, danke. Ich rauche nicht. Außerdem muss ich …«

»Warten Sie!«, unterbrach der Kettenraucher Jonas und fasste ihn am Arm.

Er hatte gerade einen Kleinwagen entdeckt, den er trotz der widrigen Sichtverhältnisse eindeutig hatte identifizieren können. »Da kommt Frau Dr. Maldini. Sie ist Psychologin und arbeitet in der Gefängnispsychiatrie. Vielleicht kann sie Ihnen ja weiterhelfen.« Grummelnd ergänzte er: »Warum taucht die eigentlich heute Morgen hier auf? Und dann auch noch so früh?«

Die letzten Worte hörte Jonas nur noch gedämpft. Er war bereits aus der Loge gestürmt und stand nun neben der Fahrertür von Lauras Kleinwagen. »Sind Sie für Ansgar Wildberger zuständig?«, schrie er der verdutzten jungen Frau entgegen.

Laura Maldini ließ die Seitenscheibe herunter. »Wieso wollen Sie das wissen?«, fragte sie reserviert. »Sind Sie Journalist?«

»Journalist?«, gab Jonas irritiert zurück. »Nein, nein, ich bin sein Sohn.«

»Sein Sohn?«

Verdutzt runzelte Laura die Stirn. Obwohl sie wusste, dass Ansgar Wildberger tatsächlich einen Sohn hatte, schien sie doch einige Zweifel daran zu hegen, dass er nun tatsächlich vor ihr stehen sollte.

»Das kann jeder behaupten«, entgegnete sie in unfreundlichem Ton. »Haben Sie Ihren Ausweis dabei?«

»Ausweis?«, echote Jonas.

Mit einer fahrigen Bewegung zog Jonas den Reißverschluss seiner inzwischen mit pulvrigem Schnee überzuckerten Jacke herunter und suchte hektisch nach seiner Geldbörse. Als er mit dem Personalausweis in der Hand wieder zu Laura hinblickte, sah er, dass die Haare der Psychologin bereits mit Schneeflocken betupft waren.

»Ent... Entschuldigung«, stammelte er verlegen. »Sie werden ja nass.«

»Macht nichts«, entgegnete Laura freundlich, während sie den Personalausweis begutachtete. »Dann steigen Sie mal schnell in mein Auto, sonst versinken Sie noch im Schnee.«

Jonas öffnete die Beifahrertür. Bevor er ins Auto stieg, klopfte er noch schnell seine verschneite Jacke ab. »Vielen Dank, dass ich mich in Ihrem Auto vor diesem Mistwetter in Sicherheit bringen darf«, sagte er.

Bis vor wenigen Sekunden hatte er immer noch unbedingt so schnell wie möglich zu seinem Vater gewollt, doch die Tatsache, dass er nun womöglich auf einen der ihn behandelnden Ärzte gestoßen war, brachte ihn von diesem Vorhaben ab, schließlich konnte ihm diese Psychologin wichtige Informationen zum Gesundheitszustand seines Vaters liefern.

»Gern geschehen«, lächelte Laura.

Jonas lehnte sich mit dem Rücken an die Beifahrertür. »Sind Sie für meinen Vater zuständig?«, wollte er wissen.

»Ja, das bin ich, Herr Wildberger«, bestätigte die attraktive Psychologin. »Einen Moment bitte«, sagte sie und lehnte sich zum Fenster hinaus.

»Es ist alles in Ordnung, Herr Krämer. Ich kümmere mich persönlich um Herrn Wildberger junior«, beruhigte Laura Maldini den Pförtner, der Jonas ins Freie gefolgt war und seitdem wie ein Bodyguard neben ihrem Auto stand.

Der ältere Mann nickte freundlich, trottete zurück in seine muffige Räucherkammer und fuhr gleich darauf die Doppelschranke hoch.

»Die treue Seele ist ja wirklich sehr nett«, meinte Laura, während sie ihren Kleinwagen beschleunigte, »aber manchmal eben auch ein kleines bisschen zu aufdringlich.«

Sie warf Jonas einen Seitenblick zu. »Ich schlage vor, wir fahren rüber zur Cafeteria der Tagesklinik und trinken erst mal in aller Ruhe einen Kaffee zusammen. Wäre das okay für Sie?«, fragte sie.

»Ja, gerne.«

»Zum Glück hat die Cafeteria um diese Uhrzeit bereits geöffnet. Beim Kaffee können wir in aller Ruhe miteinander reden. Wir haben dazu auch genügend Zeit, denn mein Dienst beginnt erst in einer halben Stunde.«

»Ja, das ist eine gute Idee«, gab Jonas zurück. Er kratzte sich an der Wange. »Ich wundere mich ein wenig darüber, dass Sie heute Dienst haben, denn der Pförtner erzählte mir, dass am Wochenende normalerweise keiner der Ärzte in der Klinik sei.«

Laura zog abschätzig die Augenbrauen hoch. »Was für ein Blödsinn. Wieso sagt er denn so etwas Unsinniges? Erstens stimmt es nicht und zweitens muss sich ja auch am Wochenende ein Arzt um Ihren Vater kümmern.«

Auf der Fahrt zu dem angepeilten Gebäudetrakt breitete sich in Jonas eine innere Unruhe aus. Mit zitternden Fingern nestelte er am Reißverschluss seiner Jacke herum und rutschte unruhig auf dem Sitz hin und her. Laura entging die Nervosität ihres Beifahrers natürlich nicht, aber sie sprach ihn nicht darauf an.

In der Cafeteria hielten sich zu diesem Zeitpunkt lediglich zwei Bedienstete auf. Eine der Servicekräfte bestückte gerade die Bistrotische mit Aschenbechern und anderen Utensilien, während ihre Kollegin an einer Espressomaschine herumhantierte. Ungeduldig wartete Jonas, bis Laura Maldini mit zwei Cappuccino von der Selbstbedienungstheke zurückkehrte.

Sie hatte noch nicht Platz genommen, schon bombardierte er sie mit der ersten Frage: »Kann ich nachher zu ihm?« Ohne Laura Gelegenheit zu einer Antwort zu geben, schob er sofort nach: »Ich muss so schnell es geht mit ihm reden.«

Lauras Miene verdunkelte sich von der einen Sekunde auf die andere. Mit einem bedauernden Kopfschütteln entgegnete sie: »Nein, tut mir leid, Herr Wildberger, aber das ist zurzeit nicht möglich.«

»Ja, ich weiß, wegen dieser blöden Besuchserlaubnis, die ich nicht vorweisen kann. Darauf hat mich schon der Pförtner hingewiesen.«

»Nein, nicht deshalb.«

Jonas' Verwunderung stand ihm deutlich ins Gesicht geschrieben. »Weshalb denn sonst?«, fragte er.

»Hat Sie Professor Gassenmeier denn nicht informiert?«

»Wer?«

»Professor Heinrich Gassenmeier, der Leiter der forensischen Abteilung.«

»Nein. Worüber hätte er mich informieren sollen?«

Laura räusperte sich verlegen und erwiderte mit leiser Stimme. »Er sollte Sie eigentlich anrufen und ...«

»Was ist denn mit meinem Vater?«, warf Jonas erregt dazwischen. Eine Rötung breitete sich von seinem Hals zu den Wangen aus.

Laura schluckte und räusperte sich erneut. »Ihr Vater ist derzeit nicht ansprechbar.«

»Wieso? Was heißt nicht ansprechbar?«

»Er erlitt gestern Nachmittag einen schweren Herz-Kreislauf-Kollaps.«

Jonas hatte das Gefühl zu ersticken. »Um Gottes willen«, keuchte er und fasste sich an die Kehle.

»Sie brauchen sich keine Sorgen zu machen«, beschwichtigte Laura. »Sein Zustand ist stabil. Er wurde in ein künstliches Koma versetzt.«

Während Jonas Wildberger die junge Psychologin fassungslos anstarrte, setzte sie ihren Bericht fort. »Er ist körperlich völlig gesund. Die Kollegen haben ihn von oben bis unten durchgecheckt.«

»Aber … aber … wie… wieso wurde er dann ins künstliche Koma versetzt?«, stotterte Jonas.

»Ganz einfach: Diese medizinische Maßnahme wurde durchgeführt, um ihn von dem extremen psychischen Leidensdruck zu befreien, der seinen kerngesunden Körper gestern so marterte, dass sein Herz zu schlagen aufhörte.«

»Was?«

»Ja«, seufzte Laura. »Ihr Vater hatte einen Herzstillstand. Da er völlig gesund ist, müssen wir davon ausgehen, dass der Kollaps von seinen psychischen Problemen ausgelöst wurde – ein klassisches psychosomatisches Syndrom.

Ich weiß, es klingt schier unglaublich, aber es ist wahr: Emotionaler Stress kann dieselben Symptome verursachen, wie sie für einen Herzinfarkt typisch sind. Es ist unglaublich, aber die menschliche Psyche ist in der Lage, ein gesundes Herz zum Stillstand zu bringen. Pointiert formuliert: Unsere Psyche besitzt die Macht, unseren Körper zu töten.«

Für ein paar Sekunden schwiegen die beiden jungen Menschen. Das einzige Geräusch, das man in der Cafeteria vernehmen konnte, war leise Radiomusik, die aus dem Küchentrakt tönte. Jonas starrte gedankenversunken auf seine Cappuccinotasse, während Laura das Gesicht ihres Gegenübers musterte.

Unrasiert, hohlwangig, übernächtigt, fasste sie dessen Anblick gedanklich in Worte. Kein Wunder bei dem, was dieser Mensch in der letzten Woche durchgemacht haben muss. Trotzdem sieht er sehr interessant aus, richtig verwegen.

»Wissen Sie eigentlich, dass Sie Ihrem Vater sehr ähnlich sind?«, brach Laura schließlich das Schweigen. Sie sprach leise, fast hauchend, bewegte dabei kaum die Lippen.

Jonas warf ihr einen irritierten Blick zu. »Wieso?«

»Die gleiche ernste Miene, die gleichen geheimnisvollen Augen, das gleiche große Fragezeichen auf der Stirn.«

»Welches große Fragezeichen?«, wiederholte Jonas mit eng zusammengezogenen Augenbrauen.

Laura schmunzelte. »Ich habe in den letzten Tagen einige Male vor Ihrem schweigsamen Vater gesessen und …«

»Hat er denn noch immer nichts gesagt?«, fragte Jonas mitten in den Satz hinein.

»Nein, keinen einzigen Ton.«

»Unglaublich!«

»Ja, Ihr Vater hat sich möglicherweise ein Schweigegelübde auferlegt. Ist er eigentlich ein sehr religiöser Mensch?«

»Religiös?«, stieß Jonas verdutzt aus. Unschlüssig zuckte er mit den Schultern. »Keine Ahnung. Wohl eher nicht.«

Er hielt einen Moment inne, dann korrigierte er sich: »Obwohl, wenn ich mir's recht überlege, hat er sich ziemlich intensiv mit dem ZEN-Buddhismus beschäftigt.«

»ZEN-Buddhismus?«

»Ja. Jedenfalls hat er ein paarmal japanische Klöster besucht, um dort an mehrwöchigen Meditationskursen teilzunehmen.«

»Interessant«, entgegnete Laura. »Vielleicht gibt er uns ja demnächst Auskunft darüber. Irgendwann wird er hoffentlich seine Schweigsamkeit beenden.«

»Oder auch nicht«, kommentierte Jonas. »Mein Vater ist ein ziemlich sturer Hund, an dem man sich leicht die Zähne ausbeißen kann.«

Er räusperte sich hinter vorgehaltener Hand. »Gibt es denn eigentlich keine psychologischen Tricks, mit denen man solche Nüsse knacken kann?«, wollte er wissen.

Dr. Laura Maldini schenkte Jonas ein bezauberndes Lächeln. »Der Vergleich mit einer harten Nuss passt in diesem Falle wirklich ausgesprochen gut«, erklärte sie. »Ich kann mich an keinen Patienten erinnern, bei dem ich derart gespannt war, welche Überraschungen hinter der harten Schale verborgen liegen.«

»Überraschungen?«

»Na ja, wir werden es hoffentlich bald wissen«, entgegnete Laura nebulös. »Das mit den psychologischen Tricks, wie Sie es so schön genannt haben, ist ein ziemlich schwieriges Unterfangen bei Erwachsenen. Bei Kindern dagegen kann man tatsächlich mit«, sie malte Gänsefüßchen in die Luft, »Tricks arbeiten: Wenn wir eine Vertrauensbasis zu ihnen hergestellt haben, können wir sie meist dazu bewegen, uns im Spiel oder auch mithilfe von Zeichnungen die Trauma auslösenden Situationen mitzuteilen.«

Laura stockte. Sie rührte mit dem Löffel in ihrer Cappuccinotasse herum. »Aber wissen Sie, Herr Wildberger, bei erwachsenen Patienten funktioniert das nicht so einfach. Wenn Erwachsene sich nicht mitteilen wollen, gibt es leider kaum eine Zugangsmöglichkeit zu ihnen. Manche dieser Patienten schweigen ihr ganzes weiteres Leben lang. Andere wiederum geben im Laufe der Jahre immer nur ein kleines Stückchen von sich, ihren Geheimnissen und ihren psychischen Problemen preis. Das ist wie beim Pellen einer Zwiebel, wenn man Schale um Schale entfernt, um zum Mittelpunkt, zum Trieb zu gelangen …«

Erneut unterbrach sie sich. Sie kicherte wie ein albernes Schulmädchen. »Erst die Nuss – und jetzt die Zwiebel und der Trieb. Schon wieder ein Begriff aus der Botanik!

Ja, ja, der Trieb, die Keimzelle, in welcher der geheimnisvolle Schlüssel zur Psyche des Patienten verborgen liegt. Ein Trieb, der gleichzeitig Antrieb ist für diverse psychopathologische Verhaltensweisen, die …«

»Frau Maldini, ich habe das Gefühl, dass Sie mir ausweichen«, warf Jonas dazwischen.

»Bitte?«, gab sie verwundert zurück.

»Das Fragezeichen auf meiner Stirn«, griff er den Faden wieder auf, während ein gequältes Lächeln seine Lippen umspielte. »Sie wollten mich noch darüber aufklären, was Sie damit meinten.«

»So, wollte ich das?«, gab Laura schmunzelnd zurück. »Ich wollte damit nur betonen, dass man sowohl bei Ihnen als auch bei Ihrem Vater nie weiß, was Sie gerade denken.«

»Aber ist das nicht völlig normal, liebe Frau Psychologin?«, bemerkte Jonas. »Ich weiß ja auch nicht, was Sie gerade denken – zum Beispiel über mich.«

Ganz schön keck, der Junge, aber nicht uncharmant, dachte Laura. Sieht fast so aus, als ob er das Charisma seines Vaters geerbt hätte. Ein richtiger Frauentyp.

In die kleine Pause hinein fragte Jonas: »Sind Sie eigentlich Psychologin oder Psychiaterin?«

»Beides. Ich habe Medizin und Psychologie studiert.«

»Wow! Respekt!«

»Und Sie? Was machen Sie beruflich«, sprudelte es über Lauras volle, geschwungene Lippen.

»Ich bin Mathematiker«, antwortete Jonas Wildberger in einem Tonfall, als schämte er sich für seinen Beruf.

Plötzlich hörten die beiden ein helltönendes Klopfgeräusch von der Fensterfront her. Reflexartig warfen Laura und Jonas ihre Köpfe herum. Sie blickten in Professor Gassenmeiers gerötetes und mit schmelzenden Schneeflocken betupftes Gesicht. Er stand im Freien direkt am Fenster und grinste ihnen fröhlich entgegen.

»Hallo, Laura, was machen Sie denn schon hier?«, rief er durch die Scheibe.

»Guten Morgen, Herr Professor. Wegen dieses Mistwetters bin ich früher losgefahren.«

»Wir sehen uns«, sagte Gassenmeier und verschwand im dichten Schneetreiben.

»Wer war das eben? Der leibhaftige Albert Einstein?«, wollte Jonas wissen. Ihm stand der Mund offen, und er machte einen Scheibenwischergruß. »Oder bin ich jetzt völlig durchgeknallt?«

»Ich glaube nicht«, entgegnete Laura mit einem süffisanten Lächeln, »obwohl Sie sich auf dem Gelände der Landespsychiatrie befinden. Nein, das war mein Chef, der schon angesprochene Leiter der Forensischen Psychiatrie, Professor Heinrich Gassenmeier.«

»Ach, das war also der Herr, der mich hätte anrufen sollen?«, bemerkte Jonas mit vorwurfsvollem Unterton.

»Ja, genau. Aber das hat er bestimmt nicht absichtlich unterlassen, sondern einfach nur vergessen. Manchmal ist der Herr Professor ein wenig zerstreut.« Laura hielt inne, leckte sich nachdenklich über die Lippen. »Sagen Sie mal, Herr Wildberger, wissen Sie zufällig, ob Ihr Vater meinem Chef schon vor seiner Zeit hier einmal begegnet ist?«

»Nein, keine Ahnung«, antwortete Jonas.

»Denken Sie doch bitte noch mal darüber nach, denn eigentlich müssten sich die beiden Herren kennen. Unter Professorenkollegen läuft man sich doch gewöhnlich des Öfteren mal über den Weg.«

»Nein, nicht dass ich wüsste«, log Jonas, der sich bereits zu dem Zeitpunkt, als Laura den Namen ihres Chefs zum ersten Mal erwähnte, daran erinnerte, dass ihm in den

Datenbeständen seines Vaters ein gewisser Professor Gassenmeier gleich an mehreren Stellen begegnet war. »Warum fragen Sie das?«

»Ach, das ist nicht so wichtig.«

»Doch, das ist wichtig. Und es interessiert mich sehr.«

»Es war nur so ein Gefühl«, versuchte Laura die Nachfrage abzuwehren.

Doch Jonas ließ nicht locker, bohrte weiter: »Was für ein Gefühl?«

Laura legte den Kopf schief und fasste Jonas fest ins Auge. »Ich war zweimal dabei, als die beiden Herren sich gegenübersaßen. Dabei habe ich irgendwie den Eindruck gewonnen, dass sie sich kennen und nonverbal ausgetauscht haben.« Sie machte eine wegwerfende Geste. »Wahrscheinlich hab ich mir das nur eingebildet.«

»Haben Sie Ihren Chef nicht danach gefragt?«

»Doch, natürlich. Aber er stritt es ab.«

»Dann wird es wohl auch nicht so sein, denke ich«, meinte Jonas eher beiläufig.

In seinem Kopf dagegen leuchtete in großen Lettern das Fragewort »Warum?« auf seiner inneren Leinwand auf. Warum gibt er nicht zu, dass er Vater kennt? Sogar sehr gut kennt, schließlich arbeitete er häufig mit ihm zusammen. Hat er vielleicht etwas zu verbergen? Haben möglicherweise beide etwas zu verbergen?

»Ja, sicher ist das so«, sagte die junge Psychologin betont selbstkritisch. Inzwischen war ihr bewusst geworden, dass ihre Aussage durchaus eine Kritik an ihrem Vorgesetzten und Förderer beinhaltete, die sie gegenüber einem Fremden nicht äußern sollte.

»Hat eigentlich jemand meinen Vater besucht, seit er hier bei Ihnen in der Klinik ist?«, wollte ihr Gegenüber wissen.

Laura Maldini runzelte die Stirn. »Lassen Sie mich mal nachdenken.« Sie führte die Tasse zu ihrem Mund, nippte kurz am Cappuccino. »Außer Kommissar Tannenberg war kein Externer bei ihm«, sagte sie mit ruhiger Stimme.

Nachdem sie sich Schaumreste von den Lippen geleckt hatte, ergänzte sie: »Jedenfalls soweit ich weiß. Natürlich können außerhalb meiner Dienstzeit noch andere Personen bei ihm gewesen sein. Diese Frage kann Ihnen wahrscheinlich Professor Gassenmeier besser beantworten.«

Plötzlich reckte sie einen Zeigefinger und deutete damit in Jonas Richtung. »Doch, jetzt erinnere ich mich: Vorgestern war ein Externer bei meinem Chef. Ein gewisser Oster oder Doster oder so ähnlich. Er muss wohl ein Bekannter oder Freund meines Chefs sein. Jedenfalls eilte Professor Gassenmeier höchstpersönlich zum Eingang, um ihn abzuholen. Das macht er sonst nie. Aber ich habe dieses Ereignis nur am Rande mitbekommen. Mein Dienst war gerade zu Ende und ich war sehr in Eile. Ich habe nur aufgeschnappt, dass er meinen Chef besuchen wollte. Ob dieser Besuch auch mit Ihrem Vater zu tun hatte, weiß ich nicht.«

Ist dieser Mann vielleicht das Verbindungsglied zwischen Gassenmeier und Wildberger?, fragte sie sich, behielt diesen Gedanken aber für sich.

Jonas spielte ebenfalls nicht mit offenen Karten, denn er verschwieg, dass es sich bei dem mysteriösen Besucher um seinen Patenonkel und den besten Freund seines Vaters handelte. Was hatte Wolfgang hier gewollt? Warum hat er mir nichts davon erzählt?, schoss es ihm durch den Kopf.

Laura warf einen kurzen Blick auf ihre Armbanduhr. Sie erschrak. »Oje, ich muss rüber, mein Dienst beginnt in exakt zwei Minuten.« Sie sprang von ihrem Stuhl auf.

»Kann ich nun zu meinem Vater?«

Noch bevor Laura abweisend reagieren konnte, ergänzte Jonas mit herzerweichendem Blick: »Bitte.« Dabei faltete er die Hände und bewegte sie vor seiner Brust beschwörend auf und ab.

»Warten Sie einen Augenblick. Dafür muss ich mir erst die Erlaubnis meines Chefs einholen.«

Sie wandte ihm den Rücken zu und entfernte sich ein paar Schritte in Richtung der Ausgangstür. Unterwegs fischte sie ihr Handy aus ihrer Umhängetasche und telefonierte mit ihrem Vorgesetzten. Der gab grünes Licht für den Besuch Ansgar Wildbergers. Laura nickte Jonas, der gerade das Geschirr auf die Theke stellte, eifrig zu und signalisierte ihm per Handzeichen, dass er ihr folgen solle.

Mit schnellen Schritten hasteten die beiden durch das immer dichter werdende Schneegestöber zu einem anderen Gebäudekomplex. Wie aus dem Nichts machten sich in Jonas große Zweifel breit, ob er wirklich seinen komatösen Vater besuchen sollte oder ob es nicht besser wäre, abzuwarten, bis er wieder bei Bewusstsein war.

In der überdachten Eingangshalle blieb er stehen und klopfte sich den Schnee von der Jacke. Laura stellte sich hinter ihn und wischte die eisige Fracht von seinen Schultern. Tief in die Welt seiner Zweifel abgetaucht, nahm er diese nette Geste gar nicht wahr. Grübelnd blickte er in einen breiten, neondurchfluteten Klinikflur.

Laura schien zu erahnen, was gerade in Jonas vorging. »Sie zögern? Hat Sie etwa der Mut verlassen?«, fragte sie mit einem leicht provokantem Unterton in der Stimme.

Jonas wich ihrem stechenden Blick aus und ließ seine Augen ein paar Meter über die feuchtglänzenden Marmorplatten, die den Boden bedeckten, wandern. Er presste seine Lippen zu einem dünnen Strich zusammen, trippelte, von großer innerer Unruhe gepeinigt, auf der Stelle. »Ich weiß nicht, ob ich es ertragen kann, wenn ich ihn so sehe.«

Laura fing seinen unsicheren Blick auf. »Das schaffen Sie schon. Beißen kann er Sie ja nicht, schließlich befindet er sich im Tiefschlaf.«

Jonas räusperte sich verlegen und öffnete den Mund, so als ob er etwas sagen wollte. Doch dann verschloss er ihn wieder unverrichteter Dinge. Er kratzte sich an einer Braue. »Könnten Sie mich bitte zu ihm begleiten?«, kam es gepresst über seine farblosen Lippen.

»Natürlich«, entgegnete Laura freundlich, »wenn Sie das möchten, mache ich das sehr gerne.« Sie hakte ihn unter. »Kommen Sie. Und falls ich Sie irgendwann mit ihm allein lassen soll, sagen Sie mir das einfach. Okay?«

Jonas nickte dankbar.

Abgesehen von den medizinischen Gerätschaften, mit denen sein Körper verbunden war, sah Ansgar Wildberger tatsächlich so aus, als ob er friedlich auf seiner Wohnzimmercouch schlummerte. Sein Brustkorb bewegte sich in monotonem Rhythmus auf und ab, ansonsten regte sich nichts an ihm. Die Augen waren geschlossen, die Arme lagen seitlich ausgestreckt neben dem Körper.

Jonas setzte sich auf einen Hocker, der direkt neben dem Bett stand. Laura hielt sich dezent im Hintergrund und beobachtete die beiden von der Tür aus. Bereits nach kurzer Zeit hatte Jonas die Anwesenheit der Psychologin völlig vergessen.

Eine Zeit lang ruhte sein andächtiger Blick auf dem ebenmäßigen Gesicht seines Vaters, von dessen faszinierenden Gedanken und aufregendem Leben er noch bis vor Kurzem kaum etwas gewusst hatte.

Zum ersten Mal spürte er eine enge Verbundenheit mit diesem außergewöhnlichen Menschen, mit dem er viele Jahre gemeinsam unter einem Dach gelebt, den er aber eher als einen Fremden wahrgenommen hatte.

Einem spontanen Impuls folgend, legte er seine Hand auf die seines Vaters. Er war erstaunt, wie warm sie war. Sein Blick fiel auf seine eigene, mit einem goldenen Ehering geschmückte, stark behaarte Männerhand, deren Adergeflecht immer deutlicher hervortrat. Sanft streichelte er die faltigere, mit bräunlichen Flecken betupfte Haut seines Vaters, deren Rauheit ihn überraschte.

So etwas Verrücktes, dachte Jonas. Ich sitze am Bett des Mörders meiner Mutter – und was tue ich? Ich streichle seine Hand. Dabei müsste ich ihn doch hassen! Eigentlich müsste ich ihn jetzt anschreien, ihm meine Wut über das, was er getan hat, ins Gesicht brüllen. Aber ich fühle nichts dergleichen. Keinen Zorn, keine Spur von Hass, nichts dergleichen. Warum?

Mit einer abrupten Bewegung umklammerte er mit beiden Händen den nackten Unterarm seines Vaters und drückte ihn fest.

Komm, Vater, wach endlich auf, hörte er eine Stimme in seinem Kopf. Ich brauche dich! Wir müssen unbedingt miteinander reden. Du musst mir sagen, wie es war. Was du dabei gefühlt hast, als du es getan hast. Ich muss es unbedingt wissen.

18

Im Halbschlaf drehte sich Hannah auf die andere Seite, kuschelte sich in die Bettdecke und schmiegte schnurrend den Kopf in das Kissen. Ganz langsam schob sie die linke Hand hinüber zur anderen Hälfte des Doppelbetts, dorthin, wo sie ihren Ehemann vermutete. Doch sie spürte keinen Widerstand. Erschrocken riss sie die Augen auf.

Hab ich alles etwa nur geträumt?, schoss es ihr durch den Kopf.

Doch dann erinnerte sie sich an den Verlauf des gestrigen Abends und es huschte ihr ein erleichtertes Lächeln übers Gesicht. Die Schlafzimmertür stand sperrangelweit offen. Hannah horchte in die Wohnung hinein. Es war mucksmäuschenstill.

Jonas ist bestimmt Brötchen holen gegangen, erklärte sie sich seine Abwesenheit. Es ist ja Samstag. Frühstück im Bett – toll!

Gähnend streckte sie ihren Körper. Anschließend schälte sie sich aus ihrem behaglichen Kuschelnest, warf einen kurzen Blick aus dem Fenster und trottete in die Küche. Sie schaltete das Radio ein und sang den bekannten Beatles-Song »Let it be« mit.

Auf dem Küchentisch entdeckte sie einen Zettel, der neben der heutigen Zeitung lag. »Bin zu Vater in die Klinik gefahren – Kuss J.«, stand darauf in krakeliger Schrift geschrieben.

Dann hat er nun endlich die Kraft gefunden, um ihn zu besuchen, freute sie sich im Stillen. Er beginnt sich damit abzufinden – genau, wie Mama vorausgesagt hat. Sie ist wirklich eine sehr, sehr kluge Frau.

Hannah Wildberger schlenderte zurück in den Flur, nahm das Telefon und wählte die eingespeicherte Nummer ihrer Mutter.

»Trautschke«, meldete sich eine forsche Frauenstimme am anderen Ende der Leitung.

»Mama, wir müssen uns so schnell wie möglich treffen«, fiel Hannah ohne Vorgeplänkel gleich mit der Tür ins Haus.

»Um Himmels willen, Kind, ist etwas Schlimmes passiert?«, fragte Irene mit zitternder Stimme.

»Nein, wohl eher das Gegenteil«, erwiderte Hannah lachend. »Mach dir keine Sorgen, es ist alles okay. Es gibt sogar supertolle Neuigkeiten.«

»Und welche?«

»Das kann und will ich dir nicht am Telefon sagen. Eigentlich würde ich am liebsten gleich zu dir kommen und dir alles erzählen. Aber bei dem Wetter fahre ich wohl besser nicht mit dem Auto.«

»Nein, das wäre keine gute Idee, Kind.«

»Aber mit dem Bus zu dir rauszufahren, ist mir viel zu umständlich. Das dauert ja ewig. Könnten wir uns nicht irgendwo in der Stadt treffen? Was hast du denn heute Morgen vor?«

»Heute Morgen?«, fragte Irene, die immer noch ziemlich irritiert schien. »In der Stadt?« Sie legte eine kurze Denkpause ein. »Ja, das ist eine sehr gute Idee. Ich wollte sowieso nachher in die Stadt fahren und einige Dinge erledigen.«

»Das passt ja genau – super!«

Hannah hörte, wie ihre Mutter einen Vorhang beiseiteschob. »Das ist wirklich ein Mistwetter! Du hast recht, ich werde wohl auch besser den Bus nehmen. Ja, gut, dann treffen wir uns, sagen wir, um 9 Uhr in dem kleinen Café an der Stiftskirche, dem einzigen in der Stadt, in dem man noch rauchen darf. Um die Zeit ist dort kaum jemand. Da können wir ungestört miteinander reden. Schaffst du das?«

Hannah zögerte einen Moment mit ihrer Antwort und warf einen Blick auf die Küchenuhr. »Ja, doch, das müsste mir dicke reichen. Wenn ich mich beeile, kann ich sogar noch ein bisschen Zeitung lesen.«

Irene Trautschke saß wie auf glühenden Kohlen. Sie wurde immer nervöser, denn sie wartete bereits seit mehr als einer Viertelstunde auf ihre Tochter. Und das war ungewöhnlich, schließlich war Hannah die Pünktlichkeit in Person. Kein Wunder, denn diese Kardinaltugend hatte ganz weit oben in ihrem strengen mütterlichen Erziehungsplan gestanden.

Zur Beruhigung hatte sich Irene vor ein paar Minuten einen großen Cognac zu ihrem Kännchen Kaffee bestellt und sich diesen mit wenigen Schlucken einverleibt. Sie steckte sich gerade den zweiten Zigarillo an, als Hannah in der Drehtür erschien. Obwohl Irene Trautschke in dem nur spärlich besuchten Café wirklich nicht zu übersehen war, sprang sie auf und winkte ihrer Tochter aufgeregt zu.

Hannah war das affektierte Gebaren ihrer Mutter peinlich, deshalb eilte sie sofort zu ihr. Irene Trautschke empfing sie mit ausgebreiteten Armen und drückte sie fest an sich. Als Hannah sich aus der Umklammerung befreit hatte, zog sie ihren topmodischen, dunkelbeigen Sweatmantel aus und hängte ihn an die Garderobe.

Danach setzte sie sich Irene direkt gegenüber. Mit gespreizten Fingern durchfuhr Hannah ihre schulterlangen Haare und versuchte die kastanienbraune Lockenpracht, die sie bis eben unter einer Ballonmütze versteckt hatte, ein wenig aufzulockern. »Entschuldige, Mama, dass ich mich verspätet habe. Es ist nicht meine Schuld …«

»Los, sag schon endlich, was es für Neuigkeiten gibt«, fiel ihr Irene ungeduldig ins Wort.

»Ach, Mama«, entgegnete Hannah, »ich bin so unheimlich glücklich.«

»Ja, weshalb denn nun? Lass dir doch nicht alles aus der Nase ziehen.«

Anstatt zu antworten, zupfte Hannah lächelnd an einer Locke. »Ich hab einen Bärenhunger«, sagte sie. »Möchtest du auch etwas essen?«

Ihre Mutter schüttelte den Kopf, woraufhin Hannah bei der Bedienung ein Croissant und einen Milchkaffee orderte. Derweil rutschte Irene unruhig auf ihrem Stuhl herum, so als ob sie auf einer Waschbetonplatte sitzen würde. Ihre Lider und Mundwinkel zuckten, die linke Hand spielte nervös mit dem kleinen goldfarbenen Bärchen an ihrem Schlüsselbund.

Mit der anderen Hand griff sie sich den Zigarillo aus dem Aschenbecher. Gierig sog sie daran, blies Hannah unbedacht den Rauch ins Gesicht. Hannah hüstelte, während sie mit der Getränkekarte den aufdringlichen Qualm zu verscheuchen versuchte.

»Mama, du könntest ruhig ein bisschen Rücksicht auf eine potenziell Schwangere nehmen«, sagte sie.

Irene fiel die Kinnlade herunter. Mit fahrigen Bewegungen drückte sie den Zigarillo in den Keramikascher. Die zitternden Hände ergriffen die ihrer Tochter. »Was, Kind? Du bist schwanger?«

»Jetzt bist du ganz schön baff, nicht wahr?«

»Das glaube ich nicht«, sagte Irene kopfschüttelnd. »Das glaub ich einfach nicht! – Von Jonas?«

»Von wem denn sonst?«, gab Hannah empört zurück.

»Natürlich. Entschuldige, mein Schatz. Ich bin im Moment ziemlich durcheinander.« Sie räusperte sich. Ihre Augen wurden feucht. Mit tränenerstickter Stimme ergänzte sie: »Da werde ich ja bald Oma.«

Hannah kommentierte diese Bemerkung lediglich mit einem Nicken.

Nun wurde Irene vollends von ihren Gefühlen überwältigt. Sie schloss die Augen, zückte ein Papiertaschentuch und tupfte sich die Nässe aus ihrem dezent geschminkten Gesicht. »Ach, das ist ja so was von toll!«, schwärmte sie. »Nun gehen endlich meine allerschönsten Träume in Erfüllung. Das ist solch eine wunderbare Nachricht, mein süßer, kleiner Liebling!«

»Ein wenig musst du dich aber schon noch gedulden«, bemerkte Hannah scheinbar emotionslos. Ihr Blick ruhte einen Moment lang auf einem Weihnachtsstern, der inmitten des Bistrotischchens stand. Dann wanderte er hinauf in das erhitzte Antlitz ihrer Mutter, aus dem ihr zwei gerötete Augen entgegenstrahlten.

Freudig fing Irene Hannahs Blick auf. »Na ja, die neun Monate werde ich nun wohl auch noch durchstehen. Oder auch weniger.«

»Eher noch ein bisschen länger.«

Hannahs attraktive, jugendliche Mutter legte die Stirn in Falten und schürzte verdutzt die Lippen. »Wie? Verstehe nicht, was du meinst.«

»Ich habe nur von einer *potenziell* Schwangeren gesprochen.«

Irene Trautschke starrte ihre Tochter entgeistert an. »Heißt das etwa, du bist gar nicht schwanger?«

»Mama, die Frage kann ich dir im Moment leider nicht beantworten. Ich weiß nicht, ob ich heute Nacht schwanger geworden bin. Aber das ist mir auch ziemlich egal.«

»Wieso?«

»Weil es überhaupt keine Rolle spielt, wie schnell ich schwanger werde. Das Entscheidende ist, dass ich überhaupt schwanger werde«, Hannah senkte die Stimme, »und zwar ohne irgendwelche fiesen Tricks.«

Irene verstand die Anspielung, ging aber nicht darauf ein. »Wieso denn das auf einmal? Ich dachte, Jonas will keine Kinder haben.«

»Genau das hat sich in der letzten Nacht grundlegend geändert. Jonas möchte jetzt auch unbedingt eigene Kinder.«

»So plötzlich?«, fragte Irene ungläubig nach.

Hannah neigte den Kopf ein wenig zur Seite und spielte lächelnd an ihren silbernen Ohrringen herum.

»Ja, Mama, Jonas ist auf einmal wie ausgewechselt, ein vollkommen anderer Mensch«, schwärmte Hannah. Sie schöpfte tief Luft und seufzte. »Er war so unheimlich zärtlich und so lieb zu mir heute Nacht.« Ihre Augen weiteten sich. »Aber er war auch sehr, sehr leidenschaftlich. So habe ich ihn nie zuvor erlebt. Es war unglaublich schön.«

»Das freut mich für dich, mein kleiner Schatz, wirklich«, bemerkte Irene, während sie die warmen Hände ihrer Tochter tätschelte. »Worauf ist denn Jonas' radikaler Meinungswandel zurückzuführen?«

Nur mit Mühe konnte Hannah die körperlichen Anzeichen ihrer aufschäumenden Emotionen unterdrücken. »Es ist genau so gekommen, wie du vorausgesagt hast. Erinnerst du dich noch, was du mir prophezeit hast?«

Aus lauter Nervosität schob sich Irene gleich zwei Zimtsterne, die sie einem Gebäckschälchen entnahm, das auf dem Tisch stand, auf einmal in den Mund.

»Was meinst du?«, fragte sie schmatzend.

»Du hattest mir doch dringend dazu geraten, Jonas trotz seiner Probleme völlig in Ruhe zu lassen. Er müsse diese schreckliche Sache ganz alleine durchstehen, und dafür benötige er genügend Zeit, hast du gesagt.« Ein ergriffenes Seufzen. »Und nun hat er es anscheinend geschafft. Er ist heute Morgen zu seinem Vater in die Klinik gefahren.«

»Das ist ein sehr gutes Zeichen«, erwiderte Irene, während ihre Zunge im Mund nach Gebäckresten fischte. »Du wirst sehen, nun wird alles gut werden.«

Hannah Wildberger nickte zustimmend. »Das glaube ich auch, Mama.«

»Jetzt, wo deine Schwiegermutter tot ist, wird sich bei euch sowieso einiges grundlegend verändern. Und zwar nicht zu unserem Nachteil, mein Kind, das verspreche ich dir. Uns beiden eröffnen sich völlig neue Perspektiven.«

Irene Trautschke unterbrach den Blickkontakt mit ihrer Tochter und ließ ihre Augen ein paar Sekunden durch das Café wandern. Dann räusperte sie sich und fixierte Hannah erneut. »Schon bald können wir gemeinsam in dieses wunderschöne Haus einziehen«, sagte sie in einem Ton, als verkündete sie das Selbstverständlichste auf der Welt.

Hannah fiel die Kinnlade herunter.

»Helga war sowieso nicht die richtige Frau für Ansgar. Sie war viel zu bieder für ihn.«

»Wie kommst du denn auf so etwas?«, fragte ihre Tochter fassungslos.

»Hast du nicht bemerkt, dass die beiden nur noch nebeneinanderher gelebt haben? Helga war ihm viel zu …« Irene stockte, suchte nach den geeigneten Worten, »depressiv, kühl, altbacken – genau, dieses Wort hat er mir gegenüber einmal benutzt.«

Hannah wollte etwas sagen, aber ihre Mutter gebot ihr mit einer abweisenden Geste Einhalt. Unverdrossen fuhr sie fort: »Ein sportlicher, wohlhabender Traummann wie Ansgar braucht eben eine Frau mit Pep, mit Feuer, mit Lebensfreude und Leidenschaft, eine, mit der er das Leben in vollen Zügen genießen kann. Kein verhuschtes Heimchen am Herd, das sich nicht vor die Tür wagt, sondern eine Frau, mit der man sich in der Öffentlichkeit nicht schämen muss. Eine, die man überall vorzeigen kann, mit der man die Welt bereisen kann. – Komm, mein Schatz, die neuen Perspektiven müssen wir feiern. Aber vorher muss ich noch für kleine Mädchen.«

Ohne eine Reaktion ihrer Tochter abzuwarten, erhob sich Irene und orderte auf dem Weg zur Toilette eine Flasche Champagner.

Sie war gerade verschwunden, als eine junge Familie das Café betrat: Ein mit Jeans und einer blauen Daunenjacke bekleideter Mann schob mit gequälter Miene einen Buggy vor sich her, in dem ein etwa zweijähriges, lebhaftes Kind herumturnte.

Die junge Mutter trug ein quengelndes Baby in einem Wickeltuch eng an ihrem Körper. Der Mann hob seinen Sprössling aus dem Buggy und befreite ihn von Handschuhen, Mütze und buntem Overall.

Unterdessen schälte seine Frau behutsam das Baby aus dem Tuch, setzte sich etwa drei Meter von Hannah entfernt auf eine Sitzbank und gab dem Kleinen die Brust.

Hannah fing den Blick der mädchenhaften Frau auf und strahlte sie an. Die junge Mutter lächelte kurz zurück, dann wandte sie sich ihrem genüsslich schmatzenden Kind zu und streichelte sanft über seinen Kopf.

Gedankenversunken betrachtete Hannah noch eine Weile dieses von inniger Harmonie geprägte Bild. Dahinter tauchte plötzlich die markante Gestalt ihrer Mutter auf, die mit dynamischen Schritten an ihren Tisch zurückkehrte.

»Wo bleibt denn der Schampus?«, posaunte Irene lauthals in Richtung Theke.

»Kommt bestimmt gleich, Mama«, entgegnete Hannah. Sie wies mit dem Kinn in Richtung der stillenden Mutter und ergänzte im Flüsterton: »Schau mal da rüber. Ist das Baby nicht süß?«

Irene warf einen flüchtigen Blick über die Schulter. »Ich sehe von dem Baby zwar fast nichts, aber Babys sind immer süß.« Sie sog tief die Luft ein. »Und vor allem riechen sie unheimlich gut. Ach, mein kleiner Schatz, ich freue mich ja so auf die Zukunft. Du wirst sehen: Das wird alles wunderbar werden.«

Ein Kellner brachte den bestellten Champagner, entkorkte ihn und füllte zwei Gläser. Irene nahm drei große Schlucke. Hannah dagegen nippte nur ein Mal kurz an dem langstieligen Kelch.

»Bevor wir in dieses tolle alte Haus einziehen können, muss es natürlich erst gründlich renoviert werden. Vor allem die Küche. Da ist bestimmt noch Helgas Blut auf dem Fußboden.«

Irene Trautschke stockte und blickte gedankenversunken in die brennende Kerze auf dem Bistrotischchen. Dann schüttelte sie den Kopf und murmelte: »Wie sie da auf der Seite lag und das Messer …«

»Wie kommst du denn darauf, dass Helga auf der Seite lag?«, warf Hannah verwundert dazwischen.

»Was?«, fragte Irene irritiert. Das blanke Entsetzen darüber, was sie gerade unbedacht von sich gegeben hatte, stand ihr nur allzu deutlich ins Gesicht geschrieben.

Aber Hannah ließ nicht locker. »Nach allem, was ich gelesen habe, lag sie auf dem Rücken, als die Polizei eintraf.«

»Kann sein. Ich dachte, ich hätte das irgendwo gelesen. Ist ja auch egal«, versuchte sie das Thema im Keim zu ersticken. Sie mühte sich ein gequältes Lächeln ab, griff nach der Flasche und schenkte sich Champagner nach. »Komm, Kind, trink endlich mal was.«

Der Gedanke kam wie aus dem Nichts. Hannah erinnerte sich plötzlich an einen Nebensatz, den ihre Mutter vor ein paar Minuten eher beiläufig hatte verlauten lassen. »Mama, hast du vorhin nicht behauptet, dass Ansgar mit dir über Helga gesprochen hat?«, wollte sie wissen. »Und dass er zu dir gesagt hat, seine Frau sei zu altbacken für ihn?«

Mit einem Schlag verfinsterte sich Irene Trautschkes Miene. Ihre Augen verengten sich und die Wimpern zuckten. »Ja, das hat er irgendwann einmal zu mir gesagt«, antwortete sie mit belegter Stimme.

»Du magst Ansgar sehr, nicht wahr, Mama?«

Irene nickte stumm.

»Wenn ich mir's recht überlege, bist du von Anfang an auf Ansgar abgefahren, stimmt doch, oder?« Hannah runzelte die Stirn. »Du hast immer seine Nähe gesucht und mir anschließend von ihm vorgeschwärmt. Ihn mit großen Augen bewundert, wenn er von seinem Job und seinem aufregenden Leben erzählte.«

»Ja, und?«, gab Irene mit veränderter, bedeutend schärferer Stimme zurück. »Ansgar ist schließlich auch ein bewundernswerter Mann: gebildet, kultiviert, berühmt, wohlhabend.«

»Jetzt ist mir auch klar, weshalb du Helga gegenüber immer so kritisch eingestellt warst. Ich erinnere mich noch sehr gut an deine abschätzigen Bemerkungen über sie. Du warst eifersüchtig auf Helga! Du wärst gerne an ihrer Stelle gewesen, habe ich recht?«

»Ich passe ja auch viel besser zu Ansgar als diese vertrocknete alte Schachtel«, erklärte Irene trotzig. »Aber er schaffte es ja nicht, sich von ihr zu trennen. Auf alle Fälle weine ich ihr keine Träne nach. Ich hatte übrigens oft den Eindruck, dass er Helga am liebsten so schnell wie möglich losgeworden wäre. Das war wohl auch mit der Grund dafür, weshalb er in den letzten Jahren nur noch selten zu Hause gewesen ist.«

»Hattet ihr etwa ein Verhältnis?«, platzte Hannah so unvermittelt und laut heraus, dass die junge Mutter neugierig zu ihr herüberschaute.

Irenes Mimik verriet, dass ihr das Thema ziemlich unangenehm war. Sie räusperte sich verlegen und nagte auf ihrer Unterlippe herum.

Der Familienvater murmelte etwas Unverständliches, woraufhin die junge Mutter nickte. Die die beiden packten ihre Sachen und zogen ihren Kindern wieder die Winterjacken an. Hannah vermutete, dass sie erst jetzt bemerkt hatten, dass sie mit ihren kleinen Kindern in einem Rauchercafé gelandet waren.

»Mein Kind, du musst nicht alles über das Gefühlsleben deiner Mutter wissen«, versuchte Irene unterdessen abzuwiegeln.

Aber Hannah ließ nicht locker. »Nun sag schon!«, forderte sie eindringlich.

Mit fahrigen Händen griff Irene Trautschke die Zigarilloschachtel und klappte sie auf. Doch plötzlich hielt sie inne und ließ die Packung zurück auf den Tisch sinken. Nach einem tiefen Atemzug sagte sie: »Nun, wenn wir schon mal dabei sind, kannst du gleich auch noch ein paar andere Dinge von mir erfahren: Ansgar und ich standen uns sehr viel näher, als es nach außen hin den Anschein hatte. Wir trafen uns ziemlich oft. Auch an diesem Morgen wollten wir uns sehen.«

»An welchem Morgen?«, fragte Hannah, schob aber

sogleich selbst eine mögliche Antwort nach: »An dem Morgen, an dem es passierte?«

»Ja«, entgegnete Irene knapp.

Hannah riss ihre Augen weit auf. »Warst du etwa dort?«

Irenes Antwort bestand zunächst lediglich aus einem stummen Nicken. Nach einer kurzen Besinnungspause fand sie schließlich ihre Sprache wieder: »Ich wollte eigentlich niemandem etwas davon sagen, dass ich dort war.«

»Aber wieso denn? Du hast ja nichts getan.« Hannah fuhr der Schrecken in alle Glieder, sie zuckte zusammen. »Oder … oder hast du etwa …?«, stammelte sie mit bebender Stimme.

»Nein, um Gottes willen«, versetzte Irene und schnaubte ungehalten. »Kind, was denkst du von mir? Ich war am Samstagmorgen an Ansgars Haus und habe geläutet. Als mir niemand öffnete, lief ich in den Garten und ums Haus herum zur Terrasse. Dic Tür stand offen. Ich habe in die Küche hineingeschaut. Helga lag auf dem Boden. Und zwar auf der Seite! Ein Messer steckte in ihrer Brust. Ansgar saß mit hängendem Kopf am Tisch. Ich glaube, er hat mich überhaupt nicht bemerkt.«

»Du bist nicht in die Küche rein?«

»Nein, ich war derart geschockt von diesem Anblick, dass ich wie ferngesteuert das Weite suchte. Ich war in einem Trancezustand, wusste nicht, was ich tat. Erst später habe ich alles realisiert. Als ich wieder bei Sinnen war, machte ich mir natürlich Vorwürfe, dass ich nicht zu ihm hin bin und versuchte, ihm zu helfen. Ich fuhr dann noch mal zurück, aber da war die Polizei schon da.«

»Und denen hast du nichts gesagt?«

»Nein.«

»Warum denn nicht?«

»Erstens hatte ich riesengroße Angst, dass die mich verdächtigen würden – eben weil ich so fluchtartig verschwunden bin. Und zweitens hätte ich ihnen absolut nichts sagen können.«

Irene Trautschke zuckte entschuldigend mit den Achseln. »Ich habe schließlich nichts und niemanden gesehen – außer Ansgar und Helga natürlich.«

»Mama, weißt du, was ich überhaupt nicht verstehe?«

»Was, mein Kind?«

»Dass ich dir die ganze Zeit über nichts angemerkt habe. Diese Sache muss dich doch unheimlich belastet haben. Vor allem auch deshalb, weil dein angeblicher Traummann als Mordverdächtiger in der Psychiatrie sitzt. Wer weiß, wie …«

»… wie lange er eingesperrt werden wird, willst du sagen?«, vollendete Irene den Satz ihrer Tochter.

»Genau.«

»Da bin ich wohl weniger pessimistisch als du, wie mir scheint. Ansgar verfügt über ausgesprochen gute Kontakte in die High Society. Er kennt die besten Anwälte, viele Richter und andere einflussreiche Leute. Die können garantiert etwas drehen, zum Beispiel mit einem oder besser noch mehreren entlastenden Gutachten. Schließlich ist er einer von ihnen. Es wäre nicht das erste Mal, dass sich Mitglieder der High Society untereinander helfen. Vielleicht kann man diese blöde Sache ja auch in Richtung Notwehr hinbiegen.«

»Notwehr?«

»Ja, warum denn nicht? Vielleicht griff Helga ihn ja an und er setzte sich nur gegen diese Attacke zur Wehr.« Sie seufzte. »Ach, weißt du, Kind, ich mache mir da keine allzu großen Sorgen. Ich beobachte in aller Ruhe, wie sich alles entwickelt. Und falls er wirklich für ein paar Jahre ins Gefängnis muss, warte ich eben auf ihn. Wenn er dann entlassen wird, hat er nicht nur eine neue Frau, sondern auch noch Enkelkinder.«

»Mama, du scheinst den alten Wildberger ja genauso doll zu lieben wie ich seinen Sohn«, bemerkte Hannah.

»Es sieht ganz danach aus, mein Schatz«, entgegnete Irene Trautschke mit einem zufriedenen Lächeln auf den Lippen.

Etwa 20 Kilometer Luftlinie vom Treffpunkt der beiden Frauen entfernt setzte sich zur selben Zeit Jonas Wildberger gerade in sein Auto. Den Anblick seines in ein künstliches Koma versetzten Vaters hatte er nur ein paar Minuten lang ertragen. Dann war er geradezu panisch aus dem Krankenzimmer geflüchtet.

Laura Maldini folgte ihm in den Flur, hielt ihn am Ärmel fest. Ihr war natürlich nicht verborgen geblieben, dass Jonas die ganze Zeit über von großen inneren Qualen gemartert worden war. Aber erst als sie ihm nun von Angesicht zu Angesicht gegenüberstand und in sein bleiches, von einem zuckenden, unruhigen Augenpaar beherrschtes Gesicht blickte, wurde ihr die Dramatik seines Zustandes erst richtig bewusst.

Aufgrund ihrer therapeutischen Erfahrung wusste sie, dass Menschen, die sich in solch einer psychischen Ausnahmesituation befanden, schnell überreagierten. Und die körperlichen Signale, die Jonas unbewusst aussandte, gaben Anlass zu größter Besorgnis. Sie wollte ihn nicht alleine lassen und lud ihn deshalb zu einem abschließenden Gespräch in ihr Büro ein. Doch Jonas lehnte ab. Er behauptete, einen dringenden Termin zu haben.

Bevor er aus dem Klinikgebäude gestürmt war, hatte er Laura eindringlich angefleht, seinen Vater so bald wie möglich aus dem künstlichen Koma erwachen zu lassen. Die junge Psychologin hatte darauf verwiesen, dass diese Entscheidung nicht von ihr, sondern von Professor Gassenmeier und dem zuständigen medizinischen Team getroffen werde. Sie hatte ihm jedoch versprochen, ihn sofort zu verständigen, sobald sein Vater wieder bei Bewusstsein sei.

Nun saß Jonas in seinem Auto und stierte kopfschüttelnd auf die weiße Schneematte, die auf der Windschutzscheibe lag. Seine schweißnassen Hände umklammerten das Lenkrad. Kälteschauer jagten ihm den Rücken hinunter.

Mit zitternder Hand startete er den Motor. Die Wischerblätter schoben die zentimeterdicke Schneeschicht an die Ränder der Frontscheibe und gaben den Blick frei auf die verzauberte Winterlandschaft der Sickinger Höhe. In gemächlichem Tempo steuerte er den Wagen bis zur Einmündung der Klinikzufahrt auf die Landstraße.

Von rechts näherte sich ein Schneepflug. Nachdem der ihn laut ratternd passiert hatte, wartete Jonas noch ein paar Sekunden, dann folgte er dem orangefarbenen Räumfahrzeug in gemessenem Abstand. Ab und an blickte er in den Rückspiegel, sah, wie die Klinikgebäude stetig kleiner wurden, bis sie nach einer Kurve gänzlich verschwanden.

Plötzlich machte sich sein Handy mit einem schrillen, anschwellenden Signalton bemerkbar. Erschrocken fuhr er zusammen. Er kramte das Smartphone aus seiner Jacke und nahm das Gespräch an.

»Hallo, Jonas, was glaubst du wohl, wo ich gerade bin?«, hörte er Hannah säuseln.

Er fühlte sich, als ob man ihn gerade aus dem Tiefschlaf gerissen hätte. »Wo?«, knurrte er irritiert.

»Im Café an der Stiftskirche«, verkündete Hannah.

»Und?«

»Ich bin auf der Toilette. Willst du denn nicht wissen, warum ich dich von hier aus anrufe?«

Jonas brummte.

»Ich bin hier mit Mama. Sie sitzt im Café. Ich will nicht, dass sie etwas davon mitbekommt. Ich muss dich unbedingt etwas ganz Wichtiges fragen.«

Die Verbindung wurde plötzlich instabil und brach zusammen. Nach gut einer Minute Weiterfahrt machte sich Jonas Handy abermals bemerkbar. Genervt ging er ran.

»Bist du noch da?«, fragte Hannah.

»Jetzt wieder.«

»Sag mal, ist irgendwas mit dir?«, wollte sie besorgt wissen.

»Nein.«

»Aber warum bist du denn dann so kurz angebunden? Du klingst deprimiert. Ist etwas passiert? Ist irgendwas mit deinem Vater?«

»Nein, ich bin nur ziemlich im Stress wegen diesem Sauwetter«, kam es barsch zurück.

»Warum?«

»Vor mir fährt ein Schneepflug. Ich muss mich auf die Straße konzentrieren.«

»Ach so, verstehe. Dann willst du mich bestimmt auch nicht in der Stadt abholen?«

»Nein, bei dem Wetter möchte ich keinen Umweg machen, sondern direkt nach Hause fahren.«

»Gut, macht nichts. Dann nehme ich den Bus. Ich schätze, dass ich erst in ungefähr einer Stunde zu Hause bin. Vorher muss ich dir aber dringend noch etwas Wichtiges erzählen. Ich mach's auch kurz: Mama behauptet, dass sie mit deinem Vater ein Verhältnis hat.«

Jonas fiel fast sein Handy aus der Hand. »Was?«, rief er entgeistert.

»Du hast also auch nichts davon gewusst?«

»Nein.«

»Wir können ja später in aller Ruhe darüber reden.«

»Okay. Du bist in einer Stunde zu Hause?«

»Ja.«

»Das wäre um 11 Uhr.«

»Genau. – Ach, Jonas, ich freue mich so auf dich.« Die Verbindung brach erneut ab. »Doofes Funkloch«, schimpfte Hannah und klappte ihr Handy zusammen.

Hannah Wildberger kehrte zu ihrer Mutter zurück. Irene hatte sich in der Zwischenzeit intensiv dem Champagner zugewandt und schmauchte dazu genüsslich einen weiteren Zigarillo. Als Hannah auf der anderen Seite des Tisches stand und in das von wabernden Rauchschwaden umnebelte, gerötete Gesicht ihrer Mutter blickte, verspürte sie urplötzlich ein unbändiges Bedürfnis nach frischer Luft.

Sie verabschiedete sich, verließ das Café und machte sich auf zu einem kleinen Bummel über den Wochenmarkt, wo sie an einem italienischen Delikatessenwagen diverse Köstlichkeiten einkaufte. Anschließend versorgte sie sich an einem Obst- und Gemüsestand mit Salat, Tomaten und Zwiebeln. Als sie in der Auslage Clementinen entdeckte, konnte sie nicht widerstehen und erwarb ein Kilo der süßen Früchte.

Hannah war von euphorischer Stimmung beseelt, ihre Schritte fühlten sich leicht und beschwingt an. Sie schwebte geradezu an den zumeist düster dreinblickenden Menschen vorbei. Nachdem sie die belebte Fußgängerzone durchquert hatte, erreichte sie wenig später den Busbahnhof am Rathaus.

Trotz der körperlichen Plackerei war sie prächtig gelaunt. Sie freute sich auf ihren über alles geliebten Ehemann. Ihre Gedanken beschäftigten sich mit der kreativen Gestaltung eines romantischen Abends, an dem sie Jonas unter anderem mit einem Festessen verwöhnen wollte.

Aufgrund der ansteigenden Temperaturen hatte der Schnee in der Zwischenzeit sein Erscheinungsbild verändert: Die winzigen Krümel hatten sich in dicke, langsam herabschwebende Flocken verwandelt.

Vor den Unbilden des Winterwetters flüchtete sich Hannah in einen schützenden Unterstand. Ächzend stellte sie die beiden schweren Einkaufstüten auf einer der Kunststoffbänke ab. Anschließend klopfte sie den Schnee von ihrer Kleidung.

Während sie sich links neben ihre Taschen setzte, blickte sie sich um. Die Bänke in ihrer unmittelbaren Umgebung waren leer. Die anderen, weiter entfernt stehenden, beachtete sie nicht.

Von der Sitzfläche breitete sich ein unangenehmes Kältegefühl aus. Hannah erhob sich und trippelte auf der Stelle herum. Sie schaute hinüber zum Gebäude der Tourist-Information. Ihr Blick blieb an einer schätzungsweise 30-jährigen Frau hängen, die an einer Ampel wartete.

Die Frau hatte die Hände in ihrer Kapuzenjacke vergraben. Unter der winterlichen Kleidung zeichnete sich ein dicker Schwangerschaftsbauch ab. Ihre Hände steckten auf beiden Seiten in den Jackentaschen, streichelten sanft über den stark gewölbten Bauch.

Was muss das für ein wunderbares Gefühl sein, wenn solch ein kleines Wesen in einem heranwächst, dachte Hannah ergriffen.

In diesem Moment rauschte von links ein Bus heran und versperrte ihr die Sicht auf die Hochschwangere.

19

Jonas hatte es plötzlich sehr eilig. Ohne den Blinker zu setzen, beschleunigte er und scherte nach links aus. Die Hinterräder drehten durch, das Auto schlingerte. Mit wilden Lenkbewegungen versuchte er, den ausbrechenden Wagen wieder unter Kontrolle zu bringen. Um ein Haar hätte er dabei die über die Straßenmitte hinausragende Schaufel des Schneepflugs touchiert.

Etwa 50 Meter vor ihm tauchte ein Kleinlaster aus dem dichten Schneegestöber auf. Er kam direkt auf ihn zu. Das mit Schneeketten ausgerüstete Räumfahrzeug machte eine Vollbremsung. Jonas zog nach rechts, wodurch er es gerade noch schaffte, eine Kollision mit dem herannahenden Transporter zu vermeiden.

Das Geräusch der über den Asphalt schleifenden Eisenketten nahm Jonas Wildberger nur als diffuses Hintergrundrauschen wahr. Auch das Hupkonzert der beiden wütenden Fahrer registrierte er nicht. Er hatte nur eines im Sinn: so schnell wie möglich nach Hause zu fahren. Hektisch warf er einen Blick auf die neben dem Tacho angebrachte Digitaluhr. Sie zeigte 9:57.

Nach einer waghalsigen Fahrt erreichte er eine Viertelstunde später seinen Zielort: ein verschachteltes Appartementhaus auf dem Kaiserslauterer Betzenberg, in dem er und Hannah im dritten Obergeschoss wohnten. Grußlos stürmte er an einem älteren Herrn vorbei, der ihm höflich die Eingangstür aufhielt.

Jonas hastete die Treppe hoch, spurtete zu seiner Wohnungstür. Mit fahriger Hand stocherte er am Schlüsselloch herum. Der Schlüssel fiel klirrend zu Boden. Er hob ihn auf, nahm die andere Hand zu Hilfe und probierte es erneut, diesmal mit Erfolg.

Im Flur riss er sich förmlich die Jacke vom Leib, schleuderte sie achtlos in Richtung der Garderobe. Anschließend hechtete er in sein Arbeitszimmer, ließ sich auf den Stuhl fallen, schaltete den Laptop an. Während der Computer hochfuhr, trommelte er ungeduldig mit den Fingern auf der Schreibtischunterlage herum. Unter der Tischplatte wippten seine ruhelosen Beine nervös auf und ab.

Endlich hatte sich das Monitorbild aufgebaut. Mit flinken Fingern wählte Jonas sein Tagebuch aus, hämmerte »Enigma« in die Tasten und öffnete damit die Datei.

JONAS

Samstag, 10. Dezember

Es ist genau 10.15 Uhr. Ich hab noch Zeit, bis Hannah nach Hause kommt.

Vorhin war ich bei Vater in der Klinik, aber ich konnte nicht mit ihm sprechen. Er hatte gestern einen Herzstillstand. Sie haben ihn in ein künstliches Koma versetzt.

Ich muss unbedingt mit ihm sprechen!

Er ist der Einzige, der mir jetzt noch helfen kann.

Was soll ich bloß machen?

Ich krieg es einfach nicht mehr aus dem Kopf.

Meine Gedanken drehen sich immer nur im Kreis.

Ich kann an nichts anderes mehr denken.

Immer nur an diese verdammten Fragen:

Könnte ich Hannah umbringen?

Würde mein Gehirn so etwas Verrücktes zulassen?

Oder würde es mich im letzten Moment daran hindern?

Wäre ich zu demselben Wahnsinn fähig wie mein Vater – oder nicht?

Ich muss es wissen!

Jonas nahm die Hände von der Tastatur und schlug sie vors Gesicht. Auf die Ellenbogen gestützt, warf er den Kopf wild hin und her. Dann brachen alle Dämme und er weinte hemmungslos. Sein Oberkörper bebte. Langsam schob er das Gesicht über die feuchten Handflächen hinweg nach oben.

Blinzelnd öffnete er die Augen und las das, was er eben geschrieben hatte. Verzweifelt vergrub er erneut das Gesicht in seinen Händen. Als er das nächste Mal die Augen öffnete, zeigte die Uhr am rechten unteren Rand des Monitors 10:24.

Unwillkürlich faltete er die Hände zum Gebet – zu einem Gebet, das eher den Charakter eines vorwurfsvollen Klageliedes hatte. »Warum, Gott, quälst du mich nur so?«, stieß er schluchzend hervor. Geräuschvoll zog er die Nase hoch. Mit sich überschlagender Stimme fuhr er fort: »Was habe ich dir denn nur getan? Warum bestrafst du … ausgerechnet mich? Du hast mir doch schon meinen Vater und meine Mutter … genommen. Reicht dir das denn noch immer nicht? Muss du jetzt auch noch Hannah und mich vernichten?«

Trotz der extrem widrigen Witterungs- und Straßenverhältnisse verließ der Linienbus mit nur zehnminütiger Verspätung die Haltestelle am Rathaus. Hannah Wildberger hatte sich im hinteren Teil des nur spärlich besetzten Busses niedergelassen. Und zwar genau dort, wo sich über den Radkästen der Hinterräder jeweils zwei Sitzbänke direkt gegenüberstanden.

Im Vergleich zu den hintereinander angeordneten Bänken bot dieser Platz zum einen mehr Beinfreiheit und zum anderen ausreichend Stauraum für die beiden prall gefüllten Einkaufstüten, die sie seit ihrem Wochenmarktbesuch mit sich herumschleppte.

Es war mollig warm im Bus. Hannah schmiegte sich in die flauschigen Sitzpolster, wischte mit dem Ärmel ihrer Jacke über die angelaufene Scheibe und blickte nach draußen in die tief verschneite Stadt.

Während der Busfahrt sah sie dick eingemummelte Menschen, die widerwillig Bürgersteige freiräumten, und übellaunig dreinblickende Autofahrer, die entweder mit Handfegern ihre Fahrzeuge von Schneemassen befreiten oder sich mit Eiskratzern an zugefrorenen Scheiben abmühten.

Aber Hannah entdeckte auch Menschen, die dem eisigen Winterzauber viel Positives abgewinnen konnten: Es waren die Kinder der Stadt, die ausgelassen in der weißen Pracht herumtobten, sich johlend mit Schneebällen bewarfen oder Schneemänner bauten.

Hannahs Magen knurrte so laut, dass sie sich erschrocken umblickte, doch niemand schien das Geräusch wahrgenommen zu haben. Sie konnte sich diese Reaktion ihres Körpers nicht erklären, schließlich hatte sie ja gerade im Café ein Croissant verspeist. Und nun dieser überfallartige Heißhunger auf Südfrüchte, die sie auf dem Wochenmarkt eingekauft hatte.

Das sind garantiert die ersten Auswirkungen meiner Schwangerschaft, dachte sie amüsiert, obwohl sie selbst nicht daran glaubte, bereits schwanger geworden zu sein.

Schmunzelnd schnappte sie sich eine Clementine und

befreite sie von ihrer herb duftenden Schale. Gierig schob sie sich das erste, nierenförmige Fruchtstückchen in den Mund. Sie war überrascht, dass das Fruchtfleisch so kalt war, dass sie es nicht gleich kauen konnte, sondern zuerst warmlutschen musste.

Der Bus hielt an einer Haltestelle. Etwa eine Handvoll neuer Fahrgäste stieg zu. Hannah pulte gerade das weiße Adergeflecht vom Rücken eines Fruchtstückchens, als sie eine Frauenstimme ihren Namen rufen hörte: »Huhu, Hannah, bist du es wirklich? Hast du ein Plätzchen für mich freigehalten?«

Hannah Wildberger blickte verwundert auf. Während der Bus zügig beschleunigte, kam eine pausbäckige, untersetzte Frau mit strahlendem Gesicht auf sie zugewankt. Hannah kannte sie; sie hatten im selben Ausbildungsjahrgang ihre Banklehre absolviert. Direkt nach der Ausbildung war die Frau jedoch in eine andere Bankfiliale versetzt worden.

»Schön, dich endlich mal wiederzusehen«, frohlockte die ehemalige Kollegin und hauchte Hannah zwei angedeutete Küsschen auf die Wangen. Dann nahm sie ihren prall gefüllten Damenrucksack vom Rücken, stellte ihn ab und ließ sich auf den Sitz plumpsen.

»Wir haben uns ja schon ewig nicht mehr gesehen«, plapperte sie munter drauflos. »Wie lange ist das wohl her?«

»Zwei, drei Jahre?«, spekulierte Hannah.

»Kommt etwa hin, denke ich. Na, wie geht's dir denn so?«

»Gut, Jenny, gut«, nickte Hannah. Mit einem blendend weißen Lächeln korrigierte sie sich: »Sehr gut sogar.«

»Na, das riecht mir doch stark nach frisch verliebt oder etwas in der Art, nicht wahr?«

Hannah verdrehte vielsagend die Augen, zuckte mit den Achseln. »Wer weiß, wer weiß.«

»Ist ja auch kein Wunder, dass dir die Männer hinterherlaufen, so wie du aussiehst«, bemerkte die im Gegensatz zu Hannah recht unscheinbare Frau, die nur allzu offensichtlich von der Natur nicht gerade reichlich beschenkt worden war. Mit einem Finger strich sie über ihre fleischige, von einem speckigen Glanz überzogene Nase. In diesem Moment entdeckte sie Hannahs Ehering.

»Oh, hast du vor Kurzem geheiratet?«, fragte sie neugierig.

»Nein, nein«, entgegnete Hannah schmunzelnd, »das ist schon eine ganze Weile her.«

»Und wer ist der Glückliche, wenn ich fragen darf? Kenne ich ihn vielleicht sogar? Einer aus der Bank?«

»Nein, Gott behüte!«, gab Hannah lachend zurück. Dann hob sie das Kinn und zog nachdenklich die Brauen zusammen. »Aber ich glaube schon, dass du ihn kennst. Schließlich hat Jonas mich damals oft von der Bank abgeholt.«

»Ja, ich erinnere mich: Das war so ein Designerklamotten-Schönling, Söhnchen aus gutem Hause – stimmt's?«

Hannah ignorierte den provokativen, neidgetränkten Unterton ihrer ehemaligen Kollegin und drehte den Spieß um. »Na, und wie sieht's bei dir aus? Bist du inzwischen auch verheiratet?«, spielte sie den Ball zurück.

Die deutlich älter und verlebt wirkende Frau verzog abschätzig den Mund. »Ich und verheiratet? Nee, nee, ich habe noch nicht den richtigen Kerl dafür gefunden«, stieß sie mit einem angewiderter Miene aus, so als sei ihr gerade ein übler Geruch in die Nase gestiegen.

Jenny warf einen Blick durch das freigewischte Fensterloch. »Oh, ich muss gleich aussteigen«, verkündete sie.

»Schade«, flunkerte Hannah, denn in Wahrheit war sie erleichtert, dass die Nervensäge nun endlich ausstieg.

Jenny erhob sich, nahm ihren Rucksack und hängte ihn lässig über die Schulter. »Lass dich ja nicht von diesen Mistkerlen unterkriegen, mein Herzchen. War schön, dich mal wiederzusehen.«

»Ja, ich habe mich auch gefreut«, behauptete Hannah.

»Wir können uns ja mal auf einen Kaffee treffen.«

»Machen wir.«

»Tschüüüüs«, flötete Jenny. Anschließend wandte sie Hannah den Rücken zu und hangelte sich an den Haltestangen zur Tür.

In einer geräumten und gestreuten Haltebucht bremste der Bus scharf ab, wodurch die Vorwärtsbewegung der Frau beschleunigt wurde. Die Tür öffnete sich. Eisige Winterluft wehte unter den Sitzbänken hindurch zu Hannah. Fröstelnd stellte sie den Kragen ihres Sweatmantels auf, zog die Schultern hoch, verschränkte die Arme vor der Brust und kuschelte sich in den flauschigen Stoff.

Auch Jonas fror. Er saß nun schon zum zweiten Mal innerhalb kürzester Zeit auf der Toilette. Vor ein paar Minuten war ihm plötzlich speiübel geworden und er hatte sich mehrfach übergeben. Nun rebellierte auch noch sein Darm. Er zitterte wie Espenlaub. An den unbedeckten Stellen seines Körpers zeigte sich blutleere, gräuliche Gänsehaut. Seine Zähne klapperten.

Unbeholfen zog er die Hosen hoch, schleppte sich zum Waschbecken, blickte in den Spiegel, wandte sich aber gleich wieder ab. Er konnte den Anblick seines leichenblassen, verzerrten Gesichts einfach nicht ertragen.

In einen neuerlichen Verzweiflungsschub hinein klatschte er sich mehrere Hände voll Leitungswasser ins

Gesicht. Von Kälteschauern erfasst nahm er ein Handtuch, um sich abzutrocknen. Um ihn herum drehte sich plötzlich alles. Er ließ das Handtuch auf den Boden fallen, tastete nach dem Waschbecken und hielt sich am Rand fest. Dabei fiel sein Blick auf die Armbanduhr am linken Handgelenk. Erneut krampfte sich sein Magen zusammen und er musste sich übergeben.

Er schloss die Augen, das Gesicht verzerrt zu einer furchterregenden Grimasse. Schniefend richtete er sich auf und schlurfte mit hängendem Kopf in die Küche.

Mit fahriger Hand führte er eine bereits halb geleerte Whiskeyflasche zum Mund und trank einen großen Schluck. Angewidert schüttelte er sich, stellte die Flasche auf den Tisch und wischte sich mit dem Handrücken über die Lippen.

Dann griff er erneut zur Flasche, um einen weiteren tiefen Schluck zu nehmen. Mit der Whiskeyflasche in der Hand trottete er ein paar Schritte durch die Küche. Er atmete schnell. Sein flackernder Blick huschte ziellos umher.

Neben der Spüle fixierten seine blutunterlaufenen Augen plötzlich einen Gegenstand. Wie von unsichtbaren Gummibändern gezogen näherte Jonas sich der Arbeitsplatte, und zwar genau der Stelle, an der sich unter einem Hängeschränkchen ein chromfarbener Messerblock befand, ein Hochzeitsgeschenk seiner Mutter.

Nun stand er direkt davor, die Messer in Griffweite. Jonas stellte die Whiskeyflasche ab. Seine Hand zitterte stark, als er eines der großen Edelstahlmesser herauszog. Er wiegte das Fleischmesser in der Hand, wunderte sich über das unerwartet hohe Gewicht, das er so nicht in Erinnerung hatte.

Die Edelstahlklinge blitzte auf. Er drehte sich um, schlurfte zum Tisch. Kopfschüttelnd ließ er sich auf einen der Küchenstühle niedersinken. Er legte das lange, spitze Messer quer vor sich hin, unmittelbar vor Hannahs Kaffeetasse, die sie am Morgen wie immer nicht weggeräumt hatte.

Jonas vergrub sein Gesicht in den Händen, rieb sich Stirn, Augen und Wangen. Mit einem qualvollen Stöhnen drückte er sich über die Tischkante nach oben. Er ging zur Arbeitsplatte und steckte das Messer dorthin zurück, wo er es eine Minute zuvor entnommen hatte. In einem wahren Sturztrunk leerte er die Whiskeyflasche bis auf den letzten Tropfen.

Schwer bepackt verließ Hannah den Linienbus und stellte die prallgefüllten Einkaufstüten auf dem Gehweg ab. Einen Moment lang spielte sie mit dem Gedanken, ihren Mann anzurufen und ihn um Hilfe zu bitten. Aber dann entschied sie sich dagegen, schließlich wollte sie ihm gegenüber nicht als unselbstständig erscheinen.

Der Schneefall hatte inzwischen merklich nachgelassen. Im Osten zeigten sich bereits helle Lücken zwischen den schwarzgrauen Schauerwolken. Von der Haltestelle aus waren es noch etwa 200 Meter bis zur gemeinsamen Wohnung. Der freigeräumte und mit schwarzem Splitt bestreute Fußweg führte an einem unbebauten Hügelgelände vorbei, das im Winter von Jung und Alt zum Schlittenfahren genutzt wurde.

An diesem bilderbuchmäßigen Dezembermorgen hielt sich dort allerdings nur eine kleinere Gruppe von Kindern auf, die mithilfe von Porutschern und Plastiktüten die Hänge hinabfegten. Hannah legte eine kurze Verschnaufpause ein. Sie setzte die schweren Einkaufstaschen ab und knetete die arg belasteten, in wärmenden Fäustlingen verpackten Hände.

Dabei drehte sie der johlenden Kinderschar den Rücken zu und sondierte die zum Tal hin gelegenen Einfamilienhäuser und Wohnblöcke. Egal wohin sie auch blickte, überall entdeckte sie festlich geschmückte Weihnachtsbäume, fassadenkletternde Weihnachtsmänner, blinkende Fensterdekorationen. Ihr wurde immer feierlicher zumute. Während sie ein paarmal seufzte, beobachtete sie geradezu andächtig ihren warmen Atem, der sich vor ihrem Gesicht weiße Wölkchen bildete.

Hannah freute sich sehr auf die Zukunft. In diesem Augenblick sah sie ihre eigenen Kinder vor sich, wie sie mit großen strahlenden Augen am Christbaum ihre Geschenke entgegennahmen.

Zutiefst von festlicher Stimmung beseelt fischte sie einen Fettstift aus ihrer Manteltasche und cremte sich die Lippen ein. Nachdem sie sich ein wenig erholt hatte, nahm sie die Tüten wieder auf und bedachte die fröhlich im Pulverschnee herumtobenden Kinder zum Abschied mit einem strahlenden Lächeln.

Als Hannah den Eingangsbereich des Wohnkomplexes erreichte, umspielte noch immer ein zufriedenes Lächeln ihre feuchtglänzenden Lippen. Sie drückte den Liftknopf. Der Aufzug befand sich gerade in der obersten Etage.

Sie trat einen Schritt zurück und sah sich nach allen Seiten um. Dann warf sie einen flüchtigen Blick auf ihre Armbanduhr: Es war bereits drei Minuten nach elf. Aus leidiger Erfahrung wusste sie, dass Jonas auf Unpünktlichkeit stets ziemlich ungehalten reagierte.

Darüber brauche ich mir im Moment wirklich keinen Kopf zu machen, sagte sie zu sich selbst. Ich habe Jonas schließlich keine genaue Uhrzeit genannt, zu der ich zurück sein werde. Außerdem ist er zurzeit so gut drauf, dass er über solche Lappalien garantiert großzügig hinwegsieht, zumal es ja nicht meine Schuld ist, dass wir heute dieses Winterwetter haben.

Während der Aufzug nun in einer der anderen oberen Etagen festhing, beschäftigte sich Hannah gedanklich mit dem Elternhaus ihres Mannes. Sie grübelte darüber nach, welcher der Räume im Obergeschoss wohl am ehesten als Kinderzimmer in Betracht käme. Plötzlich hatte sie eine Idee, die sie sogleich ihrem Mann präsentieren wollte: Jonas' ehemaliges Zimmer würde sich sehr gut dafür eignen.

Bin sehr gespannt, was er von meiner Idee hält, dachte sie voller Vorfreude, als ein helltönender Gong sie aus ihren Gedanken riss. Mit einem freundlichen »Guten Morgen« begrüßte sie die aussteigenden Liftinsassen und betrat den Aufzug, der sie ohne Zwischenstopp in ihre Etage beförderte.

Keuchend lehnte sie vor ihrer Wohnung die übervollen Plastiktüten an die Flurwand und schloss die Tür auf. Wie ein Lastesel bepackt drückte sie mit ihrem Hinterteil die Wohnungstür nach innen, machte zwei Schritte in den Korridor hinein und schob dann mit der Schulter das Türblatt wieder in den Rahmen.

Hannah stellte die Einkäufe ab, dann lauschte sie in die Wohnung hinein. Es war so still, dass man das Ticken der am Ende des Flurs aufgehängten altmodischen Wanduhr hören konnte.

»Jonas, wo bist du?«, rief sie laut.

Keine Antwort.

Verwundert ging sie ein Stück den Korridor entlang und blickte in die Küche hinein.

Erschrocken zuckte sie zusammen. Jonas saß regungslos am Tisch. Sie sah nur seinen Rücken und den Kopf, der zur Brust hin geneigt war.

»Warum antwortest du denn nicht?«, fragte sie, während sie sich ihm von hinten näherte. »Was ist denn …?« Das nächste Wort konnte sie nicht aussprechen, es war, als wäre es ihr im Mund festgefroren.

Kurz nachdem sie ihrem Mann die Hand auf die Schulter gelegt hatte, kam Bewegung in seinen Körper. Er drehte sich zu ihr hin, packte sie am Oberarm und zog sich an ihr hoch. Abstoßender, nach Alkohol und Erbrochenem riechender Atem wehte Hannah aus seinem aschfahlen Gesicht entgegen. Angewidert wandte sie ihren Kopf zur Seite.

Jonas richtete sich zu voller Größe auf. Er warf seine Arme um sie, drückte sie fest an sich. Wie eine Krake ihr gefangenes Opfer hielt er sie eng umschlungen. Hannah bekam kaum noch Luft und versuchte sich aus seinem schraubstockartigen Griff zu befreien. Es gelang ihr jedoch nur mit Mühe, sich ein wenig Platz zu verschaffen. Jonas war völlig verkrampft. Er zitterte am ganzen Körper.

»Um Himmels willen, Jonas, was ist denn mit dir los? Du bist so komisch«, stieß sie hechelnd hervor. »Warum siehst du denn so total fertig aus? Warum hast du dich wieder betrunken? Hat es etwas mit deinem Vater zu tun? Ist etwas Schlimmes passiert?«

Mit einem Mal lockerte Jonas die Umklammerung. Während sein Kopf ein paar Zentimeter nach hinten glitt, schoben sich seine Hände über Hannahs Rücken zu ihrer Halsregion empor. Seine stark geröteten, glasigen Augen fixierten sie mit einem stieren Blick. Der Atem, der stoßartig seinen Mund verließ, stank unerträglich.

Von hinten legte er seine eiskalten Hände um Hannahs Hals. Die Daumenkuppen berührten kurz den Kehlkopf, dann wanderten sie langsam ein paar Zentimeter nach unten. Dabei streichelten sie sanft die weiche Haut, so als suchten sie nach einer geeigneten Stelle.

»Hör bitte auf, du machst mir Angst«, flehte Hannah.

Doch Jonas reagierte nicht. Er schien überhaupt nicht zu wissen, was er tat.

Die Daumen erreichten die kleine Kuhle, an der die beiden Schlüsselbeine zusammentreffen. Dort hielten sie inne. Der Druck der Daumen verstärkte sich.

»Hör auf, du tust mir weh!«

In diesem Augenblick läutete das Telefon. Jonas zeigte keinerlei Regung. Hannah versuchte, sich zur Seite wegzudrehen, sich irgendwie aus dieser bedrohlichen Situation zu befreien. Doch sie hatte keine Chance, war ihrem Mann hilflos ausgeliefert.

»Jonas, das Telefon!«, schrie sie ihm so laut sie konnte ins Gesicht. »Es ist bestimmt wichtig.«

Aber Jonas zeigte noch immer nicht die geringste Reaktion. Wie in Blei gegossen verharrte er ohne jegliche erkennbare Bewegung, auch der Würgegriff um Hannahs Hals lockerte sich nicht.

Bereits nach dem dritten Läuten schaltete sich der Anrufbeantworter ein: »Hier ist der Anschluss von Hannah und Jonas Wildberger. Wir sind zurzeit leider nicht zu Hause. Nachrichten bitte nach dem Signalton.«

»Hallo, Herr Wildberger, hier ist Laura Maldini. Ihr Vater ist vor zehn Minuten aus dem Koma erwacht. Kommen Sie bitte so schnell wie möglich. Es gibt Anlass zur Vermutung, dass möglicherweise nicht er Ihre Mutter getötet hat.«

Ein gewaltiger Ruck ging durch Jonas' Körper. Er schien schlagartig zur Besinnung zu kommen. Seine Muskeln entspannten sich. Irritiert schüttelte er den Kopf, bedachte Hannah mit einem entsetzten, fragenden Blick. Er schaute auf seine wild zuckenden Hände, die noch vor Kurzem den Hals seiner Frau eng umschlossen hatten.

»Ent… entschuldige, mein … mein Schatz«, stotterte er mit dünner Stimme. »Was habe ich denn eben gemacht? Habe ich dir wehgetan?«

Hannah antwortete nicht. Sie rang heftig nach Atem und hustete ein paarmal. Dabei wiegte sie stumm ihren Kopf hin und her.

»Dieser verfluchte Alkohol. Ich verspreche dir, es war wirklich das letzte Mal, dass ich so viel getrunken habe!«

Hannah räusperte sich, versuchte zu schlucken, war ihr nur unter großen Schmerzen gelang. »Warum hast du überhaupt getrunken? Ich hatte gehofft, dass du endlich die Kurve gekriegt hast.«

Jonas zückte ein Taschentuch, schnäuzte sich trompetenartig die Nase.

»Hannah, bitte verzeih mir«, jammerte er schniefend, »aber die Sache mit meinem Vater …« An dieser Stelle brach er ab.

Mit schmerzverzerrtem Gesicht knetete Hannah ihre Halsmuskulatur.

»Egal. Jetzt ist er ja endlich wieder wach!«, rief Jonas.

Hannah wandte sich von ihm ab.

Er packte sie an der Schulter. »Ich muss sofort zu ihm. Kannst du mich fahren?«, brüllte er ihr ins Gesicht. »Ich kann ja nicht, ich hab zu viel getrunken.«

»Was?«, fragte Hannah mit gepresster Stimme.

»Ob du mich zu ihm fahren kannst?«, wiederholte Jonas scharf. Doch er wartete die Antwort nicht ab, sondern änderte seinen Plan.

»Quatsch, bei diesem Wetter!«, knurrte er vor sich hin, während er abwinkte. »Ich bestelle mir ein Taxi.« Anschließend ging er in den Flur und telefonierte.

Hannah blieb in der Küche zurück. Der Schock stand ihr ins Gesicht geschrieben.

20

Obwohl Jonas die Wartezeit bis zum Eintreffen des Taxis zum Zähneputzen genutzt hatte, wollte der schlechte Geschmack partout nicht aus seinem Mund verschwinden. Nun saß er auf der Rückbank des cremefarbenen Mercedes und hauchte sich den eigenen Atem über die kellenförmig geöffnete Hand in die Nase.

Der Taxifahrer beobachtete ihn dabei im Rückspiegel. Er schien es des Öfteren mit Fahrgästen zu tun zu haben, denen ihr alkoholgeschwängerter Mundgeruch überaus peinlich war, zumal zu dieser frühen Tageszeit. Lächelnd reichte er ihm einen Kaugummi. Jonas bedankte sich mit einem stummen Nicken.

Er war sehr erleichtert darüber, dass sein Chauffeur offensichtlich keine Plaudertasche, sondern ein schweigsamer Zeitgenosse war. Das Einzige, was der Mann von ihm wissen wollte, war der Zielort der Fahrt. Als er das Wort »Landespsychiatrie« sagte, bedachte der Fahrer ihn mit einem mitleidigen Blick.

Jonas war sehr nervös, konnte kaum einen klaren Gedanken fassen. In seinem Gehirn spielten sich chaotische Szenen ab. Sobald er versuchte, sich auf ein Thema zu konzentrieren und dadurch ein wenig Struktur in dieses mentale Gebrodel zu bringen, schoben sich andere Dinge mit Vehemenz in sein Bewusstsein: zusammenhanglose Fetzen aus Kindheitserinnerungen, Stimmen, Bildern, Texten.

Nach einer von Jonas als unglaublich lange empfundenen Fahrt erreichte der Mercedes endlich das tief verschneite Klinikgelände. Jonas warf einen Blick auf das Taxameter, zückte einen 50-Euroschein, drückte ihn dem Chauffeur in die Hand und sprang grußlos aus dem Taxi.

Der Pförtner war bereits von Laura Maldini über seine Ankunft informiert worden. Er teilte Jonas mit, dass ihn Professor Gassenmeiers Mitarbeiterin in der medizinischen Abteilung der Klinik erwarte. Im Laufschritt eilte Jonas nun dorthin zurück, wo er am frühen Morgen dieses ereignisreichen Wintertages schon einmal gewesen war. Mit rudernden Armen stürmte er in die triste Eingangshalle, in der sich zu diesem Zeitpunkt gut ein Dutzend Patienten und Besucher aufhielten.

»Hallo, Herr Wildberger, schön, dass Sie gleich kommen konnten«, begrüßte ihn die junge Psychologin freundlich. Sie wies auf Wolfram Tannenberg, der unmittelbar neben ihr in der Eingangshalle stand. »Sie kennen den Herrn Hauptkommissar ja bereits.«

Jonas nickte knapp. »Ich will jetzt sofort zu meinem Vater«, stieß er keuchend aus und wollte sogleich losmarschieren.

Doch der Kriminalbeamte hielt ihn an der Jacke fest. »Stopp, stopp, Herr Wildberger! Einen Augenblick noch bitte. Wir müssen zuerst noch etwas Wichtiges miteinander besprechen.«

»Und was?«, fragte Jonas verdutzt.

»Nicht hier«, mischte sich Laura ein. »Folgen Sie mir bitte.«

Die attraktive Psychiaterin geleitete die Männer in ein fensterloses Besprechungszimmer und bot ihnen Sitzgelegenheiten an, doch Jonas lehnte mit einem Kopfschütteln ab. Tannenberg setzte sich auf einen Tisch und ließ die Beine baumeln, während Laura auf einem der Stühle Platz nahm.

»Sagen Sie mir jetzt endlich, was passiert ist«, bedrängte Jonas die beiden mit aggressivem Unterton.

Laura räusperte sich hinter vorgehaltener Hand. »Kurz bevor Ihr Vater zu Bewusstsein kam, hatte er unverständliche Dinge gemurmelt und dann laut gerufen: ›Oh Gott, was hast du nur getan? Warum hast du meine Frau getötet?‹ Danach wurde er wach und schweigt seitdem wieder wie ein Grab.«

»Haben Sie ihn denn nicht gefragt, was er damit gemeint hat?«, hakte Jonas sofort nach.

»Nein, ich …« Laura Maldini brach ab und schüttelte den Kopf, ehe sie fort fuhr: »Ich habe mich in diesem Moment einfach nicht getraut. Ich hatte Angst, dass er uns gleich wieder kollabiert, wenn ich ihn direkt darauf anspreche. Professor Gassenmeier hatte dann die Idee, Sie und Herrn Tannenberg hierher zu bitten und gemeinsam mit Ihnen unser weiteres Vorgehen zu beraten.«

»Es war sehr gut, dass Sie mich gleich darüber informiert haben«, lobte der zuständige Ermittler.

Tannenberg machte sich noch immer große Vorwürfe, Ansgar Wildberger bei seinem letzten Besuch unsensibel und schonungslos mit dem Mord eines Nachahmungstäters konfrontiert und damit seinen psychischen Zusammenbruch ausgelöst zu haben.

»Wir sollten wirklich behutsam und wohlüberlegt vorgehen«, fuhr der Leiter des K 1 fort. Nachdenklich legte er die Stirn in Falten und strich mit Daumen und Zeigefinger über seinen Nasenrücken. Der Chef-Ermittler fixierte die Psychologin mit einem stechenden Blick. »Professor Wildberger hat ganz sicher ›Was hast *du* getan?‹ gefragt? Und auch ›Warum hast *du* meine Frau getötet?‹ gesagt? Erinnern Sie sich exakt an diese Worte?«

Laura nickte.

»Kann er mit diesem Satz nicht auch sich selbst gemeint haben?«, stellte Tannenberg eine naheliegende Frage in den Raum. »Ich meine, vielleicht hatte er sich ja gerade im Traum selbst angeklagt.«

»Das liegt durchaus im Bereich des Möglichen«, pflichtete Laura ihm bei.

»Dann hätte er aber doch ›Warum hast du *deine* Frau getötet?‹ sagen müssen und nicht ›Warum hast du *meine* Frau getötet«, wandte Jonas ein.

Laura leckte sich die Lippen. »Vielleicht habe ich mich verhört und er hat tatsächlich ›deine‹ und nicht ›meine‹ gesagt.«

Jonas machte eine wegwerfende Handbewegung. »Ist im Moment eh völlig wurscht.« Eine andere Frage beschäftigte ihn gegenwärtig mehr. »Wieso ist eigentlich Ihr Chef nicht hier? Er will doch bestimmt mit zu meinem Vater, oder?«

»Der Herr Professor erwartet uns bei Ihrem Vater«, erwiderte die Psychologin emotionslos.

»Ich möchte aber zuerst allein zu ihm.«

»Ob das so sinnvoll …«, bemerkte Laura in sanftem Tonfall.

Weiter kam sie nicht, denn Jonas fiel ihr ins Wort: »Es ist mir egal, ob das sinnvoll ist oder nicht. Entweder so oder gar nicht!«, stellte er unmissverständlich klar.

»Ich denke, wir sollten Herrn Wildberger seinen Willen lassen«, meinte der Kriminalbeamte. »Wenn es überhaupt jemand schafft, diesen schweigsamen Herrn zum Reden zu bringen, dann ist es sicherlich sein einziges Kind. Davon bin ich überzeugt.«

Behutsam drückte Jonas die Tür ins Schloss. Professor Gassenmeier hatte kommentarlos das Krankenzimmer verlassen. Mit einem Mal wurde ihm ausgesprochen mulmig zumute. Er spürte einen Stich in der Magengegend, der ihm die Luft zum Atmen raubte. Doch dieser Schmerzreiz verflüchtigte sich ebenso schnell, wie er aufgetaucht war.

Auf den Anblick seines Vaters reagierte Jonas mit einem Schweißausbruch. Er zog seine Jacke aus und wischte sich die Feuchte von Gesicht und Nacken. Er kratzte sich am Hals und nagte nervös an den Lippen herum, während er angestrengt darüber nachgrübelte, ob es nicht sinnvoller wäre, umgehend das Weite zu suchen …

Doch dann nahm er all seinen Mut zusammen und gab sich einen Ruck. Mit gemächlichen, geradezu feierlichen Schritten ging er zum Krankenbett, setzte sich diesmal aber nicht auf den Hocker, sondern blieb etwa einen halben Meter davor stehen.

Ansgar Wildberger lag noch in exakt derselben Position wie am Morgen, als Jonas ihn schon einmal besucht hatte. Allerdings hatte sich ein entscheidendes Detail an seinem Erscheinungsbild grundlegend verändert: Seine Augen waren geöffnet und der Blick starr an die Decke gerichtet.

Er atmete gleichmäßig, ab und an bewegten sich die Lider. Laura Maldini hatte Jonas auf dem Weg zu Ansgars Krankenzimmer mitgeteilt, dass der Organismus seines Vaters wohl noch eine Weile benötigen würde, um die verabreichten Narkosemittel vollständig abzubauen. Deshalb sei er wahrscheinlich nur bedingt ansprechbar.

Jonas war wie gelähmt. Er wusste nicht, wie er sich verhalten sollte, besser gesagt: wie er sich richtig verhalten sollte.

»Ich bin's, Vater, Jonas. Kannst du mich verstehen?«, tastete er sich behutsam voran.

Keine Reaktion.

Jonas atmete schneller. Seine Stimme wurde lauter. »Bitte, Vater, sprich mit mir. Ich muss unbedingt wissen, ob du es getan hast. Und wenn du es getan hast …«

Unvermittelt brach er ab, schaute sich sicherheitshalber im Raum um, doch außer ihm war da natürlich niemand. Bedeutend leiser schob er nach: »Wenn du es getan hast, musst du mir unbedingt sagen, was du dabei gefühlt hast, wie du dich dabei gefühlt hast. Ich muss es wissen. Ich habe deine Dateien gelesen. Ich bin genauso besessen davon wie du.«

Ansgar schloss die Augen, Tränen schossen aus seinen Augenwinkeln, perlten über die Wangen und sickerten in das schneeweiße Krankenhauslaken.

»Bitte, bitte, sag es mir!«, flehte Jonas seinen Vater an. »Wenn du mir sagst, was du dabei gefühlt hast, kannst du vielleicht verhindern, dass eine Katastrophe passiert. Vorhin war ich kurz davor, Hannah zu töten. Aber es ging nicht. Irgendeine höhere Macht hielt mich zurück. Aber ich muss es tun. Ich muss wissen, wie ich mich dabei fühle, wenn ich sie töte.«

Plötzlich drehte Ansgar Wildberger den Kopf zu seinem Sohn. Sein Gesicht war von blankem Entsetzen gezeichnet. Er stemmte die Ellenbogen ins Bett, drückte seinen Körper ein wenig in die Höhe.

»Was?« Ansgar hustete trocken, rang nach Atem. »Bist du … jetzt auch noch … wahnsinnig geworden?«, stieß er abgehackt hervor. Er fasste sich an die linke Brust und sank wieder zurück in die Kissen.

»Nein, Vater, beruhige dich! Das war doch nur ein Trick.«

»Ein Trick?«, keuchte Ansgar mit weit aufgerissenem Mund.

»Ja, ein Trick, um dich endlich zum Reden zu bringen. Kommissar Tannenberg hat mir vorhin von diesem Nachahmungstäter erzählt.«

Dieses Wort traf Ansgar wie ein tiefer Nadelstich. Er zuckte zusammen und verbarg sein Gesicht hinter den Händen.

Unterdessen fuhr Jonas fort: »Der Kommissar hat mich gefragt, ob ich nicht eine Idee hätte, womit ich dich derart schockieren könnte, dass du schlagartig in die Realität zurückkehrst. Damit nicht noch mehr Unheil geschieht. Da ich deine verrückten Dateien gelesen habe, habe ich mir diese Schocktherapie ausgedacht. Und wie man sieht, hat es ja auch geklappt.«

Ansgar japste immer noch wie ein Asthmatiker nach Atemluft. Monoton wiegte er den Kopf hin und her. »Junge, Junge ... du hast mir eben vielleicht einen ...«, stieß er abgehackt aus, »Schrecken eingejagt, ... kann ich dir sagen. Das sind doch alles nur ... philosophische Gedankenspiele gewesen.«

»Tut mir leid, Vater, aber so konnte es doch nicht mit dir weitergehen. Ich brauche dich, schließlich sind wir zwei jetzt ganz alleine auf der Welt.« Jonas setzte sich aufs Bett und legte seinem Vater die Hand auf die Schulter.

Ansgar nickte mit zusammengekniffenen Lippen. Er atmete ein paarmal tief durch. Erst danach war er wieder in der Lage, normal zu sprechen. »Junge, du musst mir glauben, dass ich deine Mutter nicht getötet habe«, sagte er und schaute dabei seinen Sohn tieftraurig an. »Ich habe sie doch über alles geliebt. Das hätte ich niemals tun können.«

Das Gesicht des Philosophieprofessors verzerrte sich zu einer grimmigen Fratze und er stöhnte leidend auf. »Aber ich bin verantwortlich für ihren Tod, mein Junge.«

Ansgar Wildberger bebte am ganzen Körper. Der

unglaubliche Schmerz, der sich eine Woche lang in ihm aufgestaut hatte, drang nun mit aller Macht nach außen. Während er seinem Sohn den Rücken zuwandte und seinen Emotionen freien Lauf ließ, saß Jonas schweigend hinter ihm und wartete geduldig, bis er sich ein wenig beruhigt hatte.

In Zeitlupe drehte sich der Philosophie-Professor wieder zu ihm um. »Jonas, es ist alles ... noch viel schlimmer ...«, begann er stockend. »Ich bin nicht nur ... für den Tod deiner Mutter verantwortlich, sondern auch dafür, dass ein völlig ... unbescholtener, friedliebender Mensch zum Mörder geworden ist.«

Professor Wildberger warf sich schluchzend die Hände vors Gesicht und ließ sich schlaff zurück ins Kopfkissen sinken. »Wie soll ich denn nur mit dieser Schuld weiterleben?«, wimmerte er.

Jonas traute seinen Ohren nicht. »Das heißt, du weißt, wer es getan hat?«, keuchte er fassungslos.

Ansgar schob die Hände zur Seite und fing den irritierten Blick seines Sohnes auf. »Ja, natürlich weiß ich das.« Er räusperte sich, schluckte hart, bevor er flüsternd ergänzte: »Ich war schließlich dabei.«

Ansgar Wildberger legte eine weitere kurze Pause ein, stöhnte dann wie ein schwerkranker Schmerzpatient leidend auf. »Ich musste das alles mitansehen, Jonas. Immer wenn ich meine Augen schließe, sind die schrecklichen Bilder sofort da.«

Er hämmerte sich mit den Fingerkuppen an die Schläfen. »Ich kriege diese Schockbilder einfach nicht mehr aus dem Kopf.«

»Vater, ist es okay, wenn ich jetzt Kommissar Tannenberg und die Psychologin hereinhole? Dann brauchst du ...«

»Nein, das will ich nicht«, versetzte Ansgar schroff.

»Gut.«

Für ein paar Sekunden wanderte das Schweigen zwischen den beiden Männern hin und her. Dann räusperte sich Jonas und stellte anschließend die zentrale Frage: »Was genau ist an diesem Morgen in eurer Küche passiert?«

Ansgar Wildberger ließ einen Augenblick verstreichen und knabberte nervös an einem Fingernagel herum. »Ich saß am Tisch, Mutter stand an der Spüle«, erklärte er mit gebrochener Stimme. »Plötzlich ist sie an der Terrassentür aufgetaucht, hat leise geklopft. Ich ging zur Tür und habe ihr geöffnet. Sie hat mich angelächelt, ist an mir vorbei und hat …«

»Wer?«, warf Jonas ungeduldig dazwischen.

»Elke.«

»Welche Elke?«

»Elke Krames, meine Assistentin.«

»*Die* hat Mutter ermordet?«

Ansgar nickte stumm.

»Aber warum?«

»Sie hat es selbst gesagt, als sie Helga … das Messer in die Brust rammte: ›Ich tue es für dich. Damit du endlich weißt, wie es ist – was du dabei fühlst, wenn du sie umbringst.‹«

»Aber das ist doch gar nicht dasselbe«, entgegnete Jonas mit gedämpfter Stimme. »Du hast es doch gar nicht selbst getan, *sie* hat es getan!«

Ansgar schüttelte verzweifelt den Kopf. »Ach, Junge, ich weiß doch nicht, was in ihrem kranken Hirn vor sich ging. Sie muss sich total in unsere Spinnereien hineingesteigert haben. Das hat wohl dazu geführt, dass sie einen gravierenden Realitätsverlust erlitt. Aber ich habe nichts davon bemerkt. Das musst du mir glauben.« Ein flehender Blick erreichte Jonas.

»Das tue ich, Vater«, versprach sein Sohn. »Wie hättest du auch so etwas Irres vorausahnen sollen? Das war doch unmöglich.«

»Meinst du?«, stöhnte Ansgar Wildberger. »Na ja, ich weiß nicht. Vielleicht hätte ich etwas davon bemerkt, wenn ich mehr auf Elke geachtet hätte.«

»Du warst eben auf deine Forschungen fokussiert.«

Ansgar schien diese Bemerkung seines Sohnes nicht registriert zu haben, denn er ging nicht darauf ein. »Ich hätte sie einfach mehr beachten müssen«, sagte er. »Sie muss völlig die Kontrolle verloren und sich in die Wahnvorstellung hineingesteigert haben, sie würde mir meinen allergrößten Wunsch erfüllen, wenn sie Helga in meinem Beisein ermordet. Damit ich endlich das Gefühl kenne, wie es ist …«

»Wahnsinn«, murmelte Jonas.

Ansgar Wildberger stieß geräuschvoll Luft durch die Nase. »Weißt du eigentlich, wie recht du mit diesem Wort hast?«

»Wieso?«

»Weil es tatsächlich Wahn-Sinn ist.« Er lächelte bitter und schob nach: »Ein Wahn, der sich aus fehlinterpretierten Sinneswahrnehmungen entwickelt hat. Oh Gott, was habe ich da nur angerichtet?«

Jonas wusste nicht, wie er seinen Vater trösten sollte, schließlich war dessen ursächliche Verantwortung für diese Morde nicht von der Hand zu weisen.

»Oh mein Gott! Ich bin an allem schuld, an allem«, jammerte Ansgar. »Auch daran, dass ich Helga an diesem verfluchten Samstagmorgen nicht vor dieser Wahnsinnigen beschützen konnte.«

Als er den versteinerten Gesichtsausdruck seines Sohnes bemerkte, ergänzte er: »Du fragst dich bestimmt gerade, wieso ich deiner Mutter nicht geholfen habe.«

Sein Sohn zeigte keinerlei Reaktion, starrte ihn nur weiterhin wie einen Außerirdischen an.

Professor Wildberger machte eine entschuldigende Geste. »Junge, es ist unerklärlich für mich, was sich in diesen Sekunden in meinem Hirn abgespielt hat. Ich war völlig bewegungsunfähig. Ich konnte überhaupt nichts tun. Ich stand einfach regungslos da, als ob ich auf der Stelle festgefroren wäre. Irgendwann, als sich diese Schockstarre löste, lief ich zu Helga und tastete nach ihrem Puls. Aber da war keiner mehr.«

Ansgar schlug die Augen nieder und drehte sich erneut auf die Seite. Sein Körper wurde von einem Weinkrampf durchgeschüttelt.

Jonas umarmte seinen schluchzenden Vater und drückte ihn fest an sich. Ansgar ließ die Berührung nur kurz zu, dann packte er mit der linken Hand die Schulter seines Sohnes und sagte mit bedeutend festerer Stimme: »Jonas, ich muss hier raus. Ich muss dringend an die frische Luft. Hier drin schnürt es mir die Kehle zu. Komm, bitte, hilf mir.«

Jonas ergriff seinen Arm und half ihm beim Aufrichten seines schlaksigen, kraftlosen Körpers. Ansgar Wildberger saß nun mit baumelnden, nackten Beinen aufrecht im Bett.

»An die frische Luft?«, wiederholte Jonas mit skeptischer Miene. »Weißt du überhaupt, was draußen für ein Wetter ist?« Ohne eine Antwort abzuwarten, ergänzte er: »Es ist saukalt, und es hat bis vor einer Stunde geschneit.«

»Das ist mir egal. Ich will hier raus«, insistierte Ansgar störrisch und versuchte sich an seinem Sohn hochzuziehen.

Jonas unterstützte ihn dabei, indem er ihm unter die Arme griff. Als der Philosophieprofessor endlich auf eigenen Beinen stand, schlotterten seine Knie so extrem, dass er sich gleich wieder hinsetzen musste.

»Puh«, blies Ansgar die Backen auf, »das geht wohl doch nicht so einfach, wie ich gedacht hatte. Ich bin wohl noch ein bisschen zu schwach.«

»So ist es, Vater, du solltest dich erst noch ein wenig ausruhen, bevor du irgendwelche Gewaltmärsche unternimmst.«

»Nein, ich habe mich lange genug ausgeruht«, schmetterte Ansgar den Vorschlag seines Sohnes ab.

Jonas schmunzelte.

»Du holst mir bitte sofort meine Socken, die Hausschuhe, den Bademantel und meine Jacke aus dem Schrank, und dann besorgst du mir bitte umgehend einen Rollstuhl. Ich muss an die frische Luft, sonst dreh ich durch!«, stellte Ansgar unmissverständlich klar.

Bereitwillig erfüllte Jonas die Wünsche seines Vaters. Nur der Rollstuhl stellte ihn zunächst vor ein gewisses Problem, denn in Ansgars Krankenzimmer war keiner vorhanden.

»Ich versuche, irgendwo einen Rollstuhl aufzutreiben«, sagte Jonas auf dem Weg zur Tür. Unvermittelt blieb er stehen. »Willst du nicht lieber doch erst mal mit dem Kommissar reden?«

»Nein, jetzt nicht«, blaffte Ansgar Wildberger. »Ich muss nur eins: hier raus. Und zwar schnell, sonst ersticke ich. Ich hasse Krankenhäuser!«

»Reicht es nicht, wenn ich das Fenster aufmache?«

»Jonas«, knurrte Ansgar ungehalten. »Sag den Leuten vor der Tür, dass ich in einer halben Stunde mit ihnen reden werde. Aber jetzt will ich alleine mit dir in den Park. Und sag ihnen auch, dass, falls sie meine Entscheidung nicht akzeptieren, werden sie kein einziges Wort von mir hören.«

Da die ernste Miene seines Vaters keinerlei Widerspruch duldete, gehorchte Jonas notgedrungen. Kopfschüttelnd verließ er den Raum. Vor der Tür informierte er Laura Maldini, Hauptkommissar Tannenberg und Professor Gassenmeier über die Vorgaben seines Vaters. Laura besorgte daraufhin einen Rollstuhl sowie eine Decke.

Als Jonas in das Krankenzimmer seines Vaters zurückkehrte, hatte sich Ansgar Wildberger inzwischen Socken, Hausschuhe und Bademantel angezogen und sich seine Winterjacke über die Schultern gehängt.

Jonas breitete die flauschige Decke auf der Sitzfläche des Rollstuhls aus. Mit Jonas' tatkräftiger Unterstützung nahm der Philosophieprofessor im Rollstuhl Platz und schlug die Decke um seine Beine. Jonas schob ihn aus dem Zimmer und an den Wartenden vorbei. Ansgar würdigte sie keines Blickes.

»Du warst schon immer ein sturer Hund!«, konnte sich Heinrich Gassenmeier nicht verkneifen.

Noch im Gebäude nahm Jonas diesen merkwürdigen Satz zum Anlass, seinen Vater über dessen Verhältnis zum Leiter der Gefängnispsychiatrie zu befragen. Die Tatsache, dass er aus den väterlichen Dateien von der Zusammenarbeit der beiden Professoren bereits wusste, verschwieg er. Eher beiläufig fragte er: »Wieso hat Professor Gassenmeier dich eben geduzt? Kennt ihr euch denn?«

Ansgar winkte ab und strich sich anschließend über sein unrasiertes Kinn. »Ach, mein Junge, Heinrich und ich kennen uns schon sehr, sehr lange. Er, dein Patenonkel Wolfgang und ich sind seit unserer Jugendzeit eng miteinander befreundet.«

Er warf einen süffisanten Blick über die Schulter hinauf zu seinem Sohn. »Wir haben schon einiges miteinander erlebt, das kann ich dir versichern.«

Ansgar drehte den Kopf wieder nach vorn. »Wir haben aber auch wissenschaftlich zusammengearbeitet, unter anderem an verschiedenen interdisziplinären Projekten, auch an streng geheimen. Deshalb wollte er verhindern, dass die Medien vielleicht nachbohren.«

Er schniefte ergriffen. »Weißt du, Heinrich ist ein unheimlich lieber Kerl. Als er von dieser Sache Wind bekam, ging er gleich zur Polizei und erreichte, dass ich zu ihm in die Klinik verlegt wurde. Mehrmals am Tag hat er mich besucht und mich regelrecht bekniet, mit ihm zu sprechen. Damit er eine Strategie entwickeln könne, um mir zu helfen – mit Gutachten und so. Er hat mich sogar eindringlich vor seiner Assistentin gewarnt. Die soll nämlich eine Expertin für die Interpretation …«

Er stockte, zog grunzend die Nase hoch, woraufhin ihm Jonas ein Papiertaschentuch reichte. »Aber ich konnte noch nicht einmal mit Heinrich darüber sprechen, mit niemandem. Auch mit Wolfgang nicht, als er hier war.«

Die beiden Männer durchquerten die belebte Eingangshalle des Klinikums, dann schob Jonas den Rollstuhl hinaus ins Freie. Die Fußwege waren inzwischen freigeräumt und es war gestreut worden. Während Jonas mühevoll die dünnen Rollstuhlreifen über die knirschenden Wege der verschneiten Parkanlage schob, sog der Philosophieprofessor in tiefen Zügen die kalte Winterluft durch die Nase, ließ sie wie bei einer Meditation langsam durch den Mund ausströmen.

Bei einer Parkbank blieb Jonas stehen. Mit flinken Bewegungen wischte er mit einem Jackenärmel den Pulverschnee von der Sitzfläche. Unter dem staunenden Blick seines Vaters nahm er darauf Platz. Ansgars Blick blieb an einer Schar Elstern hängen, die im Geäst einer mächtigen, winterkahlen Platane lautstark zeterten.

Jonas spielte gedankenversunken am Saum seiner Winterjacke herum. Es war nun an der Zeit, eine andere wichtige Frage zu stellen: »Sag mal, Vater, Hannah behauptet, du hättest ein Verhältnis mit ihrer Mutter …«

Weiter kam er nicht, denn Ansgar prustete los: »Was soll ich haben?«

Krächzend stoben die Elstern in die Höhe. Ansgar griff an das rechte Rad, drehte den Rollstuhl abrupt zu seinem Sohn hin und stieß gegen dessen Bein. Jonas fuhr reflexartig zusammen.

»Ich soll ein Verhältnis mit Irene haben? Wie kommst du denn auf so etwas Verrücktes, mein Junge?«

»Sie behauptet es.«

»Nein, Jonas, an dieser Sache ist überhaupt nichts dran. Ich habe deine Mutter niemals betrogen. Ich bin völlig monogam. Eine andere Frau? Daran habe ich noch nicht einmal im Traum gedacht. Das musst du mir glauben, mein Junge.«

Jonas legte ihm die Hand auf den Oberschenkel, tätschelte ihn. »Schon gut, Vater, auch das glaube ich dir.«

Ansgar konnte kaum mehr an sich halten. »Ich und Irene? Da hat sie sich wohl irgendwas Wirres zusammenfantasiert.«

»Das hätte mich ehrlich gesagt auch ziemlich gewundert.«

Ansgar Wildberger fixierte seinen Sohn mit einem durchdringenden Blick. »Willst du eigentlich nicht wissen, warum meine Assistentin so etwas Wahnsinniges getan hat?«

»Ich glaube, das brauchst du mir nicht zu erklären. Wie schon gesagt: Ich habe deine Aufzeichnungen gelesen.«

Ansgar nickte. »Aber das waren doch nur akademische Spinnereien. Ich hätte nie gedacht, dass Elke das alles ernst nimmt. Obwohl …«

»Obwohl was?«

»Na ja, wenn ich's mir recht überlege, könnte es schon Anzeichen dafür gegeben haben. Nur habe ich ihnen keinerlei Beachtung geschenkt.«

»Welche denn?«

»Wolfgang hat irgendwann einmal zu mir gesagt: ›Fällt dir eigentlich nicht auf, wie dich diese alte Jungfer anhimmelt, die liest dir doch jeden Wunsch von den Lippen ab. Die Frau ist dir hörig, das sieht jeder Blinde.‹« Ansgar hob die Arme und machte eine beschwörende Geste. »Nur ich blinder Hornochse hab's nicht gesehen.«

»Mit solch einer Wahnsinnstat konnte doch niemand rechnen.«

»Weißt du, mein Junge, wir haben natürlich manchmal darüber geredet, wie bedauerlich es ist, dass uns Menschen bestimmte Gefühlserlebnisse für immer versagt bleiben.«

Ansgar Wildberger stöhnte und presste die Lippen zu einem dünnen Strich zusammen. »Aber niemals wäre ich auf die Idee gekommen, dass Elke so etwas Verrücktes tatsächlich tun könnte.« Fassungslos legte er die Hand auf den offenen Mund.

»Hast du irgendeine Ahnung, wer der Presse diese Informationen zugespielt haben könnte?«, fragte Jonas. Er hielt inne, denn er war unschlüssig, ob sein Vater überhaupt etwas von den Zeitungsberichten wusste.

Doch Ansgar erinnerte sich sehr wohl daran, dass Kommissar Tannenberg ihn schonungslos mit diesen Artikeln konfrontiert hatte. »Du meinst die unverantwortlichen Sensationsmeldungen, die dann einen Nachahmungstäter …« Er brach ab, atmete schwer. »Nein, das weiß ich nicht«, fuhr er schleppend fort.

»Vielleicht einer deiner beiden Freunde?«, sprudelte es unkontrolliert aus Jonas' Mund.

Entsetzt riss Ansgar die Augen auf. »Wolfgang oder Heinrich? Nein, niemals! Für die lege ich meine Hand ins Feuer.«

»Entschuldige, Vater. Das ist natürlich Quatsch.«

Ansgar nickte erleichtert. »Eigentlich würde alles nur einen Sinn ergeben, wenn Elke dahintersteckte. Wahrscheinlich suchte sie die Öffentlichkeit, um ihren Irrsinn als Normalität darzustellen und sich dadurch psychisch zu entlasten. Es muss eine verzweifelte Kurzschlusshandlung gewesen sein. Denn schließlich musste sie ja jeden Augenblick damit rechnen, dass ich der Polizei die wahre Täterin nenne.«

Ansgar schüttelte heftig den Kopf und raufte sich die Haare. »In welcher Welt leben wir denn eigentlich?«

»In einer Welt, in der sich die Menschen ihre eigene Wirklichkeit konstruieren.«

Verwundert legte Ansgar die Stirn in Falten.

»So, wie du es vor vielen, vielen Jahren in dem Artikel für eure Abizeitung beschrieben hast«, legte Jonas nach.

Erstaunt hob Ansgar die Augenbrauen. »Woher weißt du von diesem Artikel?«

»Wolfgang hat ihn mir zu lesen gegeben Sehr interessant, wirklich! Auch die anderen Texte, die ich in deinen Dateien gefunden habe.«

»Sag bloß, du interessierst dich etwa für meine Arbeit?«

Jonas lächelte verschmitzt. »Ja, das könnte man so sagen.«

Ansgar schmunzelte, doch dann veränderte sich sein Mienenspiel. »Du … Das …«, begann er abgehackt, »was du vorhin gesagt hast …, das mit Hannah … dass du sie töten wolltest, um herauszufinden, wie du dich dabei fühlst, war wirklich nur ein Trick?«

»Natürlich«, antwortete Jonas.

In diesem Augenblick lugte die Sonne zwischen den schnell vorüberziehenden Schneewolken hervor. Reflexartig legten die beiden ihre Hände wie Schirmmützen an die Stirn.

Dann tauchte ein Schatten vor ihnen auf. Blinzelnd hoben sie die Köpfe an. Vor ihnen stand Laura Maldini. Sie hielt zwei dampfende Kaffeetassen in ihren Händen. Ihr pechschwarzes Haar glänzte silbern. Die unter einem ponchoartigen Überhang seitlich herausgestreckten Arme erinnerten an Flügel. Sie sah aus wie ein Engel.

»Ein bisschen Wärme gefällig, die Herren?«, fragte sie lächelnd.

Die beiden Männer bedankten sich mit einem stummen Nicken.

21

Sonntag, 3. Advent

Wolfram Tannenbergs Mutter hatte in ihre geräumige Wohnküche zum Kaffeekränzchen geladen. Punkt 15 Uhr entzündete sie die Kerzen des Adventskranzes und kredenzte anschließend ihren legendären Christstollen. Es handelte sich dabei um das zweite Exemplar, denn das erste hatte die Großfamilie bereits an den vorherigen Adventssonntagen bis auf den letzten Krümel vertilgt.

Die kleine Emma und ihr Brüderchen Paul hatten ihrer Urgroßmutter bei der Herstellung geholfen, wie sie es nannten. Allerdings hatte diese »Hilfe« dazu geführt, dass Jacob, Tannenbergs Vater, einige Zutaten hatte nachkaufen müssen.

»Schneid doch bitte endlich das Ding an, Mutter. Mir läuft schon das Wasser im Mund zusammen«, forderte Tannenberg.

Lächelnd schüttelte Margot den Kopf. »Wolfi, du bist immer noch genauso ungeduldig …«

»Und verfressen«, warf ihr Ehemann dazwischen.

»… wie früher, als du noch ein kleiner Junge warst«, vollendete Margot.

Sie schlug das Leinentuch, in das sie den Christstollen nach der Herstellung eingeschlagen hatte, feierlich auseinander und streute Puderzucker über den Stollen. Danach schnitt sie fingerdicke Scheiben ab und verteilte sie auf die Teller.

Wie immer kamen zuerst ihre beiden vergötterten Söhne

an die Reihe. Doch ehe sich Wolfram Tannenberg versah, hatte sich Jacob die für seinen jüngsten Sohn gedachte Leckerei geschnappt und seine falschen Zähne hineingeschlagen.

»Du wirst allmählich alt, mein Junge«, frotzelte das als »Sherlock Holmes aus der Beethovenstraße« titulierte Familienvorstand schadenfroh. »Für deinen Job auch«, ergänzte er schmatzend. »Am besten gehst du in Rente.«

»Wieso sollte er das tun?«, fragte Tannenbergs Bruder Heiner amüsiert.

»Na ja, sein letzter Fall hat doch wohl klar gezeigt, dass man den Leiter des K 1 eigentlich gar nicht mehr braucht.«

Wolfram Tannenberg lachte.

»Oder willst du etwa ernsthaft behaupten, dass du bei der Aufklärung des Mordfalls aktiv mitgewirkt hättest?«, provozierte der Senior weiter.

»Na ja …«, setzte sein jüngster Sohn an, doch sein Vater schnitt ihm das Wort ab.

»Die Frage, wer die Frau dieses verrückten Professors erstochen hat, hat sich schließlich fast von selbst beantwortet«, tönte Jacob. »Bei der ganzen Sache hast du doch allerhöchstens als Statist mitgewirkt.« Er grinste breit. »Vielleicht solltest du beim Pfalztheater anfangen.«

»Lass Wolfi in Ruhe«, schimpfte Margot.

Ihr eindringlicher Appell hatte jedoch keine Chance, denn ihr Ehemann war nun ganz in seinem Element.

»Und dann springt die bekloppte Mörderin auch noch vom Rathaus in den sicheren Tod und serviert dir netterweise in ihrer Wohnung einen Abschiedsbrief mit einem ausführlichen Geständnis«, legte er nach. »So eine leichte Arbeit hätte ich früher auch gerne gehabt.«

»Tja, Vater, deshalb sag ich ja immer: Augen auf bei der Berufswahl«, gab Wolfram Tannenberg zurück.

Jacob schnaubte verächtlich. »Wofür zahle ich denn eigentlich meine vielen Steuern, he? Damit ihr faulen Kriminalbeamten Däumchen dreht, anstatt uns vor solchen Irren zu beschützen?«

»Wegen deines hohen Rentnerfreibetrags zahlst du doch überhaupt keine Steuern«, konterte Wolfram Tannenberg.

»Klugscheißer«, zischte der Senior und wollte sich ein drittes Stückchen Christstollen schnappen.

Doch Margot klopfte ihm mit einem Kaffeelöffel auf die Finger. »Nichts da, du hast schon genug Stollen gehabt.«

»Papperlapapp«, blaffte Jacob und fabulierte:

»Schon in der Bibel steht geschrieben:
›Da sprach der HERR zu seinen Lieben:
»Am dritten Advent nicht vergessen:
Drei Stücke Stollen sollt ihr essen.«‹«

ENDE

BERND FRANZINGER
Tannenberg ermittelt wieder in der Pfalz

978-3-8392-1584-5 (Paperback)
978-3-8392-4457-9 (pdf)
978-3-8392-4456-2 (epub)

»Sind auch Sie, lieber Leser, bereit die Rätsel zu lösen?«

Wenn in Kaiserslautern das Verbrechen tobt, gibt es nur einen, der Einhalt gebietet: Kommissar Wolfram Tannenberg. In 30 Fällen stellt er seine kriminalistischen Fähigkeiten unter Beweis und löst die unterschiedlichsten Fälle. Ob Banküberfall, Diebstahl oder Schmierereien an einer Hauswand, Tannenberg ist stets zur Stelle und überführt den wahren Täter.

BERND FRANZINGER
Hexenschuss

978-3-8392-1411-4 (Paperback)
978-3-8392-4135-6 (pdf)
978-3-8392-4134-9 (epub)

»Einer der erfolgreichsten Krimiautoren kommt aus der Pfalz: Bernd Franzinger«
SWR

Norbert Basler, Personalvorstand einer Bank, wird in seiner Kaiserslauterer Villa tot aufgefunden. Ein Schuss in den Lendenbereich kostete ihn das Leben. Kurz darauf werden zwei weitere tote Personaler gefunden, beide auf die gleiche Art ermordet.

Bei seinen Ermittlungen trifft Kommissar Tannenberg auf eine Mauer des Schweigens. Erst eine Diskussion über die Frauenquote bringt ihn auf eine Idee: Dient die Mordserie an einflussreichen Männern womöglich dem Ziel, auf morbide Weise Frauenförderung zu betreiben?

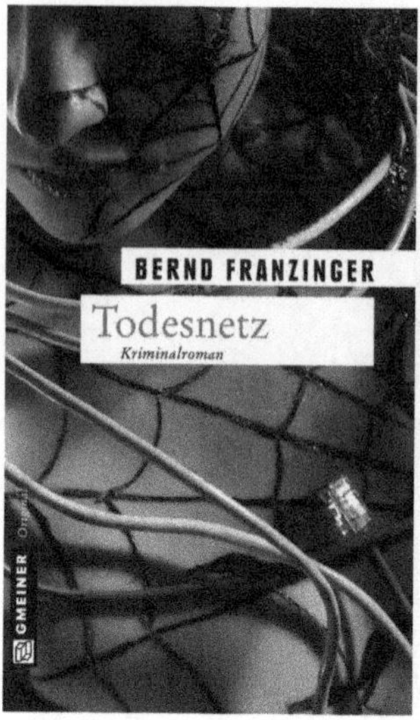

BERND FRANZINGER
Todesnetz

978-3-8392-1321-6 (Paperback)
978-3-8392-3963-6 (pdf)
978-3-8392-3962-9 (epub)

»Ein topaktueller Krimi, der ein brisantes Thema anspricht: die Gefahr durch soziale Netzwerke.«

Ein Jogger wird ermordet, die Studentin Jessica entführt. Kommissar Tannenberg muss feststellen, dass Jessica durch eine E-Mail seiner eigenen Nichte in den Wald gelockt wurde. Wer missbraucht Mariekes Identität für diese Verbrechen?

Der ›Spider‹, wie sich der Täter nennt, schickt Tannenberg Fotos einer blutigen Wunde in Form eines Spinnennetzes. Für Wolfram Tannenberg beginnt ein Wettlauf gegen die Zeit. Er muss den ›Spider‹ aufspüren, ehe es weitere Opfer gibt …

Nr. 1
BERND FRANZINGER
Tannenberg ermittelt
30 Rätsel-Krimis
GMEINER
Original

BERND FRANZINGER
Familiengrab

978-3-8392-1173-1 (Paperback)
978-3-8392-3735-9 (pdf)
978-3-8392-3734-2 (epub)

»Kommissar ›Wolf‹ Tannenberg – Pfälzer mit Leib und Seele – genießt bei Krimifans längst Kultstatus.«

Bei einer Geburtstagsfeier wird auf die Familie des Pfälzer Parkettfabrikanten Anton Denzer ein heimtückischer Mordanschlag verübt, bei dem mehrere Menschen sterben. Die Tatwaffe ist eine mannshohe Felsenkugel, die in einem Berghang gelöst und auf ihren todbringenden Weg ins Tal geschickt wurde. Die Ermittlungen gestalten sich schwierig, denn Kommissar Wolfram Tannenberg und sein Team treffen auf eine Mauer des Schweigens. Familie Denzer hat in der Vergangenheit ihre Probleme selbst geregelt, doch es folgen weitere Anschläge. Die Lösung des Falls liegt seit Jahrzehnten in den Wäldern des Moosalbtals verborgen …

Das Neueste aus der Gmeiner-Bibliothek

Unsere Lesermagazine

Bestellen Sie das kostenlose KrimiJournal in Ihrer Buchhandlung oder unter www.gmeiner-verlag.de

Informieren Sie sich ...

www ... auf unserer Homepage:
www.gmeiner-verlag.de

@ ... über unseren Newsletter:
Melden Sie sich für unseren Newsletter an unter www.gmeiner-verlag.de/newsletter

f ... werden Sie Fan auf Facebook:
www.facebook.com/gmeiner.verlag

Mitmachen und gewinnen!

Schicken Sie uns Ihre Meinung zu unseren Büchern per Mail an gewinnspiel@gmeiner-verlag.de und nehmen Sie automatisch an unserem Jahresgewinnspiel mit »mörderisch guten« Preisen teil!

GMEINER SPANNUNG

WWW.GMEINER-VERLAG.D
Wir machen's spannen